MIKE STEINHAUSEN

Fliegenschmaus

KEINE WAHL Im Essener Stadtwald wird die verweste Leiche eines Mannes gefunden. Die Polizei extrahiert aus dem Mageninhalt einiger Fliegenmaden, die auf dem Toten saßen, eine künstliche DNA. Diese weist auf das Institut von Dr. Overbeck hin. Doch der Arzt leugnet jegliche Verbindung zu dem Toten.

Auf der Fahrt zu seiner Exfrau überfährt der Privatermittler Robert Kettner, alias Steiger, beinahe eine junge Frau. Vicky gibt an, dass man sie ermorden will, doch Steiger gelingt es, die Verfolger abzuschütteln. Doch bevor er die Hintergründe erfährt, fordern sie Vickys Herausgabe. Steiger hat keine Wahl, denn der Mann droht seine Exfrau zu töten. Er liefert Vicky aus und kurz darauf ist sie tot. Steiger plagt sein Gewissen und so setzt er alles daran, den Fall aufzulösen. Dabei gerät er immer tiefer in einen Sog krimineller Machenschaften, aus dem es scheinbar kein Entrinnen gibt.

Mike Steinhausen wurde 1969 in Essen geboren. Er ist Polizeibeamter und war mehrere Jahre als Zivilfahnder im Bereich der Drogenbekämpfung tätig. Sein Debüt als Autor gab er mit dem zeitgeschichtlichen Kriminalroman »Operation Villa Hügel«. »Fliegenschmaus« ist nun schon sein vierter Roman im Gmeiner-Verlag.

Bisherige Veröffentlichungen im Gmeiner-Verlag:
Rachebrüder (2015)
Schlagwetter (2014)
Operation Villa Hügel (2013)

MIKE STEINHAUSEN

Fliegenschmaus

Kriminalroman

GMEINER SPANNUNG

Besuchen Sie uns im Internet:
www.gmeiner-verlag.de

Im Ehnried 5, 88605 Meßkirch
Telefon 07575/2095-0
info@gmeiner-verlag.de

1. Auflage 2017

Lektorat: Sven Lang
Herstellung: Mirjam Hecht
Umschlaggestaltung: U.O.R.G. Lutz Eberle, Stuttgart
unter Verwendung eines Fotos von: © stadtratte/fotolia.com
Druck: CPI books GmbH, Leck
Printed in Germany
ISBN 978-3-8392-2053-5

Personen und Handlung sind frei erfunden.
Ähnlichkeiten mit lebenden oder toten Personen
sind rein zufällig und nicht beabsichtigt.

PROLOG

Sie hatte Hunger. Einen unstillbaren Hunger. In wellenförmigen Bewegungen glitt ihr schmutzig-heller durchsichtiger Körper über die Reste des mehr als hundert Eier umfassenden Eipaketes. Die Spitze ihres kopflosen, zylindrischen Körpers hob sich, pendelte von links nach rechts. Ihre Sinnesrezeptoren, die in einzelnen Nervenbahnen zu rudimentären Zellhaufen zusammenliefen und die Vorstufe eines Gehirns bildeten, fingen die Geruchsmoleküle der abgebauten Eiweißstoffe ein, bildeten daraus eine unsichtbare Spur, um sie gezielt zu ihrer Nahrungsquelle zu leiten.

Dort würde sie sich mit ihrem kräftigen Maulharken in dem faulenden Fleisch verankern, die zwei wulstigen Hautlappen ihres Mundwerkzeuges darüberlegen und mit ihren zersetzenden Enzymen das tote Gewebe verflüssigen. Sie würde den Nahrungsbrei mit pumpenden Bewegungen aufsaugen und gleichzeitig durch ihren Fresskanal immer tiefer in das nekrotische Gewebe vordringen.

Binnen weniger Tage würde sie ihr Körpergewicht vervielfachen, nur durch die beiden Stigmen atmen, die sich wie zwei schwarze Augen an ihrer abgeflachten breiten Körperseite befanden. Anschließend würde sie, geleitet durch ihre fotosensitiven Zellen, einen dunklen und geschützten Bereich aufsuchen, sich verpuppen und eine neue Generation gründen.

Die Körperspitze senkte sich wieder und ihr Körper schob sich erneut in krümmenden Bewegungen über die zuckenden Leiber der unzähligen Artgenossen, hin zu der Stelle, zu der sie ihr Instinkt unaufhaltsam zog.

KAPITEL 1

Erster Kriminalhauptkommissar Hermann Welke wischte sich mit einem Stofftaschentuch die Stirn ab. Seine dichten braunen Brauen konnten die zunehmende Menge Schweiß kaum aufhalten, der ohne Unterlass in Richtung seiner Augen floss und sich dort wie ein Schleier auf seine Pupillen legte. Es war früher Morgen, doch auch der Nacht war es nicht gelungen, die Hitze der vergangenen Tage auf ein annehmbares Maß zu senken. Die zunehmend schwülen Sommertage schufen eine gleichbleibende unerträgliche Luftfeuchtigkeit, für die er nicht geschaffen war. Die vielen Wärmegewitter, die sich scheinbar wie aus dem Nichts bildeten und sintflutartige Regenfälle über das Land ergossen, gaben dem Klima etwas Subtropisches. Die Nässe hatte den Waldboden durchtränkt, sodass er dampfte. Die Feuchtigkeit löste sich mit jeder Stunde und zunehmender Temperatur aus der Erde, um in die fast gesättigte Luft zu drängen. Welke blieb stehen, atmete tief ein und ebenso tief aus, als könnte er den klammen Belag lösen, der sich auf seine Bronchen gelegt hatte und ihm das Gefühl gab, dass eine schwere Last auf seinem Brustkorb ruhte. Normalerweise war er für jede Gelegenheit dankbar, sein muffiges Büro verlassen zu können. Er war der Meinung, man musste Dinge persönlich sehen, um sie beurteilen zu können. Das Bewerten von Tatorten oder von Sachverhalten von einem Schreibtisch aus führte seiner Auffassung nach dazu, dass man den Bezug zur Realität verlor. Leider war es jedoch so, dass neben der eigentlichen Sachbearbeitung immer mehr administrative Dinge seine Zeit in Anspruch nahmen. Irgendwelches dumme Zeugs in Form von Vorschriften, Verfügungen und Erlassen. Die terroristischen Anschläge und Gefährdungslagen der vergangenen Monate hatten zu einer großen Verunsicherung in der Bevölkerung geführt. Selbst die Polizeiführung zeigte sich beeindruckt, wenngleich sie es nicht zugab. Jede Stadtteilkirmes wurde mittlerweile wie eine hochbrisante, politische Veranstaltung behandelt, und manchmal hatte Welke das Gefühl, dass sich mehr Polizeibeamte mit einem solchen Volksfest beschäftigten, als man Besucher zählte. All diese Tätigkeiten bremsten diesen ohnehin schon trägen Polizeiapparat noch mehr aus. Er war sich sicher, wenn man nur die Hälfte der Zeit, die man mit der Bearbeitung dieser Dinge verbrachte, in eigentliche Kriminalitätsbekämpfung steckte … es gäbe kaum unaufgeklärte Verbrechen. Welke litt unter saisonal bedingtem allergischen Asthma und die Intervalle, in denen er zu seinem kortisonhaltigen Spray griff, verkürzten sich auf ein bedenkliches Ausmaß. Nochmals holte er tief Luft, wartete vergeblich auf das Gefühl von Erleichterung, bevor er sich wieder in Bewegung setzte. Der Schellenberger Wald, zumindest der Teil, den der schwere Pfingststurm 2014 verschont hatte, bestand größtenteils aus alten Laubbäumen, deren dichten Kronen den Waldboden und die niedrige Vegetation in Form von Farnen, Brombeerhecken, Stechpalmen und Haseln überspannten. Der junge Streifenpolizist, der ihn an der Straße abgeholt hatte, verließ den Wanderweg, der im Grunde genommen nur ein verdichteter, an einigen Stellen mit Schotter aufgefüllter Lehmboden war. Er schien sich scheinbar willkürlich durch den Wald zu schlängeln. Welke folgte dem Kollegen ungefähr hundert Meter hörbar schnaufend durch das dichte Unterholz. Die morschen Äste des naturbelassenen Waldes knackten unter seinem stattlichen Gewicht. Er war gezwungen, die Füße anzuheben. Zu groß war die Gefahr, in den Schlingen der Brombeeren hängen zu bleiben, die sich dicht über der unebenen Fläche spannten und zusammen mit den teils armdicken Baumwurzeln gefährliche Stolperfallen bildeten. Gleichzeitig musste er sich bücken, um sich nicht den Kopf an den tief hängenden Ästen anzuschlagen. Seine lädierten Bandscheiben ächzten förmlich unter der nach vorn gebeugten Haltung und sandten ihm Einhalt gebietende Signale über seine Schmerzrezeptoren. Welkes Hemd klebte nach wenigen Metern nass an seinem Rücken. Die stickige Schwüle brachte ihn an seine Grenzen.

Das Gelände stieg stetig an. Der Trampelpfad führte sie durch einen der alten ausgewaschenen Bombentrichter des Zweiten Weltkrieges, die noch immer in dem großen Stadtwald zu finden waren. Sie liefen weiter, bis der annähernd zwei Meter große vollbärtige Hauptkommissar durch das Blattwerk weiß gekleidete Personen erkannte, die sich langsam hin- und herbewegten. Gleichzeitig erreichten sie ein rot-weißes Absperrband, das um mehrere, mit Moosen und Flechten bewachsene Stämme gewickelt worden war und den Tatort weiträumig absperrte. Es diente weniger dazu, Schaulustige und die Presse abzuhalten. Was die Journalisten betraf, hatte der soeben in Betrieb genommene digitale und somit abhörsichere Funk für eine, wie er fand, angenehme Ruhe gesorgt. In diesem sichtgeschützten Bereich, fernab der ohnehin um diese Tageszeit höchstens von ein paar Joggern oder Hundebesitzern frequentierten Wanderwege, diente diese äußere Absperrung eher dazu, den Kriminalbeamten und Spurenermittlern einen Anhaltspunkt zu geben. Dass sie vom gekennzeichneten Weg nicht abkamen und mögliche Spuren vernichteten oder neue legten.

Es war schon verrückt, dachte sich Welke, als er erneut eine kurze Pause einlegte und sich umsah. Ein Waldgebiet inmitten einer der dicht besiedelten Städte Deutschlands und man traf kaum einen Menschen. Der junge Kollege hatte Welkes kurze Rast nicht mitbekommen und stand bereits an der Einfriedung. Er hielt das Absperrband so hoch, wie er konnte. Welke lief weiter und tauchte darunter hindurch. Er bedankte sich mit einem kurzen Nicken und sah den Streifenpolizisten wie ein alter Gaul mit geblähten Nüstern an, während er sich langsam aufrichtete. Er war schlichtweg zu sehr außer Atem, um seinen Dank in Worte umsetzen zu können.

Welke drückte sein Kreuz durch und stützte seinen Rücken mit beiden Händen im Lendenwirbelbereich. Das nasse Hemd klebte an seiner Haut. Die Sonne wanderte durch das dichte Blätterdach unaufhaltsam Richtung Zenit. Die Lichtstrahlen, die sich wie durch eine Lupe gebündelt durch das Laub brannten, versprachen einen weiteren heißen Sommertag. Welkes Gesicht glänzte, und er selbst keuchte, als wäre er auf der Flucht. Erneut wischte er sich mit seinem mittlerweile durchnässten Taschentuch die Stirn und den Nacken, bevor er die letzten Meter des Hanges hinaufschritt.

Jeweils an der Statur erkannte Hauptkommissar Welke seine Kollegen Frank Tetzlaf und Matthias Heimke. Sie standen mit dem Rücken zu ihm gewandt in weißen Spurensicherungsanzügen vor einer Person, die – ebenfalls in Schutzkleidung – neben einem aufgeklappten silberfarbenen Laborkoffer kniete. Der Hauptkommissar befand sich ungefähr zehn, vielleicht 15 Meter vom eigentlichen Fundort entfernt. Obwohl die Luft stand, zeigte ihm der Geruch, der ihm in die Nase stieg, zweifelsfrei an, worum sich die Personen gescharrt hatten. Welke trat näher heran. Automatisch atmete er flacher ein und aus. Nur durch den Mund, damit die Atemluft so wenig wie möglich vorbei an den Geruchsrezeptoren seiner Nase strömte. Tetzlaf und Heimke drehten sich zu ihm, während der Fremde mit dem Laborkoffer durch ein Vergrößerungsglas fasziniert auf die Spitze seiner Federstahlpinzette schaute, als hätte er einen Schatz gefunden. Sein Gesichtsausdruck ließ – anders als der von Tetzlaf und Heimke – vermuten, dass er von dem Geruch völlig unbeeindruckt war, er ihn offenbar gar nicht zur Kenntnis nahm. Ein Geruch, der sich mit jedem Meter, den Welke näher kam, zu einem bestialischen, beinahe unerträglichen Gestank verstärkte. Welke blieb in einiger Entfernung stehen. Er wusste nicht, wie weit die Spurensicherung abgeschlossen war, und fand darin einen hervorragenden Grund, seinen Abstand zu erklären, sollte ihn jemand auf seine Zurückhaltung ansprechen. Seine beiden Kollegen kamen ihm entgegen. Tetzlaf und Heimke nickten ihrem Chef kurz zu. Sie schwitzten fürchterlich unter ihren Schutzanzügen. Ihre Gesichter waren nass und die Strähnen von Tetzlafs dunklem Haar, die unter der Kapuze hervorschauten, klebten an seiner Stirn. Die beiden Männer konnten unterschiedlicher nicht sein. Heimke, den Welke fast ausnahmslos Heimchen nannte, war Mitte 30, Typ

Buchhalter mit Nickelbrille, hatte schütteres rötliches Haar, spärlichen Bartwuchs und einen leichten Bauchansatz, obwohl er in der letzten Zeit etwas abgespeckt hatte. Er war nicht nur aufgrund seiner erzkonservativen Ausstrahlung und seiner zeitlos unmodernen Kleidung das exakte Gegenteil seines Kollegen. Er wirkte wie Muttis Liebling. Sein Teint war blass und an den Wangen rosig. Die einzige Gemeinsamkeit zwischen ihnen war die Tatsache, dass beide ledig waren. Tetzlaf, weil er sich als Frauenheld sah und die Bestätigung dieser fragwürdigen Selbsteinschätzung in Form wechselnder Frauenbekanntschaften suchte. Heimke, weil Mutter Beimer aus der Lindenstraße – nach Tetzlafs Einschätzung die einzige Frau, die sich für ihn interessieren könnte – bereits vergeben war. Die beiden harmonierten als Team so gut wie ein Metzgershund und ein räudiger Straßenkater, die sich auf einem Hinterhof um Schlachtabfälle stritten. Beinahe wöchentlich musste Welke ein Machtwort sprechen, um die beiden Streithähne voneinander zu trennen. Trotzdem ergänzten sie sich in dienstlicher Hinsicht. Tetzlaf, der mit seiner forschen Ruhrpottschnauze kein Blatt vor den Mund nahm, und Heimke, der mit seiner Verbundenheit zu Verfügungen, Erlassen und Dienstanweisungen den Vorwärtsdrang seines Kollegen in geordnete und vor allen Dingen rechtlich haltbare Bahnen lenkte. Die Männer zogen ihren Mundschutz nach unten.

»Wer ist der Vogel?«, fragte Welke. Er nickte an seinen Kollegen vorbei in Richtung des Unbekannten, der sich in dem Moment erhob und das, was er mit seiner Pinzette festhielt, mit zufriedener Miene in ein helles Plastikdöschen verfrachtete.

Tetzlaf ergriff das Wort. Ihm tropfte der Schweiß von

der Nase, während er sprach: »Dr. Murscheidt. Ist neu bei der Rechtsmedizin. Interessanter Kauz. Beruf und Hobby scheinen bei ihm eins zu sein.«

Welke runzelte die Stirn. »Was meinst du damit? Dass er zu Hause die Nachbarn obduziert? Zwischen Abendessen und der Tagesschau?«

»In diese Richtung geht es. Er ist Rechtsmediziner und Entomologe.«

Welke zuckte mit den Schultern, wobei er die Mundwinkel im gleichen Rhythmus senkte und wieder in die Ausgangsstellung brachte. »Jeder hat seinen Fetisch. Das stinkt hier gewaltig.«

Heimke nickte. »Liegt auch schon länger. Und bei den Temperaturen …«

»Was habt ihr bisher rausbekommen? Wissen wir schon, wer er ist?«, fragte Welke weiter.

Tetzlaf verzog das Gesicht. »Nein. Wir haben in den Bekleidungsresten und im näheren Bereich nichts zur Identität gefunden.«

»Habt ihr schon …?«

»Haben wir«, unterbrach ihn Tetzlaf. »Die Vermisstenstelle hat Kenntnis. Zumindest in unserem Einzugsgebiet wird niemand vermisst, auf den unser Mann hier passen könnte.«

Welke machte eine beschwichtigende Geste. »Natürlich.«

»Die Kollegen steuern das Ganze per E-Post über das BKA bundesweit. Vielleicht finden wir bei der Obduktion weitere Hinweise. 'ne Tätowierung … irgendein Individualmerkmal. Wenn wir alle Fakten in einem Karton haben, setz ich mich noch mal mit der Vermisstenstelle zusammen.«

Welke nickte, sah sich um und wischte sich erneut über die Stirn. »Das ist hier so ziemlich der Arsch der Welt. Wer hat ihn gefunden? Bleibt ja eigentlich nur ein Pilzsammler.«

Tetzlaf grinste. »Eine Spaziergängerin. Sie hat einen Köter, der wohl nur bedingt im Gehorsam steht. Einen Dackel. Somit kommt er, wenn man ihn ruft, oder er kommt nicht. Und diese Wurst auf Beinen hat sich in unserem Kumpel gewälzt. Als er stinkend aus dem Gebüsch kam, hat sie nachgesehen, in was er sich da geschmissen hat. Sie dachte zunächst an ein totes Viech. Also ein Karnickel oder so was in der Art. Sie hat dann nach dem Fund zunächst ein paar Meter weiter ihren Magen ins Freie gebracht. Als sie wieder kreislaufstabil war, hat sie die Polente gerufen.«

Welke verzog angewidert sein Gesicht. »Das ist doch ekelhaft!«

Tetzlaf zuckte mit den Schultern. »Schönes, langes Fell hat die Töle«, antwortete er in einem fast fröhlichen Tonfall. »Den Fiffi kann man nur noch kahl rasieren und anschließend in Chlor tauchen. Ob sie ihn jemals wieder mit ins Bett nimmt, möchte ich bezweifeln. Im Wald gilt Leinenzwang, nur hält sich keiner dran. Musste mal genau hinsehen. Alle paar Meter ein Pfund Scheiße ohne Knochen. Tja, gerechte Strafe, würde ich sagen.«

Welke sah seinen Kollegen mit verächtlichem Gesichtsausdruck an, was sich in keiner Weise auf dessen sarkastisches Grinsen auswirkte. Es blieb eisern bestehen. Wie in Stein gemeißelt. Hermann Welke fand es immer wieder erstaunlich, wie taktlos der Beruf Polizeibeamte machte. Er erwartete nicht unbedingt einen mitfühlenden Kommentar, aber manchmal war es schwere Kost, was die Jungs so abließen. In der Tat war es interessant, wie ein junger Beamter im Laufe weniger Jahre jegliche Pietät verlor. Solange man die Kurve bekam und diesen Sarkasmus nicht mit ins Privatleben nahm, ging es. Die meisten schafften es nicht. Und bei Tetzlaf war seit Jahren schon Hopfen und Malz verloren.

»Seid ihr fertig?«, fragte Welke.

Tetzlaf nickte. »Die Spurensicherung ist bereits abgeschlossen. Du kannst ran. Wir haben nur noch auf dich gewartet. Sollst schließlich auch was von haben.«

Welke verdrehte die Augen und legte den Kopf leicht zur Seite. Er atmete einige Male tief ein und aus, als könnte er sich so einen Sauerstoffvorrat zulegen, der es ihm ermöglichen würde, die folgenden Minuten nicht atmen zu müssen. Er trat einige Schritte vor. Murscheidt wandte sich ihm zu.

»Tach. Welke. Herr Dr. Murscheidt, wie man mir sagte.«

Murscheidt musterte den großen Mann vor sich einen Augenblick, als wüsste er ihn nicht einzuschätzen. Dann nickte er ihm zur Begrüßung zu. Welke konnte sich nicht daran erinnern, den Kerl schon mal gesehen zu haben. Ein schlaksiger, auffallend schlanker Mann von vielleicht 40 Jahren, der auf ihn wie ein Komiker wirkte. Sein rotblondes Haar war dünn, wenn nicht sogar spärlich. Das hinderte ihn nicht daran, es schulterlang und offen zu tragen. Welke war sich sicher, wenn der Typ auf einem Kinderspielplatz auftauchte, würde eine Mutter vorsichtshalber die Bullen rufen. Welke fuchtelte mit einer Hand vor seinem Gesicht und atmete dabei mehrfach leicht aus. Vergeblich. Die unzähligen lästigen Fliegen, die ihm laut summend um den Kopf schwirrten, ließen sich nicht verscheuchen. »Was können Sie mir erzählen, Doktor?«

Murscheidt löste sich von Welkes Blick und betrachtete den toten Körper vor sich, wobei er sich mit nachdenklicher Miene den Hinterkopf kratzte. Er zog sich den Mundschutz hoch, setzte die Kapuze auf und kniete sich hin. Welke entschloss sich, stehen zu bleiben. Seine Devise war: Runter kommt man immer, rauf nicht unbedingt.

Murscheidt zeigte mit dem Finger auf einige Bereiche des Körpers. »Eine männliche Leiche. Sie lag halb unter der Erde begraben. Schwerer Lehmboden. Der Kopf und der linke Arm ragten aus dem Erdreich. Ein Wunder, dass jemand den Toten hier im Unterholz überhaupt gefunden hat.«

Welke betrachtete den skelettierten, unterkieferlosen Kopf, dessen leere Augenhöhlen an ihm vorbei irgendwo ins Nichts starrten.

Der Rechtsmediziner tippte mit seiner Pinzette auf den Kopf. »Das knöcherne Schädeldach ist unversehrt. Ebenso die Basis und der Gesichtsknochen. Den Kiefer hat vermutlich irgendein Vierbeiner mitgenommen. Sehen Sie die Reste des Nasenbeinknorpels?« Murscheidt zeigte mit seiner Pinzette auf den Bereich. »Man erkennt an den Gewebsrändern deutliche Fraßspuren. Der Torso ist eindeutig einer gasgeblähten Faulleiche mit deutlicher Oberhautablösung zuzuordnen, wie man sieht, wobei der Thorax zunächst unauffällig wirkt.«

Welke neigte den Kopf leicht zur Seite, weiter bemüht, flach ein- und auszuatmen. »Was für ein Gestank!«, entfuhr es ihm eine Spur zu laut. Er trat etwas zurück, da er das Gefühl hatte, dass der große pulsierende Madenteppich sich in wellenförmigen Bewegungen in seine Richtung aufmachte. Die Larven hatten Teile des Körpers in eine beinahe schwarze breiige Masse verwandelt.

Murscheidt nickte, ohne den Hauptkommissar anzusehen. »Der unregelmäßige Wundrand am Übergang zum Hals und die Weichteildefekte im Brustbereich sind vermutlich ebenfalls auf Tierfraß zurückzuführen. Das hier …«, Murscheidt tippte auf einige Bereiche des Oberkörpers, wobei er einige der zappeligen Fliegenmaden mit der Fingerspitze einfach wegschnippte, »sind keine Stichverletzungen. Sie sind nicht tief und die Ränder passen nicht dazu. Ich tippe auf Vögel. Raben oder Elstern. Wir haben große Blasenbildung im Bereich der Rumpfweichteile mit deutlichen Anzeichen von Selbstauflösung der Eingeweide. Bei der Bergung des Toten haben sich die Blasen eröffnet und eine nicht unerhebliche Menge an bräunlicher Fäulnisflüssigkeit abgegeben. Daher der Gestank. Die Fettleibigkeit ist vorgetäuscht, da der Körper aufgebläht ist. Das brauche ich Ihnen gegenüber wohl nicht zu erklären.«

Murscheidt erhob sich wieder. »Die unteren Extremitäten befanden sich im Erdreich. Ich vermute, dass der Hang infolge der Niederschläge etwas abgesackt ist und die Leiche teils begraben und luftdicht versiegelt hat. Jedenfalls haben wir deutliche Fettwachsbildungen an den Beinen.«

Wieder trat Welke einen Schritt nach hinten und schlug ungezielt nach den Fliegen. Die Belästigung der Insekten nahm zu, sie schienen sich schamlos und in einer beinahe verhöhnenden Art auf sein Gesicht niederlassen zu wollen. In der relativen Stille des Waldes war ihr Brummen omnipräsent und erreichte eine Lautstärke, die gefühlt der einer Hauptstraße in nichts nachstand. Welke hatte eine berufsbedingte Aversion gegen diese Zweiflügler. Natürlich wusste er um den Umstand, dass Fliegen und insbesondere deren Larven wichtigster Bestandteil in dem natürlichen Prozess der Aasverwertung waren. Doch der Gedanke daran, dass sie ihren Saugrüssel in das feuchte und faulende Fleisch einer Leiche gedrückt hatten, bevor sie sich auf sein Gesicht setzten, ekelte ihn an. Welke hatte in einem Bericht eines bekannten deutschen Entomologen gelesen, dass circa 70 Individuen der Gemeinen Schmeißfliege theoretisch in der Lage waren, in einem Zeitraum von nur einem Jahr eine Population hervorzubringen, die bis zu 80.000 Tonnen wiegen würde. 250 Billiarden Nachkommen pro Fliege. Genug, um damit die gesamte Bundesrepublik mit einem meterhohen Teppich zu bedecken. Seitdem hatte sich seine Einstellung zu Spinnen gewaltig zum Positiven gewandelt.

»Aber der Doc meinte, dass wir die andere Hand gebrauchen können«, warf Heimke erklärend ein. Welke blickte ihn an. Sein Kollege hatte den Mundschutz wieder hochgezogen und der Hauptkommissar roch einen Anflug von japanischem Minzöl. Heimke hatte sich offenbar etwas davon auf den Zellstoff geträufelt. Welke benutzte niemals solche Ablenkungsstoffe. Es barg die Gefahr, dass man bei der nächsten Erkältung an Leichen dachte, wenn man ätherische Medikamente zu sich nahm. Er sah zu dem Mediziner und zog fragend eine Braue hoch.

»Möglicherweise«, bestätigte Murscheidt. »Die Finger der linken Hand sind deutlich durch die Fäulnis in Mitleidenschaft gezogen, aber ich denke, mit Thanatoprint sollten wir ein gutes Ergebnis erzielen.«

»Hm«, brummte Welke. Er hatte die Darstellung von Fingerabdrücken durch die Möglichkeiten der Thanatopraxie bei stark verwesten Toten oder Wasserleichen bisher nur wenige Male gesehen, war von den Ergebnissen jedoch stets sehr beeindruckt gewesen. Er erinnerte sich daran, dass sie früher die Hände der Leichen in kochendes Wasser gehalten hatten, um die Fingerkuppen aufquellen zu lassen. So hatten sie die Papillarlinien wieder sichtbar gemacht. In anderen Fällen hatte man die Oberhaut gelöst und ein Rechtsmediziner oder Kriminalbeamter mit einem teflonbeschichteten Magen hatte sich die Haut über den eigenen Finger gestülpt und die Fingerabdrücke abgerollt. Oftmals war das Ergebnis unter den Erwartungen geblieben. In dem neuen Verfahren spritzten Rechtsmediziner bestimmte Substanzen in freipräparierte Venen. Sie konnten damit den Fingerbeeren einer stark in Fäulnis übergegangenen Leiche das Volumen und die notwendige Gewebsfestigkeit wiedergeben, die es brauchte, um eine saubere Daktyloskopie durchzuführen. Welke rieb sich nachdenklich seinen grau melierten Vollbart, dass es leicht knirschte.

»Sonst noch was zum Spurenbild, Doc?«

»Aus rechtsmedizinischer Sicht nicht viel. Die Bekleidung kann nicht mehr eindeutig bewertet werden. Zumindest nicht hier vor Ort. Sie ist mit Gewebsflüssigkeit durchtränkt und mit dem zersetzten Körper eine fast untrennbare Einheit eingegangen, darüber hinaus infolge des Tierfraßes zu beschädigt, um eine halbwegs verlässliche Aussage treffen zu können. Wir haben sie, soweit es ging, abgelöst und eingetütet. Wir müssen sie noch untersuchen und im Anschluss säubern. Den Rest kratzen wir in der Rechtsmedizin runter. Aber selbst wenn … bei dem

Verwesungszustand werden wir nur schwer Angaben zu einer Korrespondenz zu möglichen Verletzungsmustern machen können.«

Welkes Gesicht verriet wenig Begeisterung. »Also. So wie ich Sie verstanden habe, haben wir nach dem ersten Befund keinen eindeutigen Hinweis auf ein Fremdverschulden, habe ich recht? Es könnte, mit viel … von mir aus mit sehr viel Optimismus betrachtet, auch einfach nur ein Spaziergänger gewesen sein, der einen Herzkasper bekommen hat?«

Murscheidt verschränkte die Arme vor der Brust und deutete ein Kopfnicken an. »Die Leiche weist zumindest nach der ersten Begutachtung keine sichtbaren Spuren auf, die auf eine Gewaltausübung schließen lassen. Aber bei dem Zustand … Genaueres kann ich erst sagen, wenn ich sie auf dem Tisch hatte.«

»Somit könnte – die Betonung liegt auf *könnte* – es sich auch um einen Unfall oder ein natürliches Ableben handeln?«, fragte Welke in einem Ton, als würde er mit dieser Frage eine Art Hoffnung verbinden.

Murscheidt nickte. »Möglicherweise. Nur bleibt die Frage bestehen, warum er nach seinem Tod hier abgelegt wurde.«

Welkes Schultern fielen demonstrativ ein. Er kniff die Brauen zusammen und rieb sich mit zwei Fingern die Nasenwurzel.

»Hätten Sie die Güte …?«

Der Mediziner bückte sich, hob ein kleines, durchsichtiges Plastikdöschen hoch und hielt es in Kopfhöhe. Mit gerunzelter Stirn betrachtete Welke die bräunlich ockerfarbene Made, die mit zuckenden Bewegungen kreisrunde Bahnen auf dem Gefäßboden zog.

»Darf ich vorstellen? Calliphora vicina oder auch Blaue Schmeißfliege genannt.«

Welke tupfte sich die Stirn ab. »Entzückend …«

»Nicht wahr?« Murscheidt nickte zustimmend.

Welke war sich nicht sicher, ob dies Ironie war oder ob er tatsächlich Sympathie für das Tierchen aufbrachte.

»Ich habe sie auf der Leiche gefunden.«

Welke rückte seine Gleitsichtbrille in die richtige Stellung, die infolge des Schweißes in Richtung Nasenspitze gerutscht war. »Na, guck an. War sicher 'ne Herausforderung.« Er machte sich erst gar nicht die Mühe, seiner Stimme eine ernste Klangfarbe zu verpassen.

Murscheidt registrierte den Unterton und sah ihn mit einer hochgezogenen Braue an. Welkes Augen lagen weiter auf der pulsierenden Masse an Maden, die seiner Auffassung nach deutlich näher gekommen war.

»Sie vertun sich da etwas, Herr Kommissar. Die Kollegen unseres Freundes auf der Leiche gehören zu der Art Lucilia sericata oder auch Goldfliege genannt. Sie ist eine typische Landfliege, sonnenhungrig und fast ausschließlich im Freien anzutreffen. Darüber hinaus liebt sie Faulleichen. Dieses Kerlchen hier …«, Murscheidt schüttelte das Plastikdöschen erneut, »ist eine typische Stadtfliege. Sie ist sehr lichtscheu, vorwiegend in der Dämmerung aktiv und man findet sie eigentlich nur in der Nähe menschlicher Behausungen. Schauen Sie mal hier …«

Murscheidt zeigte auf das kriechende Tier, während er das Glas langsam drehte.

»Sehen Sie die zwei Punkte auf dem breiten Ende? Die meisten Leute halten sie für Augen. Tatsächlich sind das die sogenannten Stigmen. Also die Luftlöcher.«

»Verstehe …« Welke ging etwas in die Knie, stützte sich auf seinen Oberschenkeln ab und betrachtete mit gerunzelter Stirn die Larve aus der Nähe. »Sie meinen, der Kumpel hier in Ihrem Glas atmet durch den Arsch.«

»Wenn Sie so wollen … Man kann diese Spezies mit einiger Erfahrung an den Stigmen erkennen.« Murscheidt machte eine abwiegelnde Handbewegung. »Zumindest in einem fortgeschrittenen Stadium. Das hier ist definitiv eine Stadtfliege Ende des zweiten von insgesamt drei Larvenstadien. Durchschnittlich braucht eine Larve zehn Tage für das Durchlaufen eines Larvenstadiums.«

Der Mediziner bückte sich erneut und beförderte ein weiteres Plastikdöschen mit einer klaren Flüssigkeit hervor, in der eine Made schwamm.

»Nein, das ist kein Tequila Mezcal«, erklärte er, als er wieder gerade stand. »Es handelt sich ebenfalls um Alkohol, er ist aber ungenießbar. Um genau zu sein … Ethanol, 70 Prozent.«

Welke schmunzelte. »In Russland wird man das nicht so eng sehen …«

»Wie auch immer. Das ist eine Larve der Spezies Musca domestica. Sie kennen dieses Insekt sicher als Gemeine Stubenfliege.«

»Sind das nicht die Scheißhausfliegen …?«

»Ja. Auch sie sind fast ausschließlich in menschlichen Behausungen zu finden. Sie müssen wissen, dass die meisten Fliegenarten sich selten über einen Radius von einem halben Kilometer von ihrem Schlupfort entfernen. Vereinzelt findet man sie in Städten auch in der Natur, aber auch da in direkter Reichweite von Wohnungen, Häusern oder Mülltonnen. In der gehäuften Anzahl, in denen ich hier ihre Tönnchen gefunden habe, können wir beinahe sicher davon ausgehen, dass der Tote zumindest anfangs nicht hier gelegen haben kann.«

Welke atmete tief aus. »Na hervorragend. Der Fundort ist also nicht der Sterbeort. Und da man bei einem eines natürlich verstobenen Menschen nur wenige Gründe annehmen kann, ihn nach seinem Tod in ein abgelegenes Waldgebiet zu verfrachten …«

»Bei den heutigen Bestattungskosten würde mich das nicht wundern«, grätschte Tetzlaf rein. »Wenn man mal Parallelen zur illegalen Müllentsorgung …« Er endete abrupt. Der strenge und tadelnde Blick seines Vorgesetzten war deutlich genug.

Welke drehte sich zu Heimke um. »Offenbar entwickelt sich die Sache zu einem ungewöhnlichen Fall. Wenn ihr am Wochenende was vorgehabt habt, ist jetzt der geeignete Zeitpunkt, um abzusagen.« Wieder wandte er sich dem Rechtsmediziner zu. »Können Sie mir, zumindest über den Daumen gepeilt, sagen, wie lange er tot ist?«

Murscheidt machte ein abwägendes Gesicht. »Ich werde noch einige Tiere einsammeln und die Maden gezielt zum Schlupf bringen. Unter Hinzuberechnung der Temperaturen können wir zumindest die Liegezeit hier im Wald recht genau eingrenzen. Eventuell kriegen wir die Kurve zur Liegezeit davor. Wobei das natürlich spekulativ ist, da wir nicht wissen, wo und wie der Tote aufbewahrt wurde, nachdem er den Stoffwechsel eingestellt hatte. Wenn er zum Beispiel in einem Teppich oder einer Plastikplane gewickelt in einem Keller gelegen hatte, werden die Fliegen nicht so schnell an ihn herangekommen sein. Vielleicht ergibt die Obduktion mehr.«

Wieder atmete Welke betont, wie unter einer Last, aus. »Okay, Doc. Sobald Sie mehr wissen, rufen Sie mich bitte an.« Er reichte dem Rechtsmediziner eine Visitenkarte. Anschließend richtete er sich an seine Kollegen: »Und ihr seht zu, dass ihr die Sauerei hier eintüten lasst und zur Rechtsmedizin bringt.« Er hob die linke Hand, streckte die Finger aus und legte den rechten Zeigefinger auf den linken Daumen. »Als Erstes will ich wissen, wer unser Toter ist.« Welkes rechter Zeigefinger tippte nun auf den seiner linken Hand. »Und dann will ich verdammt noch mal wissen, wo sich der – nennen wir es mal – Sterbeort befindet. Ob es ein Tatort ist, wird eventuell die Obduktion zeigen. Ich werde selbst gleich den Staatsanwalt anrufen. In Anbetracht der Liegezeit sollte er umgehend obduziert werden. Besser wird der Zustand von dem Kumpel hier nicht. Je eher wir etwas wissen, desto schneller können wir entscheiden, ob wir die Nummer aufblasen müssen und daraus 'ne MK wird. Ich werde in der Zeit meiner Lieblingsbeschäftigung nachgehen.«

Tetzlaf runzelte die Stirn. »Die da wäre?«

Welke schlug ihm mit dem flachen Handrücken leicht auf die Brust, als er an ihm vorbeiging. »Zurück zum Führerbunker und den Kriminalgruppenleiter in Kenntnis setzen.« Anschließend drehte er sich um und tauchte mit angestrengter Miene unter dem Absperrband hindurch.

KAPITEL 2

Welke und Heimke gingen auf das moderne Lehr- und Lernzentrum der Medizinischen Fakultät der Universität Duisburg-Essen zu. Welke war froh, dass Dr. Murscheidt ihm eine Kopie des Geländeplanes per Mail zugesandt hatte. Die Orientierung auf unbekanntem Terrain war nicht gerade seine Stärke und er musste sich eingestehen, dass er streng genommen sogar auf einem Ergometer ein Navigationsgerät benötigte. Und höchstwahrscheinlich auch einen Motor. Ursprünglich hatte Welke die Obduktion des unbekannten Toten aus dem Schellenberger Wald mit Murscheidt besprechen wollen. Tetzlaf und ein Mann der KTU waren dabei anwesend gewesen und hatten jeden Schritt der Leichenöffnung dokumentarisch festgehalten. Der Staatsanwalt hatte sich wegen eines plötzlichen und nicht vorhersehbaren Termins entschuldigen lassen. Eine Absage, die – wie Welke vermutete – im Zusammenhang mit der Information stand, dass die Leiche mehrere Wochen gelegen hatte. Ein offensichtlicher Zufall war ausgeschlossen.

Der Befund war nicht eindeutig. Es wurden Einkerbungen im Halswirbelbereich gefunden, die von einem Messer stammten, aber genauso gut anderen Ursprungs sein könnten. Dennoch reichte die Beweislage nicht, um zweifelsfrei ein Kapitaldelikt zu belegen, was größtenteils auf den fortgeschrittenen Verwesungszustand der Leiche zurückzuführen war. Die toxikologischen Ergebnisse standen noch aus, jedoch blieb der Rechtsmediziner bei seinem Standpunkt, dass es zu einer Leichenverlagerung gekommen war. Bevor er sich die Mühe gemacht hatte, dieses Verdachtsmoment am Telefon zu erklären, hatte er Welke spontan eingeladen, an einer seiner Studentenvorträge teilzunehmen, um im Anschluss die entomologischen Feststellungen zu besprechen.

Murscheidt hatte Welke gebeten, zum sogenannten Deichmann-Auditorium zu kommen, benannt nach einem Unternehmer aus Essen, der mittels großzügiger Spenden maßgeblich zum Bau des Zentrums beigetragen hatte.

Während Welke und Heimke auf die große Glasfront des neu errichteten Hörsaalzentrums zuliefen, sah sich Welke um. Er kam sich nicht nur uralt vor, er fühlte sich schlichtweg fehl am Platze. Der Hauptkommissar entsprang einer der vielen typischen deutschen Arbeiterfamilien, aus denen sich zu seiner Zeit beinahe alle Polizeibeamten rekrutiert hatten. Es waren bescheidene Zeiten gewesen. Nicht schlechter, da alle gleichviel besessen hatten. Moral war ein fester Bestandteil der Erziehung gewesen. Man hatte Respekt vor den Eltern und vor den Alten, und stellte niemals das infrage, was der Pastor gesagt hatte. Der Großvater war damals auf Zeche Holland in Wattenscheid eingefahren. Jene kleine Stadt, die später gegen den heftigen Protest seiner Bürger durch Bochum eingemeindet worden war. Immerhin galt Wattenscheid als Geburtsort von James Bond, etwas, was jeden Wattenscheider mit Stolz erfüllte. Unter Tage läge die Zukunft, hatte ihm sein Großvater erklärt, an den er sich nur noch schemenhaft erinnerte. Er war handwerklich geschickt und hatte eine dunkle, gegerbte Haut gehabt wie das Leder eines alten Fahrradsattels. Welkes Vater war dieser alten Bergbautradition ebenfalls gefolgt, war jedoch im Zweiten Weltkrieg verwundet worden. Anschließend hatte er für Thyssen-Krupp in Duisburg gearbeitet, bis ihn die Folgen der Verwundung arbeitslos gemacht hatten. In dieser Zeit hatten der kleine Garten hinter dem Haus und die zahlreichen Nebenbeschäftigungen der Mutter die Familie zu einem Großteil ernährt. Welkes Kindheit war vom Leben in den Zechensiedlungen des Ruhrgebietes geprägt. Eine Kindheit, an die er sich seltsamerweise nur in Schwarz-Weiß-Bildern erinnerte. Vielleicht, weil diese Zeit untrennbar mit Kohle zu tun hatte. Er hatte seine Jugend einen Steinwurf von seinem Elternhaus entfernt verbracht, vorrangig auf einem alten Bolzplatz, dessen staubige Asche ihre Kleidung im Sommer rot gefärbt und sich wie eine Patina auf die unzähligen nässenden Schürfwunden gelegt hatte. Wunden, die zu Narben geworden waren, die wiederum von jedem seiner Kumpel wie ein Ehrenabzeichen getragen worden waren. Welkes Mutter war dagegen gewesen, dass ihr Sohn einfuhr oder sich in einem Stahlwerk den Rücken buckelig schuftete. Sie war eine zierliche Frau gewesen, mit kaum zu bändigendem rotem Haar, das sie aus diesem Grund immer zu einem Pferdeschwanz gebunden hatte. Große Sommersprossen hatten ihrem Gesicht etwas Fröhliches verliehen, und die strahlenden, grünen Augen hatten von unermüdlicher Lebensfreude gezeugt. Sie war resolut, geradezu von südländischem Temperament gewesen, durchsetzungsstark auch ihrem Mann gegenüber, von dem Welke seine stattliche Größe geerbt hatte. Und Gott sei Dank auch die braunen Haare.

Als der Stabsarzt bei der Musterung Welke gegenüber verkündet hatte, dass er voll tauglich war, hatte er sich auf Drängen seiner Mutter zu einer Bewerbung bei der Polizei entschlossen und schließlich eine Zusage erhalten. Er erinnerte sich noch gut an seinen ersten Tag. Es hatte stürmisches Wetter geherrscht und er hatte vom Bahnhof ein gutes Stück laufen müssen. Völlig durchnässt war er angekommen. In der Mannschaftsstube hatten sie das Fußteil seines Bettes abmontieren müssen, damit er der Länge nach hineingepasst hatte. Seine anfängliche Skepsis war schon bald gewichen, hatte doch der Verdienst in der Ausbildung das Gehalt seiner Kumpel um einiges übertroffen, die fast ausnahmslos in handwerklichen Berufen ihre Lehren gemacht hatten. Welke war der Erste gewesen, der sich damals einen Opel Ascona A hatte leisten können. Zweitürig, mit hellem Holzlenkrad. Als Kackbraun würde man die Farbe heute bezeichnen, damals war es was Besonderes gewesen. Trotz der Tatsache, dass er aus mehr Rost als Blech bestanden hatte. Welke sah sich nach wie vor als Arbeiterkind und hatte schon zu Jugendzeiten ein gestörtes Verhältnis zu den wenigen Akademikerkindern gehabt, die er damals gekannt hatte. Vielleicht fühlte er sich unter all den Studenten aus diesem Grunde unwohl.

Das Gebäude hatte nichts von den altbackenen, sachlich nüchternen Lehrsälen, an die er sich aus seiner Zeit an der Fachhochschule der Polizei erinnerte. Die Architektur und der künstlich angelegte spiegelglatte See vor dem Objekt vermittelten dem Betrachter das Bild eines kulturellen Zentrums, und das beeindruckende Foyer mit seiner großzügigen Raumgestaltung setzte diesen Eindruck fort. Hätte man Welke mit verbundenen Augen in das Haus geführt und ihm gesagt, er würde sich in einem Theater oder einem neu errichteten Teil des Folkwangmuseums befinden, er hätte diese Aussage nicht infrage gestellt.

Das Auditorium war ein großer Saal. Hell und wie der übrige Teil des Gebäudes hochmodern, mit jener zeitlosen Hörsaalbestuhlung, die Welke schon aus seiner Schulzeit kannte. Ein trichterförmig aufgebauter Raum mit übereinander angebrachten Sitzreihen, die zu einem Rednerpult hin ausgerichtet waren, das sich auf einer Bühne mit einer Multimediarückwand befand. An der Hallendecke war ein leistungsstarkes Lichtsystem montiert worden, einzelne Spot-Strahler waren eingeschaltet und auf das Podest ausgerichtet.

Welke und Heimke waren spät dran. Murscheidt hatte seinen Vortrag bereits begonnen und die beiden Polizisten schlichen sich auf Zehenspitzen wie zwei Diebe in das Auditorium. Der Hörsaal war bis auf den letzten Platz besetzt. Auf den Stufen, zwischen den Stuhlbereichen, saßen weitere Studenten. Welke hatte keine Vorstellung davon, wie vielen Personen der Saal Platz bot. Es mussten Hunderte sein. Die beiden Kriminalbeamten blieben im Bereich der Eingangstür stehen.

Hinter Murscheidt warf ein Beamer ein Bild auf eine großflächige Leinwand, damit auch die letzte Reihe mit Details versorgt wurde. Gleichzeit erlosch die Raumbeleuchtung. Der Rechtsmediziner drehte sich zu der Fotografie.

»Sie sehen hier die Aufnahme eines Leichenfundortes im Freien aus dem Jahr 2009. Die Person wurde in einem innerstädtischen Grüngürtel von spielenden Kindern gefunden. Das war Ende März. Es handelte sich um eine weibliche Leiche. 42 Jahre alt, wie später ermittelt werden konnte. Nach dem objektiven und subjektiven Tatbefund der Kriminalpolizei hatten sich erste Verdachtsmomente ergeben, die auf ein Fremdverschulden hingewiesen hatten.«

Während ein Raunen durch die Zuhörer ging, betätigte Murscheidt einen Schalter und der Projektor warf das nächste Bild auf die Leinwand. Der Mediziner ließ einen roten Laserpointer über einzelne Bildausschnitte der Nahaufnahme gleiten. Das Raunen erstarb und wich einer gespannten Stille.

Welke ließ seinen Blick über die Gesichter der jungen Zuschauer schweifen. Es war den Studenten deutlich anzusehen, welch große Anziehungskraft das Böse auf sie ausübte.

»Wie Sie sehen, war die Leiche bei Teilskelettierung in Rückenlage aufgefunden worden. An dem Gesichtsschädel und den Armen hatten sich nur noch geringe hochgradig fäulnisveränderte Weichteilreste befunden. Das knöcherne Schädeldach zeigte sich intakt. Nach Entfernung der recht gut erhaltenen Oberbekleidung …«, Murscheidt bediente die Fernsteuerung und wechselte zum nächsten Bild, »blicken wir nun auf den Bereich der Rumpfweichteile. Wie Sie sehen, hatten diese sich größtenteils in einen bräunlichen Brei von schmieriger Konsistenz verwandelt. Bei der Obduktion haben wir das Fehlen der Brust und Bauchorgane festgestellt.«

Wieder wechselte das Bild und die Studenten blickten auf einen sterilen Obduktionsraum der Rechtsmedizin. Auf einem der Edelstahltische lagen die Überreste einer Leiche. Sie waren kaum als menschliche Überreste zu erkennen. Die hellen Wände des sterilen Operationssaals bildeten einen harten Kontrast zu der dunkel verfärbten Leiche und gaben der Aufnahme etwas Brutales.

»Die Identifizierung der Person war über den Zahnstatus erfolgt. Über einen Abgleich mit der Vermisstendatei des Bundeskriminalamtes hatte die Polizei die Identität der Toten relativ schnell ermitteln können. Die Person wurde seit drei Monaten vermisst, was sich nach einer ersten Beurteilung mit der geschätzten Liegezeit deckte.«

Welke blickte durch den Saal. Man hätte eine Nadel fallen hören können.

»Bei der Obduktion hatten wir keine eindeutigen Hinweise auf eine Straftat erkennen können. Aber eine solche war ebenso nicht auszuschließen. Die Polizei hatte schnell einen Tatverdächtigen ermittelt. Einen Mann, der die Frau zuvor gestalkt hatte. Es waren mehrere Ermittlungsverfahren gegen ihn anhängig. Unter anderem wegen besagtem Stalkings, aber auch wegen Beleidigung auf sexueller Grundlage. Die Geschädigte hatte bereits einen Rechtsanwalt mit der Wahrnehmung ihrer Interessen betraut, und eine einstweilige Verfügung des zuständigen Amtsgerichtes hatte dem Tatverdächtigen jegliche Annäherung oder Kontaktaufnahme verboten. Jedoch hatten die Ermittler den Mann aus ermittlungstechnischer Sicht nicht an die Tote heranführen können, wie man so schön sagt. Die Beweislast war dermaßen dünn gewesen, dass der zuständige Richter einem Festnahmeersuchen nicht stattgegeben hatte.«

Wieder erschien ein neues Bild. Es zeigte eine Fliegenmade in einem durchsichtigen Gefäß. Murscheidt wandte sich seinem Publikum zu, und die Deckenbeleuchtung schaltete sich ein.

Der Mediziner legte beide Hände links und rechts des Podestes ab und blickte in die Runde der Studenten.

»Sie alle wissen, dass es eine Vielzahl von Arthropoden und Gliederfüßer gibt, die sich entweder direkt vom Leichengewebe ernähren oder Jagd auf diese Aasfresser machen.«

Einige der Studenten im Publikum nickten.

»Diese Insekten treten in bestimmten Besiedlungswellen auf, abhängig unter anderem vom Zersetzungszustand der Leiche, der wiederum durch äußere Einflüsse bestimmt wird. Zu nennen wäre hier beispielhaft die Temperatur, die Luftfeuchtigkeit oder ob sich der Leichnam im Freien oder in einem geschlossenen Raum befindet. All diese Dinge fließen in die forensische Insektenkunde mit ein und machen diese Krabbler zu wertvollen Zeugen bei der Aufklärung eines Verbrechens und bei der Überführung eines Täters.«

Murscheidt trank einen Schluck Wasser. Er erblickte die Beamten und gab ihnen durch ein angedeutetes Kopfnicken zu verstehen, dass er ihre Anwesenheit zur Kenntnis genommen hatte.

»Die verschiedensten Organismen haben sich im Laufe der Evolution den unterschiedlichsten Zersetzungsstadien angepasst. Man könnte fast sagen, dass die Natur sie aufeinander abgestimmt hat, um die Aasverwertung so effizient wie möglich zu gestalten.«

Murscheidt drehte sich wieder zur Leinwand, auf der eine weitere Aufnahme der Leiche zu sehen war. Dieses Mal blieb die Deckenbeleuchtung an.

»Diese hellgelben Eier stammen von der sogenannten Käsefliege. Sie hat den Spitznamen ›Käsekapitän‹. Dieser recht seltsame Name rührt zum einen aus der englischen Bezeichnung Skipper Fly her. Die Maden dieser Art sind in der Lage, beachtliche Distanzen in einer Art Sprung zu überwinden. Die inoffiziellen Rekorde liegen bei einem halben Meter. Die Fähigkeit ermöglicht eine effektive Flucht, sollten sich Fressfeinde einfinden. Bei der Namensgebung kam es offenbar zu einem Übersetzungsfehler. Skipper kommt von ›to skip‹, also springen, während die Übersetzung des Wortes Skipper sich aus dem Begriff Kapitän ableitet. Bei der Sicherstellung von lebenden Larven entnehmen wir in der Regel etwas von dem Leichengewebe als Nährsubstrat, um die Larven zu einem kontrollierten Schlupf zu bringen. Diese Fliegenart ist auch in bestimmten Käsesorten zu finden. Die Italiener benutzen diese Larven zur Veredlung ihres Casu Marzu. Dabei machen die Larven im Käse das gleiche wie in einem Leichnam: Sie zersetzen ihn und geben ihre Verdauungssäfte ab. Dies gibt dem Käse seine breiige Konsistenz und soll ihn besonders schmackhaft machen. Er wird im Übrigen mit den lebenden Larven verzehrt.«

»Bah!«, entfuhr es einer jungen Dame irgendwo in den Reihen der Zuhörer.

Welke schmunzelte. So groß auch die Faszination war, die von den Schilderungen des Wissenschaftlers ausging, sosehr belastete das Erzählte. Insbesondere, wenn es mit Brutalität untermalt war, die von den Fotos ausgingen. Das Einstreuen von Anekdoten, von humorvollen Äußerungen, nahm etwas von der Anspannung. Ein geschickter Schachzug, wie er fand.

Murscheidt wartete, bis sich die Gemüter im Publikum beruhigt hatten, hob beide Hände und präsentierte die Innenflächen. »Ich gebe zu … Geschmack ist relativ. Trotzdem ist der Genuss nicht ganz ungefährlich, da die Maden sich teilweise magensaftresistent zeigen und der Verzehr zu ernsthaften Erkrankungen führen kann. Dies nur zur Erklärung des ungewöhnlichen Namens.«

Das nächste Bild erschien und Murscheidt zeichnete mit seinem Laserpointer die Umrisse des Insektes nach.

»Das ist unser Käsekapitän als adultes Tier. Er ähnelt unseren Fruchtfliegen, die uns in den warmen Monaten in den Obstschalen und in der Küche manchmal zur Weißglut bringen. Diese Fliege ist ein guter Zeitzeuge, da ihre Lieblingsspeise Kadaver sind, die bereits in kompletter Gewebsauflösung übergegangen sind. Auf einen menschlichen Leichnam bezogen reden wir von einer Liegezeit zwischen zwei bis drei Monaten. Sie ist trotz ihrer Größe von gerade mal fünf Millimetern recht produktiv. Nach einer Entwicklungszeit von circa drei, unter günstigsten Bedingungen auch nur zwei Wochen, ist ein Weibchen in der Lage, bis zu 500 Eier zu legen. Rechnen Sie damit, auf einer Leiche mehrere tausend Maden vorzufinden, die ihnen dann um die Ohren springen. Unter Berücksichtigung der Außentemperatur und der Entwicklungsstadien kann man mithilfe dieser Tiere die Liegezeit recht gut eingrenzen. Wenn ein Tatverdächtiger also angibt, den Verstorbenen definitiv vor drei Wochen noch gesehen zu haben und die Leiche voller Maden unseres Kapitäns sind, so dürfen Sie diese Aussage getrost infrage stellen.«

Welke sah Heimke ernst an. »Du räumst gleich sämtlichen Käse aus dem Kühlschrank, hast du das verstanden?«, flüsterte er.

»Nachdem ich jetzt wahrscheinlich einigen von Ihnen den Appetit auf Weichkäse genommen habe, werden Sie sicher ein großes Interesse daran haben, wie die Täterüberführung funktionierte.« Der Rechtsmediziner sah erwartungsvoll ins Publikum.

Der Beamer warf das nächste Bild an die Wand. Wieder war eine Fliege zu sehen.

»Bisher wissen wir im vorliegenden Fall lediglich, dass es sich um eine weibliche Leiche handelt, deren Liegezeit nach entomologischen Untersuchungen in diesem Grüngürtel circa drei Monate beträgt. Wir haben ein Obduktionsergebnis, welches ein Fremdverschulden nicht exakt belegen, aber auch nicht eindeutig ausschließen kann. Darüber hinaus haben wir einen Tatverdächtigen, dem man jedoch ein vermeintliches Delikt nicht nachweisen kann.« Murscheidt wandte sich dem Bild zu und zeigte in die Richtung der abgebildeten bläulich schimmernden Fliege.

»Bitte begrüßen Sie mit mir unseren Hauptdarsteller! Calliphora vicina.« Tosender Beifall und das Trommeln von Schuhen ließen den Saal erbeben.

»Das ist doch das Viech, diese Scheißhausfliege, die er uns im Wald gezeigt hatte, oder?«, murmelte Heimke in Welkes Richtung.

Der Hauptkommissar hatte die Arme verschränkt und strich sich mit der rechten Hand über seinen Vollbart, während er nickte, seinen Kollegen jedoch nicht ansah.

»Dieses Insekt dürfte Ihnen unter dem Namen Blaue Schmeißfliege geläufiger sein. Sie ist eine typische Stadtfliege. Man findet sich also vornehmlich in den Bereichen menschlicher Behausungen. Darüber hinaus ist sie eine jener Arten, die eine Leiche recht früh besiedeln. Und das macht sie für uns so – man könnte sagen – wertvoll. Die Fliege legt ihre Eier, in manchen Fällen sogar Minuten nach dem Todeseintritt, auf bestimmten Körperregionen ab. Das sind vorrangig die Augen, Schleimhäute oder der Genital- und Afterbereich, da hier die Hautbarrieren am einfachsten zu überwinden sind. Mögliche Spuren werden unter gewissen Umständen von der Larve beim Fressvorgang aufgenommen. In dem hier vorliegenden Fall fanden wir in der Unterwäsche und in der Schambehaarung tote Larven der Schmeißfliege. Daraus schlossen wir, dass die Leiche aller Wahrscheinlichkeit nach nicht an der Stelle zu Tode gekommen war, an der sie gefunden wurde. Wie wir anhand der Käsefliegen ermitteln konnten, hatte die Leiche schätzungsweise drei Monate am Fundort gelegen. Sie war also im Januar des Jahres dort abgelegt worden. Bei den zu dieser Zeit herrschenden Temperaturen konnte kein Befall mit Schmeißfliegen stattgefunden haben, da sie unter acht Grad Celsius nicht mehr flugfähig, geschweige denn zur Eiablage bereit sind. Folgerichtig musste die Person zunächst in einer Behausung gelegen haben, die so warm gewesen war, dass unsere Schmeißfliege nicht nur zur Eiablage bereit gewesen war. Die Temperaturen mussten eine geraume Zeit so hoch gewesen sein, dass aus dem Gelege Larven geschlüpft waren und zumindest ein Larvenstadium durchlaufen hatten. Bevor die Larven sich verpuppen konnten, hatte eine Umlagerung der Leiche ins Freie stattgefunden. Die Larven waren bei den niedrigeren Temperaturen abgestorben. In einer aufwendigen Analyse war es gelungen, im Magen- und Darmtrakt der Schmeißfliegenmaden menschliche Fremd-DNA zu finden. Dem Verbrechen hatte ein Sexualdelikt zugrunde gelegen, der Tötungsakt diente aller Wahrscheinlichkeit nach der Vertuschung. Die Larven der Schmeißfliege hatten Körpergewebe im Vaginalbereich aufgenommen, das auch Samenflüssigkeit enthielt. Aus dieser geringen Menge an Epithelzellen war es uns möglich, die Täter-DNA zu extrahieren. Dies hatte in dem hier angeführten Fall zur Überführung des Stalkers geführt. Ihm war aufgrund einer zurückliegenden Straftat bereits eine DNA-Probe entnommen worden, die sich in einer zentralen Datenbank befunden hatte. In dessen Wohnung hatten wir einige verpuppte Larven in den Ritzen des alten Holzbohlenfußbodens gefunden, aus denen wiederum die DNA des Opfers extrahiert werden konnte. Der Mann hatte letztendlich die Tat gestanden.«

Murscheidt beantwortete noch einige Fragen und verabschiedete sich mit dem Hinweis auf die fortgeschrittene Zeit mit einer angedeuteten Verbeugung, die in anderen Situationen möglicherweise befremdend gewirkt hätte, auf dieser Bühne jedoch irgendwie passend erschien, wie Welke fand.

Kurz darauf ebbte der Beifall ab und der Saal leerte sich allmählich.

Der Mediziner trat um das Pult herum.

»Die Herren Kommissare!« Er reichte den Beamten die Hand. »Hat Ihnen mein Vortrag gefallen?«

»Er war höchst interessant. Wenn auch nicht neu für uns. Ich werde das Gefühl nicht los, dass in Ihrer Unterrichtsstunde eine Botschaft lag«, sagte Welke im gelassenen Ton. »Für uns, sofern ich überhaupt darauf hinweisen muss.«

Murscheidt lächelte. »Ich gestehe einen gewissen Zusammenhang.«

Welke blickte skeptisch, zog jedoch nur eine seiner dichten Brauen hoch. Er war jemand, der mit einer simplen Geste ein Gespräch in eine andere Richtung lenken konnte, und in der Regel reichte diese Mimik, um eine Antwort zu fordern.

»Sie haben recht, Herr Welke. Es hat was mit den Maden zu tun.«

»DNA?«

Murscheidt schüttelte den Kopf. »Nicht im biologischen Sinne. Vor drei Jahren hatte die Polizei eine unbekannte Leiche auf einem Dach eines Güterzuges gefunden. Es war ein junger Mann, der ganz offensichtlich zu nah an eine Oberleitung geraten war. Es war zu einem Lichtbogen gekommen, infolgedessen die Person einen tödlichen Stromschlag erlitten hatte. Auch in diesem Fall war die Identität ungeklärt. Vom Phänotypus her hatte man auf einen Angehörigen einer Volksgruppe getippt, die irgendwo aus dem bulgarischen oder rumänischen Raum stammte. Das Problem war, dass wir den Unglücksort zunächst nicht hatten bestimmen können. Die infrage kommende Strecke war über hundert Kilometer lang.«

»Ein Obdachloser?«, fragte Heimke.

Murscheidt zuckte mit den Schultern. »Hatten Ihre Kollegen damals auch vermutet. Eventuell ein Einbrecher oder ein Kupferdieb.«

Welke nickte. »Ich mutmaße mal, dass es keinen derart gelagerten Tatort auf dieser Stecke gegeben hatte.«

»Richtig. Ermittlungen bei den einzelnen Behörden hatten zu keinem Tatort geführt. Bei der Obduktion hatten wir fluoreszierende Substanzen an den Händen entdeckt. Sie stammten von einer Farbe. Die Kollegen der Kriminalpolizei ermittelten, dass es sich um sogenannte künstliche DNA handelte. Ein damals relativ junges Verfahren. Die Deutsche Bahn behandelt noch heute ihre Kupferleitungen entlang der Gleise mit einer speziellen, unsichtbaren Substanz. Bei dem Diebstahl von Kupferleitungen haften diese Farbpartikel an den Werkzeugen, der Bekleidung und an der Haut des Diebes. Sie sind recht unempfindlich gegenüber Wasser und Reinigungsmittel, sogar gegen Feuer und viele chemische Dinge, dabei so fein, dass sie sich in den Papillarlinien der Finger für längere Zeit festsetzen.«

»Lassen Sie mich raten!« Welke richtete seinen dicken Zeigefinger auf den Entomologen. »Genau diese Farbsubstanzen haben Sie gefunden?«

»Ja. Aber nicht auf der Leiche.«

»In den Maden?«, fragte Heimke.

Murscheidt nickte. »Das Interessante an dieser künstlichen DNA ist, dass man sie in beliebigen Kombinationen herstellen kann. Sie wird individualisiert. Das Zeug können Sie mittlerweile auch als Privatperson mühelos über das Internet beziehen. Sie erhalten ein Farbset und schalten eine mitgelieferte Seriennummer auf der Homepage des Anbieters frei. Somit ist ihre persönliche DNA registriert. Die Anwendungsbereiche sind vielfältig.«

»Wenn ich Sie richtig verstehe …?«

»Genau, Herr Welke. Es gibt zu diesen Farben eine DNA-Datenbank, wenn Sie so wollen. Wenn Sie die Farbpartikel bestimmen können, haben Sie den Kunden und damit das, was mit der Farbe markiert wurde.«

Murscheidt öffnete eine Schreibmappe und entnahm ein Blatt Papier. Er hielt es Welke hin.

»Da ich noch die Kontaktadresse der Deutschen Bahn habe, war ich so frei und habe mich mit den Zuständigen in Verbindung gesetzt. Hier haben Sie die Adressen der Firmen, die solche Farben herstellen.«

Welke grinste den Rechtsmediziner an. »Sie sind eindeutig ein komischer Vogel. Aber allmählich beginne ich aufrichtigen Spaß an Ihnen zu finden.«

*

Steiger war hundemüde. Sein richtiger Name war Robert Kettner, doch hatte er sich an seinen Spitznamen mittlerweile derart gewöhnt, dass er aufpassen musste, nicht mit ihm zu unterschreiben. Er gähnte und ihm liefen die Tränen herunter, als hätte er ein Pfund Zwiebeln geschnitten. Erschöpft rieb er sich die Augen und lugte, noch immer halbwegs verschwommen sehend, erneut unter der heruntergeklappten Sonnenblende seines Wagens hinauf zu der Wohnung, die er die gesamte Nacht observiert hatte. Die Bude lag im Dachgeschoss, was ihn wurmte. Es nahm ihm die Chance, den vielleicht ein oder anderen budgetsteigernden Schnappschuss zu erzielen. Er sah auf die Uhr am Armaturenbrett. Lange würde es nicht mehr dauern, lange konnte es nicht mehr dauern. Es sei denn, die Dame hatte aufrichtiges Interesse daran, ihrem Ehemann zu erklären, warum sie nach Männerschweiß riechend um 7 Uhr nach Hause kam. Im Grunde genommen war es der Klassiker. Junge Tussi hatte sich alten wohlhabenden Sack an Land gezogen, der ihr jeden Wunsch erfüllte, es aber nicht mehr brachte. Und wenn er auf Geschäftsreise war, befriedigte sie den Rest ihrer Bedürfnisse im wahrsten Sinne des Wortes mit anderen Kerlen.

Dass die Frau ihren Mann beschiss, war Steiger relativ egal. Als der Betrogene ihm, mit den Tränen kämpfend, seinen Verdacht geschildert hatte, war es Steiger nur mit Mühe gelungen, glaubhafte Betroffenheit zu heucheln. Für ihn war es schlichtweg schwer nachvollziehbar, wie ein erfolgreicher, im Leben stehender Geschäftsmann allen Ernstes glauben konnte, dass sein Intellekt dermaßen viel Attraktivität ausstrahlte, dass er damit seine offensichtlichen, körperlichen Defizite wettmachte. Die faltige Haut am Hals seines Mandanten erinnerte ihn an den Halsschmuck eines Truthahns und die Altersflecken auf dem Kopf, den ein grauer Haarkranz umrandete, passten eher zu einer Rehagruppe in der Geriatrie. An diesem Bild änderte auch der Maßanzug nichts. Es mochte Ausnahmen geben, Beziehungen, die aufrichtig waren. Für Steiger war es in den meisten Fällen eine andere Form der Prostitution. Als er bei der Polizei gekündigt und sich als Privatermittler selbstständig gemacht hatte, war ihm klar gewesen, dass diese Form der sogenannten Detektivarbeit den Großteil seiner beruflichen Tätigkeit darstellen würde. Grundsätzlich war die Bezahlung gut. Wenn ein gehörnter Ehepartner ihn beauftragte, konnte er beinahe jedes Honorar fordern. Trotzdem waren es unangenehme Jobs. Denn oft verstand er die Beweggründe beider Parteien. Und in einem so sensiblen Bereich vermitteln zu müssen … Steiger hatte andere Talente. Zumal er, rückblickend auf seine eigene gescheiterte Ehe, sich weit davon entfernt fühlte, Ratschläge erteilen zu können. Als Claudia und er sich entschlossen hatten, getrennte Wege zu beschreiten, waren sie über den Zeitpunkt, die Sache rational anzugehen, weit hinaus. Sofern man das überhaupt sachlich bewerkstelligen konnte. Zu viel Energie hatte es gekostet, und zum Schluss war es einfach nur ein Akt der Erlösung gewesen. Ein Akt, von dessen Notwendigkeit er überzeugt gewesen war. Bis zu dem Zeitpunkt, als sie ihm den Arsch gerettet hatte, als ihm eine Horde russischer Killer auf Zollverein ans Leder gewollt hatte. Seitdem hatte sich viel geändert. Sie waren auf einem guten Weg. Wo auch immer er hinführen würde.

Steiger rieb sich das Gesicht mit beiden Händen und schaute erneut hoch zu der Wohnung, in der soeben Licht angeschaltet wurde.

»Na guck mal. Die Süße ist endlich wach geworden«, murmelte er, während er sich aufrichtete und überprüfte, ob die Kamera auf dem Beifahrersitz griffbereit lag.

Sein Telefon läutete. Das Display zeigte Claudia an.

»Ich höre«, knurrte er, während er die Kamera auf den Schoß nahm.

»Störe ich?«

»Ja«, gab er knapp zurück.

»Warum gehst du dann ran?«

Steiger verzog genervt das Gesicht, obwohl sie ihn nicht sehen konnte.

»Was machst du, Robert? Bist du immer noch mit dieser Ehebruchsgeschichte beschäftigt?«

Steiger klemmte sich das Telefon zwischen Kinn und Schulter, während er prüfend durch den Kamerasucher blickte. »Nein. Ich hatte einfach nur mal Bock, 'ne Nacht in meiner Karre zu verbringen.«

»Und? Wie läuft's?«

»Die Kleine hängt am Fliegenfänger. Kommt jeden Moment aus dem Haus.«

»Ich hoffe, du denkst an mich«, sagte Claudia mit leicht ironischem Unterton.

»Schickt sich das für 'ne Rechtsanwältin?«

»Hey!«, gab sie leicht empört zurück. »Auch ich muss von etwas leben.«

Steiger grinste. »Dann will ich 'ne Vermittlungsprovision.«

»Ich lade den Herrn zum Essen ein.«

»Vergiss es. Hast du eine ungefähre Vorstellung davon, wie hoch der Streitwert sein wird, wenn mein Mandant die Scheidung einreicht?«

»So hoch? Okay. Wir reden drüber«, lenkte sie ein. »Ich muss dich sprechen, Robert.«

Steiger bemerkte eine Bewegung am Hauseingang. »Es geht los, Claudia. Ruf mich nachher noch mal an.«

Er warf sein Smartphone auf den Sitz, hob die Kamera erneut und schoss eine Salve Bilder.

»Na, Süße. Auf deine Ausrede bin ich dann mal gespannt …«, murmelte er, während er der jungen Frau hinterhersah.

KAPITEL 3

»Was kann ich für Sie tun, meine Herren?«

Dr. Heinz Overbeck war ein hochgewachsener Mann Ende 50 von kräftiger kerzengerader Gestalt und einer Bassstimme, die der von Welke hinsichtlich ihrer raumfüllenden Dominanz in nichts nachstand.

Sein volles silbernes Haar war streng nach hinten gekämmt und die freie Stirn betonte die dunklen und auffallend buschigen Brauen. Der Anzug, ein maßgeschneidertes Stück jenseits der tausend Euro, saß perfekt. Ein Zweireiher. Dunkelbraun mit feinen Streifen. Die Krawatte korrekt gebunden, mit eng geschnürtem Knoten. Er war jemand, der einen solchen Anzug nicht nur tragen konnte, weil er das nötige Kleingeld besaß. Er war einer jener Typen, für den solche Kleidung geschaffen worden war. Und tatsächlich lag in seiner Haltung eine gewisse Anmut. Welke war sich sicher, dass die Bräune seiner Haut nicht von einfachen Solariumbesuchen stammte. Overbecks Händedruck war trocken und fest und passte zu seiner autoritären Ausstrahlung. Eine Persönlichkeit, die keinen Zweifel daran ließ, dass dieser Mann im Mittelpunkt einer jeden Begegnung stand. Welke hielt ihm einem Automatismus folgend seinen Dienstausweis hin.

»Hauptkommissar Welke, mein Name. Das ist mein Kollege Kriminaloberkommissar Heimke. Wir ermitteln in einem Todesfall, der einen Bezug zu Ihrem Haus aufweist.«

Overbecks Blick, den er über den oberen Rand seiner erkennbar sündhaft teuren Lesebrille warf, haftete für einen flüchtigen Augenblick auf dem scheckkartengroßen Ausweis. Er wirkte überrascht, jedoch machte er auf Welke keinen verunsicherten Eindruck. Overbeck verwies mit einer Geste auf eine moderne Ledercouch gegenüber seines Schreibtisches.

Unmittelbar darauf öffnete sich die Tür und die Sekretärin stellte ein Tablett mit einem weißen Service aus dünnwandigem Porzellan und einer Kanne Kaffee auf den makellos geputzten Glastisch. Overbeck sah sie kurz an und bedankte sich. Welke war sich sicher, dass die Dame mehr als nur seine Büroangestellte war. Der Blickkontakt zwischen den beiden war nur flüchtig, aber intensiv. Sie entsprach in beinahe allen optischen Belangen dem, was ein Mann als begehrenswert erachtete. Bildhübsch, jung und alles in ausreichender Menge an der richtigen Stelle. Dazu elegant verpackt.

»Bitte bedienen Sie sich«, sagte Overbeck, nachdem er der hüftschwingenden Sekretärin nachgesehen hatte, bis sie aus dem Zimmer war. Er lehnte sich zurück, schlug die Beine übereinander und legte einen Arm auf die Lehne. Seine Augen ruhten auf Welke, der die kühle Luft der Klimaanlage genoss.

»Sie ermitteln also in einem Todesfall. Mutmaße ich richtig, wenn ich behaupte, dass die Polizei in der Regel nur bei dem Verdacht eines Kapitalverbrechens tätig wird?« Er betrachtete Welke mit einem Blick, in dem dieser ein Quäntchen Misstrauen zu erkennen glaubte. Es war mehr zu erahnen, als zu erkennen.

»Nein. Die Polizei ermittelt grundsätzlich bei einem ungeklärten Todesfall. Das begründet nicht automatisch ein Verdachtsmoment. Alltagsgeschäft. In Essen und Mülheim an der Ruhr ermitteln wir pro Jahr in mehreren Tausend solcher Fälle.«

»Tatsächlich?«

»Ja.«

Overbecks Körperhaltung blieb unverändert. »Und in diesem Fall?«

Welke zuckte mit den Achseln. »Wir sind uns da nicht sicher. Ich muss dazu sagen, dass wir uns an den Anfängen unserer Ermittlungen befinden. Darf ich fragen, was Ihr Unternehmen genau macht?«

Overbeck nahm den Arm von der Lehne und legte beide Hände auf seine Knie. »Die Firma Medicalbiotronic GmbH ist im Bereich der medizinischen Technologie tätig. Wir fertigen hochspezielle medizinische Produkte an.«

Welke blickte neugierig. »Interessant. Was genau darf ich mir darunter vorstellen?«

»Sagt Ihnen der Begriff *Stent* etwas?«

»Sie meinen die Stents, die zur Behandlung von Venenverschlüssen operativ eingesetzt werden?«

Dr. Overbeck nickte. »Die Anwendungsgebiete sind vielfältig. Grundsätzlich dient ein medizinischer Stent dazu, ein Hohlorgan offen zu halten oder zu weiten. Wir haben uns zu einem führenden Unternehmen im Bereich der kardio- und endovaskulären Medizintechnik entwickelt, wobei unser Hauptschwerpunkt auf die Entwicklung besonderer Implantate liegt. Nach langjährigen und intensiven Forschungsarbeiten sind wir in der Lage, in diesem Segment hoch spezialisierte Produkte anbieten zu können.«

Welke verschränkte die Arme vor der Brust und strich sich über seinen Vollbart. »Interessant. Äußerst interessant. Dürfte ich – aus rein persönlicher Neugier – die Frage stellen, auf was genau sich Ihr Unternehmen spezialisiert hat?«

Overbeck beugte sich vor und goss sich etwas Kaffee in eine der Tassen. Sofort war der Raum von dem angenehmen Duft erfüllt. Er trank ihn schwarz und stellte die Untertasse auf seinem Oberschenkel ab. »Stents werden in der Regel nach einer Dehnung des betroffenen Hohlorgans oder einer verstopften Vene zum dauerhaften Verbleib eingebracht. Wir sprechen hier von der sogenannten Stentangioplastie. Diese Behandlungsmethode führt aber regelmäßig zu Problemen. Das Implantat wird vom Organismus als Fremdkörper wahrgenommen und dementsprechend wird die lokale Blutgerinnung anregt.«

Welke nickte. »Sie meinen, die Dinger können verstopfen?«

»Exakt. Man nennt das Ganze In-Stent-Thrombose. In der Regel ist ein solcher Verschluss tödlich. Deswegen nehmen Patienten im Rahmen einer Thrombozytenaggregationshemmung ihr Leben lang blutverdünnende Medikamente. Darüber hinaus kann es zu einem langsamen, aber stetigen Verschluss durch das Einwachsen von Bindegewebe kommen. Man versucht durch spezielle Stents, die in der Lage sind, Medikamente abzugeben, dieses Einwachsen zu verhindern.«

»Und Sie forschen daran?«

»Ja. Unsere Firma hat sich das Ziel gesetzt, ein Produkt zu entwickeln, das von seiner Oberflächenbeschaffenheit ein Anhaften von Blutkörpern und das Einwachsen von Gewebsstrukturen verhindert. Sie kennen sicher den Lotuseffekt?«

Welke nickte.

»So ähnlich dürfen Sie sich das Ganze vorstellen. Unsere Produkte sind so aufgebaut, dass ihre Außenseite hervorragend in die Gewebsstruktur einwächst, somit nicht verrutschen kann. Gleichzeitig ist die Innenseite mit einer patentierten und speziellen Nanobeschichtung versehen, an der nichts anhaften kann. Ein weltweit einmaliges Verfahren. Wir stehen kurz vor der Serienreife.«

Welke zog die Mundwinkel nach unten und machte ein beeindrucktes Gesicht. »Da scheint es nur logisch, dass Sie Ihr Unternehmen in jegliche Richtung absichern. Gegen Einbrüche, Industriespionage …«

Overbeck stellte die Tasse zurück auf das Tablett. »Sie sprachen von einer Verbindung meines Unternehmens mit einem … wie darf ich es nennen?«

»Todesermittlungsverfahren. Wir haben in einem Essener Waldgebiet die Leiche eines Mannes gefunden, dessen Identität bisher nicht geklärt werden konnte. Die Rechtsmediziner gaben an, dass die Person vor schätzungsweise drei Monaten ums Leben kam.«

»Wurde er ermordet?«

Welkes Gesichtsausdruck blieb ausdruckslos. »Derzeit halten wir uns bei der Bewertung alle Möglichkeiten offen. Wir stehen, wie ich eingangs bereits anführte, sozusagen noch am Anfang. In erster Linie sind wir daran interessiert zu erfahren, wer die Person ist. Bei der Obduktion fanden wir Hinweise auf eine spezielle Farbe, die man auch als künstliche DNA bezeichnet. Es konnten bei der mikroskopischen Begutachtung dieser Substanz individuelle Microdots erkannt werden, die auf Ihr Unternehmen registriert sind.«

»Für unsere Firma? Das erstaunt mich.«

»Ist Ihr Gebäude denn technisch geschützt?«

»Ja. Wir haben eine Sicherheitsfirma beauftragt, unser Objekt passiv und aktiv zu sichern.«

»Was darf ich mir darunter genau vorstellen, Herr Doktor?«

»Wir haben, um bei Ihrer Frage zu bleiben, ein Sprühsystem im Eingangsbereich des Labors anbringen lassen. Dieses System ist den Mitarbeitern unbekannt. Es gibt nur wenige Personen, die davon Kenntnis haben. Ein verschwiegener Kreis, wenn Sie so wollen. Nach dem Verschluss dieser Räumlichkeiten schaltet die Anlage scharf. Wenn ein Infrarotkontakt ausgelöst wird, geht auf denjenigen, der den Kontakt auslöst, ein feiner Sprühfilm nieder. So fein, dass der Betroffene es nicht einmal merkt. Das System wird regelmäßig überprüft. Natürlich verfügen wir noch über weitere Sicherheitseinrichtungen. Doch es gab in allen Bereichen weder einen Fehlalarm noch einen Hinweis auf eine Manipulation oder einen Einbruch.«

Welke sah sein Gegenüber abschätzend an. »Wie bereits gesagt, verstarb der Mann vor ungefähr drei Monaten. Das bedeutet, Herr Doktor, dass der Tote kurz zuvor in irgendeiner Art und Weise in einem sensiblen Bereich Ihrer Firma mit der Substanz in Kontakt gekommen sein muss. Wer könnte da infrage kommen? Eigentlich doch nur Berechtigte? Es sei denn, es hat zu dieser Zeit einen … Vorfall gegeben. Einen Vorfall, der zumindest nicht zur Anzeige gebracht wurde.«

»Nein. Einen solchen Vorfall hat es nicht gegeben. Ich wüsste davon. Selbstverständlich.«

»Sind Sie sich da absolut sicher?«, warf Heimke ein.

Overbeck lehnte sich wieder zurück und zuckte mit den Schultern. »Absolut.«

»Somit bliebe die Möglichkeit …«, fuhr Welke fort, »dass ein Fremder mithilfe eines Berechtigten …«

»Ausgeschlossen!«, unterbrach ihn Overbeck resolut. »Ich verbürge mich für meine Mitarbeiter. Außerdem sind unsere Schließanlagen elektronisch gesichert. Sie kommen nicht auf direktem Weg zum Labor. Und es hat auch nicht jeder Zugang. Ein Schließvorgang wird aufgezeichnet und kann individuell zugeordnet werden.«

»Okay.« Welke beugte sich etwas vor. »Ich frage mal anders. Ist Ihnen in der letzten Zeit aufgefallen, dass einer Ihrer Mitarbeiter eine Veränderung in seinem Verhalten aufgezeigt hat? Irgendetwas Ungewöhnliches?«

Overbeck hatte die letzten Ausführungen des Beamten mit zugekniffenen Augen verfolgt. »Darf ich das als Verhör verstehen?«

Welke schaute zur Seite, zu Heimke, doch der hatte wie immer dieses typisch höfliche Gesicht aufgesetzt, von dem man nicht wusste, was man davon halten sollte.

»Nein. Selbstverständlich nicht. Aber es ist unstrittig, dass eine unbekannte Leiche Kontakt mit der DNA-Farbe hatte, die auf Ihr Unternehmen registriert ist. Es ist sogar für einen Laien nachvollziehbar, dass bei der Art der Sicherung, die Sie beschreiben, man mit einer großen Wahrscheinlichkeit davon ausgehen darf, dass nur ein Berechtigter Zugang zu den firmeninternen, sensiblen Bereichen hat.« Welke fühlte sich zunehmend gereizt und war bemüht, sich das nicht über die Maßen anmerken zu lassen.

Overbeck zuckte mit den Schultern. Der anfänglich offene Gesichtsausdruck hatte sich verändert. »Ich stelle Ihre Aussage nicht infrage, Herr Kommissar. Möglicherweise sind Sie auf dem Holzweg. Ich könnte mir durchaus vorstellen, dass es andere, rationale Möglichkeiten gibt. Vielleicht wurde die Farbe auch an andere Kunden verkauft? Ein Mitarbeiter der Sicherheitsfirma, der einen Fehler beging? Die Farbe wurde mit dieser Individualkennung mehrfach ausgegeben.«

Welke schüttelte den Kopf. »Unwahrscheinlich. Es gibt Hunderttausende Kombinationen.«

Overbeck wirkte ernst. »Ich habe keine Ahnung von solchen Dingen. Aber ich zahle ein Heidengeld dafür, dass dieses System funktioniert.«

Overbeck sah den Hauptkommissar mit regungsloser Miene an.

Welke setzte sich aufrecht hin. »Ich möchte Sie um Ihre Mithilfe bitten. Wir benötigen eine Auflistung der Belegschaft. Alle Informationen, die Sie über Ihre Mitarbeiter haben. Sie sagten, es gibt Aufzeichnungen der Schließvorgänge … nach Möglichkeit müssen wir auch auf diese Daten zugreifen.«

Overbeck kniff die Lippen zusammen. Er machte aus seiner zunehmend ablehnenden Haltung keinen Hehl. »Herr Welke. Ich kann, außer der Tatsache, dass eine gewisse Sicherheitsfarbe, die auf mein Unternehmen zugelassen ist und die an Ihrem Toten gefunden wurde, keinen Bezug zu meinem Unternehmen erkennen. Ich bin bis zu einem gewissen Punkt gern bereit, der Polizei behilflich zu sein. Ihr Anliegen geht mir jedoch erheblich zu weit.« Schwungvoll erhob er sich.

»Dann werde ich über der zuständigen Staatsanwaltschaft einen Durchsuchungsbeschluss beim Amtsgericht erwirken müssen«, führte Welke entschlossen an.

Overbecks Gesichtszüge verhärteten sich. »Meine Herren, ich bin ein rechtschaffener Mensch und ich lasse mich von Ihnen sicher nicht unter Druck setzen. Glauben Sie, dass Sie hier einfach in mein Unternehmen marschieren und mir zur Wahrnehmung Ihrer eigenen Interessen mit einer staatsanwaltlichen Durchsuchung drohen können? Ich werde meinen Rechtsbeistand mit der Wahrnehmung meiner Interessen beauftragen. Eine dienstliche Beschwerde behalte ich mir vor. Und jetzt möchte ich Sie bitten, mich zu entschuldigen. Sie finden sicherlich allein hinaus.«

Welke erhob sich. Heimke tat es ihm gleich. Der Hauptkommissar griff in seine Brusttasche und hielt Overbeck eine Visitenkarte hin. Dieser warf kurz einen Blick darauf.

»Ich hege keinen Verdacht gegen Sie oder eine andere Person, Herr Doktor. Und bei allem Respekt ... wir ermitteln nicht in einem Hühnerdiebstahl. Wenn Sie unser Gespräch nochmals überdenken und Ihre Meinung gegebenenfalls ändern möchten, rufen Sie mich bitte an.« Welke legte die Karte auf den Tisch. »Ich danke Ihnen. Auf Wiedersehen, Herr Doktor.«

*

In der zweiten Etage des altehrwürdigen Polizeipräsidiums stand Kriminaloberrat Stefan Reuter – die Hände hinter dem Rücken verschränkt – vor dem geschlossenen Fenster seines Büros und schaute über die mehrspurige Zweigertstraße zu dem großen Gebäudekomplex des Amts- und Landgerichtes Essen. Das Außenthermometer peilte die 30-Grad-Marke an, obwohl es noch nicht einmal Mittag war. Der heftige Regenschauer, der sich kurz zuvor in langen Bindfäden über das Viertel ergossen hatte, war viel zu schnell vorbei gewesen, um der Natur etwas von der so dringend benötigten Feuchtigkeit zu geben. Gerade im innerstädtischen Bereich, in dem der größte Teil der Flächen bebaut oder anderweitig oberflächenversiegelt war, wirkten die wenigen Rasenflächen braun und strohig. Ein Streifenwagen mit eingeschaltetem Blaulicht und Martinshorn folgte einem Notarztwagen in halsbrecherischer Fahrt in Richtung Universitätsklinikum. Viele kamen mit der Hitze nicht klar. Die Ambulanzen hatten alle Hände voll zu tun. Darüber hinaus wich die temperaturbedingte Lethargie allmählich einer zunehmenden Gereiztheit. Diese wirkte sich nicht nur auf den Großstadtverkehr aus, sondern machte sich in allen Bereichen des gesellschaftlichen Lebens bemerkbar. Selbst im eigenen Hause. Die abendlichen Ruhestörungen, die zahlreichen Randalierer und Betrunkenen belasteten die Polizei zusätzlich.

Stefan Reuter drehte sich in Richtung seines modernen Standventilators, der auf vollen Touren lief, die warme Luft jedoch nur umwälzte und nicht zu einer wirklichen Abkühlung beitrug.

Reuters schmaler Mund wirkte stets wie ein gerade gezogener Strich und die blassen Lippen boten kaum einen Kontrast zu seiner hellen Haut. Seine Augen waren von einem kalten willensstarken Blau. Mit geradliniger Disziplin hatte er seine Karriere bei der Polizei verfolgt, wenngleich er seinen angestrebten Platz in dem Machtgefüge noch nicht in der Form gefunden hatte, wie er ihn anstrebte. Kriminalgruppenleiter – ein Titel, mit dem er sich gern Anreden ließ – war nur eine Station auf dem Weg nach ganz oben. Es entsprach nicht seinen Plänen, in einer normalen Polizeibehörde zu versauern, wo man seine Leistungen gering schätzte. Sein Ziel war die Führungselite im Innenministerium, beim Landes- oder Bundeskriminalamt. Reuter war sich im Klaren darüber, dass der Weg dorthin nur zu beschreiten war, wenn man bedingungslose Loyalität und respektvolle Haltung den richtigen Personen gegenüber an den Tag legte und sich durch Leistung empfahl. Reuter schritt zu seinem Spiegel, ordnete sein im Frontbereich bereits dünner werdendes hellblondes Haar mit einem Kamm und überprüfte den Sitz seiner Kleidung. Er war stets angemessen gekleidet. Wie ein Manager. So sah er sich. Gestärktes Hemd, maßgeschneidert, dazu eine Seidenkrawatte. Während der letzten drei Monate, seit er die Kriminalinspektion übernommen hatte, hatte er einige grundlegende Änderungen eingeführt. Er empfand die bisherige Personalpolitik im Haus als unerträglich. Es galt, alte Strukturen aufzubrechen und das vorhandene Personal so effizient wie möglich einzusetzen. Die Vorgaben des Innenministeriums waren, was die Zahl der erkennungsdienstlichen Behandlungen und der freiwilligen Speichelproben betraf, eindeutig. Und die Aufklärungsquote bei Einbruchsdelikten war – wie er es einmal formuliert hatte – unterirdisch. Hier sah er gute Möglichkeiten, auf sich aufmerksam zu machen. Das erreichte man nicht mit Behutsamkeit. Er hatte mit den alten Traditionen gebrochen, die erfahrenen Dienststellenleiter in notwendige Umstrukturierungen miteinzubeziehen. Sinnlose Diskussionen, die Zeit raubten, seiner Auffassung nach auf faule Kompromisse hinausliefen und letzten Endes das von ihm angestrebte Ergebnis bei Weitem verfehlten. Reuter war ein Mann, der sich selbst beigebracht hatte, in jeder Situation einen kühlen Kopf zu bewahren und seine Vorstellungen mit einer Vehemenz und Hartnäckigkeit durchzusetzen, die ihn in den Augen anderer, insbesondere in denen seiner Untergebenen, gefährlich und nicht berechenbar machte. Und in der Tat nahmen es nur wenige mit ihm auf.

Am Tag zuvor hatte ihn ein Bekannter, der Mitglied des Landtages war, angerufen und ihm über eine Beschwerde eines renommierten und angesehenen Mediziners und Geschäftsmannes in Kenntnis gesetzt. Reuter war dankbar für die Beschreitung des unteren Dienstweges vorbei an dem zuständigen Sachgebiet, welches die Beschwerde nach Prüfung in letzter Instanz dem Polizeipräsidenten vorgelegt hätte. Stefan Reuter hatte kein Interesse daran, dass man ihm indirekt vorhalten konnte, seinen Laden nicht im Griff zu haben. Es war an der Zeit, Welkes ungestümer Art, seiner leichten Gereiztheit, Einhalt zu gebieten. Zu oft entbehrten dessen Vorgehensweisen seiner Meinung nach der notwendigen Sachlichkeit und Professionalität. Der ein oder andere durchaus respektable Erfolg Welkes begründete sich Reuters Meinung nach vornehmlich aus seiner langen Diensterfahrung, kombiniert mit einer gehörigen Portion Glück. Die unkonventionelle Art, mit der er dabei in der Regel vorging, für die er in der Behörde geradezu berüchtigt war, war längst überholt. Für solch grobschlächtige, antiquierte Beamte war in einer modernen Polizei kein Platz mehr.

Es klopfte. Unmittelbar darauf wurde die Klinke heruntergedrückt und die Tür schwang auf.

»Sie wollten mich sprechen?«

Reuter sah über die Geringschätzung hinweg, die der Hauptkommissar dadurch zum Ausdruck brachte, dass er nicht nur eine Aufforderung zum Eintreten nicht abwartete, sondern das Gespräch unter Verweigerung eines Grußes unvermittelt aufnahm.

»Setzen Sie sich, Welke.« Reuter wartete, bis sein Gegenüber Platz genommen hatte. Dieser war eine durchaus imposante Erscheinung, vor Selbstvertrauen nur so strotzend. Reuter war insgeheim beeindruckt. Er mochte es nicht, Welke gegenüberzustehen, da dieser ihn um einen Kopf überragte. Reuter hatte bewusst einen einfachen Stuhl vor seinen Schreibtisch platziert, um sich damit die Möglichkeit zu schaffen, mittels seines höhenverstellbaren Bürostuhls auf Augenhöhe mit Welke zu sitzen. Dass er nur noch mit den Fußspitzen den Boden berührte, war etwas, was der Hauptkommissar nicht sah. Reuter betrachtete Welkes Bart, der bereits seit Tagen eine notwendige Zuwendung vermissen ließ.

»Was gibt es Neues bezüglich des Leichenfundes im Stadtwald?«, begann Reuter unvermittelt und faltete die Hände wie zum Gebet.

Welke verschränkte die Arme vor der Brust und betrachtete seinen Vorgesetzten.

»Da Sie sich täglich telefonisch bei mir über den aktuellen Stand der Ermittlungen erkundigen, glaube ich nicht, dass dies der vorrangige Grund ist, warum Sie mich persönlich sprechen wollen«, antwortete er gewohnt respektlos. Er schwitzte, fuhr sich mit der flachen Hand über die Stirn und rieb die Hand anschließend an der Hose ab.

Reuter zog eine Augenbraue hoch. Er sah Welke beinahe durchdringend an. Denjenigen, die regelmäßig mit ihm zu tun hatten, wäre das Warnung genug gewesen.

»Wie Sie wollen.« Seine Stimme hatte sich geändert. Sie war nun schärfer. Reuter lehnte sich zurück, nahm eine bequemere Position ein und bewegte die Sitzfläche seines Stuhles leicht hin und her.

»Dr. Overbeck. Der Name sagt Ihnen doch bestimmt etwas?«

Welke reagierte nicht.

»Ich habe Sie etwas gefragt, Welke!«

Der Hauptkommissar zeigte sich unbeeindruckt. »Herr Welke. So viel Zeit muss sein.«

Reuters Kaumuskeln pulsierten und seine Augen verengten sich. »Ich mag Ihre Art nicht, *Herr* Welke. Beantworten Sie meine Frage.«

Welke blieb äußerlich gelassen. »Ist das eine Frage, oder eine Feststellung? Lassen Sie mich raten. Er hat sich beschwert.«

Reuter beugte sich nach vorn und legte die Unterarme auf die Tischplatte. »Offensichtlich haben Sie sich mit Ihrem Auftreten selbst auseinandergesetzt. Was haben Sie sich dabei gedacht?«

»Das, was man von mir als Kriminalbeamter erwartet. Wir haben eine Spurenlage, die uns zu Overbecks Unternehmen führt. An der Leiche konnte eine künstliche DNA-Farbe sichergestellt werden, die auf Overbecks Firma registriert ist.«

»Ist das alles?« Um Reuters Mundwinkel bildete sich ein Lächeln.

Welke starrte seinen Vorgesetzten mit ausdrucksloser Miene an. »Zurzeit ja. Ob wir weitere Erkenntnisse daraus gewinnen können, wird sich zeigen.«

»Was haben Sie noch, das einen Bezug zu Herrn Dr. Overbeck, respektive zu seiner Firma herstellt? Ich meine, bis auf diese Farbe einer zweifelhaften Sicherheitsfirma?«

Welke richtete sich etwas auf. »Sie werden entschuldigen. Es handelt sich nicht um irgendeine Farbe aus dem

Baumarkt, sondern um eine individuell codierte Spezialflüssigkeit, die …«

Reuter tat Welkes Einwand mit einer Handbewegung ab und schüttelte missbilligend den Kopf. »Ich stelle nicht infrage, dass dieser Spur nachgegangen werden muss. Aber darüber hinaus haben Sie nichts. Was ist mit der Identifizierung?«

»Wir erhoffen uns von der Öffentlichkeitsfahndung Ergebnisse«, knurrte Welke.

»Sie wissen also noch immer nicht, wer der Tote ist? Seit einer guten Woche treten Sie auf der Stelle und haben keine weiteren Anhaltspunkte finden können … Sie konnten bis dato ja noch nicht Mal ein Fremdverschulden zweifelsfrei nachweisen. Und obwohl Sie eigentlich bis auf diese Farbe in einigen Fliegenmaden – wohlgemerkt nicht mal am Leichnam selbst – nichts finden konnten, haben Sie auf einen bloßen Verdacht hin einen Unverdächtigen unter Druck gesetzt.« Reuter unterstrich seine Aussage mit wild gestikulierenden Händen. Er wollte Welke aus der Reserve locken, ihm noch mehr zusetzen in der Hoffnung, dass er einen Fehler begehen würde.

»Ich habe niemanden unter Druck gesetzt.«

»Nicht? Zufälligerweise hat Dr. Overbeck sich bei einem befreundeten Mitglied des Landtages …«

»Ach, daher weht der Wind!«, antwortete Welke. »Soll ich Ihnen etwas verraten, Herr Reuter? Mich interessiert es einen feuchten Kehricht, ob jemand meint, seine Verbindungen spielen lassen zu können, um meine Ermittlungen zu behindern.«

Reuter knallte die flache Hand auf die Tischplatte. »Exakt! Daher weht der Wind! Weil man jeden weiteren Schritt in Richtung Dr. Overbeck äußerst kritisch verfolgen wird.«

»Wenn ich eins gelernt habe«, presste Welke sichtlich um Beherrschung bemüht durch die Zähne, »dann, dass man jedem nur vor den Kopf gucken kann. Und ich sehe es als meine verdammte Pflicht an zu überprüfen, ob er möglicherweise in irgendetwas verwickelt war, oder nicht.«

Reuter rieb sich seine gerötete Handfläche. »Ich werte das anders, Herr Welke. Wir können uns Ihr impulsives und unüberlegtes Vorgehen nicht erlauben. Was glauben Sie eigentlich? Dass Sie plump wie ein Bauarbeiter ohne anzuklopfen eintreten und haltlose Verdächtigungen in den Raum husten können?«

Langsam richtete sich Welke auf, trat einen Schritt vor, beugte sich nach vorn und stützte beide Hände, zu Fäusten geballt, auf den Tisch. »Ich mache diesen Job jetzt seit beinahe 36 Jahren. Also fast so lang, wie Sie auf der Welt sind, mein lieber Herr Reuter. Und mir ist es so was von egal, ob Sie Kriminaloberrat sind. Wir haben Gesetze in diesem Land, nach denen ich mich richte. Wenn Ihnen meine Arbeit nicht zusagt, können Sie …«

»Sich einen anderen suchen?«, unterbrach Reuter. »Ist es das, was Sie sagen wollten?«

Welke richtete sich zur vollen Größe auf, antwortete aber nicht, sondern sah seinen Vorgesetzten mit unverhohlener Verachtung an. Reuter erhob sich ebenfalls. Er spürte an Welkes demonstrativer Körperhaltung, dass es nur sein Dienstgrad war, der den Kriminalbeamten davon abhielt, den wohl größten Fehler seiner Laufbahn zu begehen. Er hatte den Hauptkommissar beinahe dort, wo er ihn haben wollte.

Langsam setzte sich Reuter wieder und lehnte sich zurück.

»Wissen Sie, was ich glaube, Herr Welke?«, fuhr er geschäftsmäßig fort. »Ich denke, Ihre Zeit ist vorbei. Sie sind ein Dinosaurier, unfähig, sich den neuen Gegebenheiten anzupassen. Polizeiarbeit ist ein Stück weit zu einem Politikum geworden. Sie erfordert Sensibilität. Fingerspitzengefühl. Diplomatie. Das sind Begrifflichkeiten, die Ihnen nur vom Namen her bekannt sind.« Abwägend sah er Welke an. »Wie lange haben Sie noch? Sechs Jahre, wenn mich nicht alles täuscht. Ich würde es begrüßen, wenn Sie sich mit dem Gedanken auseinandersetzen würden, einen ruhigeren Posten anzunehmen. Denken Sie darüber nach. Ich sichere Ihnen meine Unterstützung zu. Bis dahin werden ab sofort alle Dinge, die Dr. Overbeck betreffen, alle sonstigen Vorgänge, insbesondere Beschlussanregungen und Ermittlungsersuchen über meinen Tisch laufen. Und das, bevor sie das Haus verlassen. Ich erwarte, dass Sie meine Anordnungen befolgen, da ich mich sonst gezwungen sehe, disziplinarische Maßnahmen gegen Sie zu ergreifen.«

*

Die Ohrfeige kam ansatzlos. Ohne Vorwarnung. Der Kopf wurde zur Seite gerissen und noch ehe der junge Mann in der Lage war, seine Hand schützend auf die gerötete und schmerzende Stelle seines Gesichtes zu legen, traf ihn der nächste Schlag, der ihn zu Boden riss. Glas und Porzellan zerschellten auf dem Parkettboden, als er über den tiefen Couchtisch fiel. Starr vor Entsetzen und mit einem zum Schrei geöffneten Mund blickte er den groß gewachsenen Mann an, der wutentbrannt auf ihn zuschritt.

Dieser beugte sich über den am Boden liegenden, packte ihn am Revers, zog ihn hoch und drückte ihn mit Wucht gegen die Wand, dass für einen Augenblick dessen Atemreflex aussetzte.

Der Angreifer ließ den jungen Mann los, trat einen Schritt zurück und holte zum nächsten Schlag aus, stoppte seine Hand jedoch wenige Zentimeter vor dem Gesicht des anderen, der schützend beide Arme vor dem Kopf hielt.

»Du nichtsnutziger Versager!« Der Mann schnaubte vor Erregung. Die Schärfe seiner Stimme traf den anderen beinahe körperlich. Dieser senkte seine Arme etwas, bereit, sie sofort wieder nach oben zu reißen. Wie ein unterwürfiger Hund blickte er sein Gegenüber in leicht gebeugter Haltung an, versuchte sich an einem beschwichtigenden Lächeln, was zu einer Grimasse verkam. Der Größere wandte sich von ihm ab, stemmte eine Hand in die Hüfte, während er sich mit der anderen durch die Haare fuhr. Seine Augen tasteten sich unruhig durch das Zimmer, als wären sie auf der Suche nach einem Fixpunkt, an dem sie Halt finden konnten. Abrupt drehte er sich wieder dem Jüngeren zu, der instinktiv zurückwich, während er mit seinem Zeigfinger versuchte, das dünne Blutrinnsal zu stoppen, das ihm aus der Nase floss.

»Was hast du dir bloß dabei gedacht?«, zischte der Ältere nach einem kurzen Schweigen, während sein Blick den Jüngeren wie ein glühender Speer durchbohrte. Dieser stand noch immer regungslos da. Sein Gesicht war eine Mischung aus Furcht und Neugier. Der Schweiß auf seiner Stirn schimmerte wie ein dünner Ölfilm. Seine Stimme klang brüchig. »Ich dachte …«

»Du dachtest?« Er ging wieder auf ihn zu. Glas knirschte unter seinen Schuhen. »Genau darin liegt das Problem. Niemand hat dir aufgetragen zu denken. Eine simple Anweisung. Nicht mal dazu bist du in der Lage«, unterbrach er ihn selbstgefällig. Der Spott in seiner Stimme war unüberhörbar.

»Tut mir leid.«

Der andere legte den Kopf leicht schief. Seine Augen waren schmale Schlitze. »Es tut dir leid? Mehr hast du nicht dazu zu sagen?« Erneut strich er sich mit seiner Hand über das Haar.

»Was … was machen wir jetzt?«, fragte der Jüngere mit dem letzten Fünkchen an Mut, der in ihm verblieben war.

Der Ältere löste seine Finger, die sich nach wie vor an seinem Kopfhaar festkrallten. »Wir? Du wirst gar nichts machen. Ich werde mich darum kümmern. Und ich schwöre dir … enttäuscht du mich noch ein einziges Mal, werde ich dich höchstpersönlich dahin befördern, wo du hingehörst!«

*

Hauptkommissar Welke war ausgesprochen übellaunig. Die unerträgliche Luftfeuchtigkeit nahm seit Wochenbeginn permanent zu, trieb ihm selbst im Zustand absoluter Unbeweglichkeit den Schweiß aus den Poren und bildete einen hauchdünnen, schmierigen Film auf seiner Haut. Die Gräserblüte befand sich in voller Ausdehnung. Die Bindehäute waren gerötet, sandige Fremdkörper, die er sich nur einbildete, die sich trotzdem real anfühlten, rieben über seine Augäpfel, und das Wasser lief ihm aus der verstopften Nase. Eben noch hatte er sich bei bedecktem, aber nicht bedrohlich aussehendem Himmel dazu entschlossen, zur nahe gelegenen Rüttenscheider Straße zu laufen. Offiziell, um sich die Beine zu vertreten. Tatsächlich, um sich in einer Metzgerei zwei Mettwürstchen zu kaufen. Auf dem Rückweg passierte es. Binnen Minuten verdunkelte sich der Stadtteil. Ohne Vorwarnung frischte der Wind auf, trieb heftige Brisen durch die Häuserschluchten und es bildeten sich Wolken, die wirkten, als würden sie den Weltuntergang ankündigen. Ansatzlos knallte ein ohrenbetäubender Donner über seinem Kopf und zeitgleich ergoss sich sintflutartiger Regen, der alles um ihn herum zu ertränken versuchte. Wenige hundert Meter bevor er das Präsidium erreicht hatte. Welkes Haar klebte nass am Kopf, sein Hemd am Körper. So schnell wie der Niederschlag eingesetzt hatte, so schnell hatte es auch wieder aufgehört zu regnen. Als hätte jemand einen Hebel umgelegt. Der Schauer hatte jedoch nichts von der drückenden Schwüle genommen. Im Gegenteil. Welke hatte das Gefühl, jemand hätte ihm ein nasses, warmes Handtuch auf das Gesicht gelegt. Der Asphalt dampfte sichtbar. Und das bereits am Vormittag. Der Tag würde einem Saunagang gleichen.

Das Gespräch mit dem Kriminalgruppenleiter steckte Welke noch immer in den Knochen. Er konnte diesen Typen nicht ausstehen, was im Hause durchaus bekannt war. Die Tatsache, im Dienstgrad über den anderen zu stehen, ließ diesen Reuter tatsächlich glauben, fehlerfreie und nicht infrage zu stellende Entscheidungen treffen zu können. Ein Direkteinsteiger, dazu noch aus dem Rheinland, der sich nach einem mittelmäßigen Jurastudium entschlossen hatte, bei der Polizei anzufangen. Nun hatte er das Sagen, ohne jemals auf der Straße, geschweige denn Polizist gewesen zu sein. Seit seiner Versetzung zur Behörde nervte er Welke täglich mit unzähligen Anrufen, um sich stets auf dem neusten Stand zu sein. Seine Fragen und Kommentare ließen Welke an jeglicher Sachkompetenz zweifeln. Dass sie in dem Fall mit dem Toten aus dem Stadtwald nicht weiterkamen, wurmte Welke tatsächlich zutiefst, dadurch sah er sich ständigen Rückfragen seitens des Gruppenleiters ausgesetzt.

Viel hatten sie wirklich nicht. Das Einzige, was sie bisher in Erfahrung gebracht hatten, war, dass es sich um einen männlichen Toten mitteleuropäischen Phänotyps in einem Alter zwischen 55 und 70 Jahren handelte, der zu Lebzeiten ungefähr 176 Zentimeter groß und circa 80 Kilogramm schwer gewesen war. Einzige Anhaltspunkte, die letztendlich zur Errichtung einer internen Mordkommission geführt hatten, waren nicht eindeutig zu bestimmende Einkerbungen des Halswirbelbereichs. Und natürlich die Tatsache, dass der Mann nach seinem Ableben in dem Wald abgelegt worden war und dass zumindest in einigen der Schmeißfliegenlarven besagte DNA-Farbe nachgewiesen werden konnte. Zuletzt hatte man sich entschlossen, die Presse einzubeziehen. Natürlich hatte man nichts von einem Verdachtsmoment berichtet. Lediglich, dass ein unbekannter Toter im Schellenberger Wald gefunden worden war, der mehrere Wochen an der Fundstelle gelegen hatte.

Das Übliche. Wer vermisste wen? Wer erkannte dies und das … Bisher hatte sich niemand gemeldet, der sachdienliche Hinweise geben konnte. Bis auf die üblichen Spinner. Welke hatte dem Kriminalgruppenleiter telefonisch mitteilen müssen, dass sie in keinem Punkt weitere, tatrelevante Erkenntnisse hatten. Neben dem Umstand, dass sein Vorgesetzter nicht gerade ein Mann der Geduld war, die einzige Gemeinsamkeit, die er mit ihm teilte, hatten diese Gespräche zu einem Potpourri aus haltlosen Vorwürfen und realitätsfernen Anweisungen geführt. Unzählige Male am Tag malträtierte er Welke mit Fragen und ließ sich über unbedeutende Ermittlungsergebnisse aus. Dabei war der Fall nicht mal eine große Sache. Zumindest nicht für eine Großbehörde.

Welke schritt durch das Eingangsportal. Helmut, schwergewichtiges Urgestein der Präsidiumswache, stutzte einen Moment und brach in Anbetracht Welkes nasser Erscheinung in schallendes Gelächter aus. Es war durch die Panzerglasscheibe nicht zu hören, doch sein Gesichtsausdruck und die rhythmischen Zuckungen seines beleibten Körpers sprachen Bände. Helmut zog sein Taschentuch hervor und tupfte sich sichtlich erschöpft die Stirn ab, während er seinen Lachanfall in vollen Zügen genoss. Welkes Ausdruck war vernichtend, prallte aber offenbar an dem Sicherheitsglas ab. Er war sich bewusst, er musste lächerlich aussehen. Sein Hemd erlaubte einen ungenierten Blick auf seine Brustwarzen, die sich unter dem nun transparenten Stoff abzeichneten. Er wusste, egal was er sagte, es würde Helmut nur noch mehr amüsieren. So entschloss er sich stattdessen zu einer resignierten Handbewegung und diese Schmach zu ertragen wie ein Mann.

In seinem muffigen Büro, das ein Mitarbeiter der Ausländerbehörde in Anlehnung an gleich genannte Örtlichkeiten des Essener Straßenstrichs scherzhaft, aber durchaus zutreffend als »Verrichtungsbox« bezeichnet hatte, versuchte der bullige Hauptkommissar sich die Haare und seine Kleidung mit einem Stapel Papierhandtücher zu trocknen. Mit mäßigem Erfolg. Seine Haare waren nicht trockener, standen dafür jetzt ab wie nach einen Starkstromschlag.

Er warf das Papier in einen Mülleimer unter seinem Schreibtisch und öffnete das Fenster. Es regte sich kein Lüftchen. Die Landesfahne vor dem Präsidium hing schlaff und regungslos am Mast. Das Einzige, was in den Raum drängte, war die schwüle Luft und das Geräusch einiger liebestrunkener gurrender Tauben in den Nischen der alten Fassade. Welke holte sein Asthmaspray aus der Tasche, schob sich das Mundstück zwischen die Lippen und atmete tief ein, während er den Sprühknopf drückte. Sogleich machte sich das angenehm weitende Gefühl in seinen allergiegeplagten Bronchien breit. Er blickte über die riesige Stadt. Ein Meer aus grauem Beton, dessen Grenzen sich irgendwo in einer Unendlichkeit verloren. Obwohl diese Metropole keinen Anfang und kein Ende zu haben schien, stellte sich kein Gefühl gedanklicher Freiheit ein. Essen galt als eine der grünsten Städte Deutschlands, aber hier, im innerstädtischen Bereich, war die Enge erdrückend. So erdrückend, dass er sie manchmal körperlich spürte, wie sie seinen Brustkorb zuschnürte, das Luftholen erschwerte und kräftige Atemzüge provozierte. Wie bei einer tiefsitzenden Depression. Lärm erfüllte die Gegend, und die Abgase legten sich wie eine schwere Decke über das Viertel. Manchmal sehnte er sich nach Einsamkeit. Wohl wissend, dass er mit ihr nicht würde umgehen können.

Welke blickte auf die Uhr und seufzte lang und tief. Es war noch verdammt viel Tag übrig. Er hatte schlecht geschlafen. Eine Berufskrankheit, welche die meisten Polizisten mit ihm teilten. Oftmals kam er erst weit in der zweiten Nachhälfte zu einer Mütze Schlaf. Obwohl er ein dickes Fell hatte, hatte er sich die Frage gestellt, ob es klug gewesen war, Reuter in dieser Form die Stirn zu bieten. Das bedeutete nicht, dass die Konfrontation mit seinem Vorgesetzten die Ursache war, warum er sich in der Nacht hin und her gewälzt hatte. Vielleicht lag der wahre Grund in der Tatsache, dass das Alter tatsächlich seinen sprichwörtlichen Tribut zollte, ihm nach und nach Kraft raubte. Er hatte eher das Bedürfnis, sich auszuruhen, als sich in eine Auseinandersetzung zu stürzen, die ihm sehr viel Energie abverlangen würde. Welke schmiss sich in seinen Schwerlastsessel, dessen Gasdruckfeder bedrohliche Geräusche machte. Das schwarze Kunstleder knarzte. Er fummelte an dem Hebel unter der Sitzfläche, stellte die Lehne nach hinten, legte die Beine auf den Schreibtisch und verschränkte die Arme hinter dem Kopf. Wieder schaute er nach draußen, während er vor sich hin grübelte. Seine Augen verfolgten einen großen Zeppelin vom Flughafen Mülheim, der lautlos seine Runden über das Stadtgebiet drehte und für eine Bank warb. Von irgendwo unten hörte er das krächzende Geräusch eines Funkgerätes.

Reuter war für ihn ein Paradebeispiel des höheren Dienstes. Er konnte noch so wenig Ahnung von der Materie haben, trotzdem würde es ihm gelingen, einen Riesenstab an Arschkriechern um sich zu scharen, die scheißempfänglich für jede Art Pseudoversprechen waren und die drauf hofften, eine gute Beurteilung abzusahnen. Das war es, was einen Vorgesetzten so gefährlich machte. Die nicht einschätzbare Anzahl von Speichelleckern, die ihn hofierten wie ein Schwarm Fliegen ein Pfund handwarme Scheiße. Welke kratzte sich am Kinn. Warum hatte man diesem Kerl eigentlich noch keinen Spitznamen verpasst?, grübelte er. In einem Punkt hatte Reuter jedoch recht, gestand er sich ein. Er gehörte wirklich zu einer aussterbenden Spezies. Die Zeiten hatten sich ohne jeden Zweifel geändert. Gerade das Ruhrgebiet war ein verdammt heißes Pflaster geworden. Beschaulich war es noch nie gewesen. Doch was sich hier in den letzten Jahren an Subkulturen entwickelt hatte, war durchaus Angst einflößend geworden. Die Russenmafia hatte mittlerweile große Teile des horizontalen Gewerbes übernommen und das Ruhrgebiet zum größten, osteuropäisch geprägten Puff gemacht. In ganz Russland, Rumänien und Bulgarien sammelten sie Frauen ein und karrten sie hierhin. Jede zweite geklaute Luxuskarre befand sich auf dem Weg in den Osten. Die Italiener waren nach wie vor gut im Ruhrgebiet aufgestellt. Die Gegend war von jeher eine Hochburg der 'Ndrangheta. Etwas, was nicht nur seit den Morden in Duisburg bekannt war, höchstens deutlicher in das Bewusstsein der Bevölkerung gedrungen war, aber bereits nach kurzer Zeit wieder vergessen wurde. Geändert hatte sich nichts. Nach wie vor drückten die meisten Pizzerien Schutzgelder an die »ehrenwerte Gesellschaft« ab. Die Italiener infiltrierten zunehmend die Wirtschaft. Wandelten illegales Kapital in legales. Überließen die alten Geschäfte um Drogen und solche Dinge den Serben, Kroaten, Albanern. In der Tat teilte man sich den Kuchen bis zum letzten Krümel auf. Jeder zweite Einbruch oder gewerbsmäßige Diebstahl ging mittlerweile auf das Konto irgendwelcher osteuropäischer Diebesbanden. Dem Ganzen war nur schwer Herr zu werden. Neben den geradezu paradiesischen Zuständen offener und nicht kontrollierter Grenzen, die einen stetigen und wachsenden Zufluss an kriminellen Subjekten garantierten, war Deutschland ein Land, in dem auch die simpelsten Gesetze nicht zu verstehen waren. Sie schufen ein El Dorado für windige Anwälte, die die vielfältigen Auslegungsmöglichkeiten des deutschen Rechtssystems für die geschäftlichen Interessen ihrer Mandanten gekonnt zu nutzen wussten.

»Ein Land, in dem Milch und Honig fließt«, murmelte Welke gedankenversunken. Wer, verdammt noch mal, sollte das alles bewerkstelligen, fragte er sich. Er griff erneut nach seinem Inhalationsspray und nahm einen tiefen Zug.

Für Welke stand fest, dieses Land ging den Bach runter. In einem Tempo, das ihm angst und bange wurde. Er beugte sich vor und goss sich etwas Kaffee aus seiner alten Thermoskanne in seine Tasse, nahm einen Schluck und stellte das Getränk mit einem angewiderten Gesichtsausdruck auf seinen Schreibtisch. Es gab für ihn nichts Schlimmeres als lauwarme Kaffeeplörre. Er füllte einen Wasserkocher an seinem Handwaschbecken, was dieses Büro im Vergleich zu den übrigen zu einem Luxuszimmer aufwertete. Während das Gerät seinen Dienst tat, drehte er sich wieder zum Fenster, schloss es und schaute eine Weile hinaus, bis der automatische Abschaltmechanismus des Kochers sich mit einem klackenden Geräusch meldete. Welke schüttete den Kaffeerest auf die knochentrockene Erde einer jämmerlich aussehenden Yuccapalme, füllte die Tasse mit Wasser, tunkte einen Teebeutel hinein und beobachtete, wie sich die Flüssigkeit verfärbte.

Das Telefon riss ihn aus seinen Gedanken. Er blickte auf das Display, drückte die Lautsprechertaste, setzte sich und lehnte sich mit halb geschlossenen Augen im Stuhl zurück.

»Spreche ich mit Hauptkommissar Welke?« Die Stimme wirkte verstellt.

»Ja. Verraten Sie mir auch, mit wem ich das Vergnügen habe?«

Die Art, wie der andere sprach, sagte Welke, dass seine Worte ernst zu nehmen waren.

»Der Tote. Der aus dem Stadtwald. Ich weiß, wer das ist. Und ich kann Ihnen sagen, wer ihn getötet hat.«

KAPITEL 4

Der unbeleuchtete silberne VW-Bus rollte die abschüssige Straße mit ausgeschaltetem Motor entlang und kam in einer Seitenstraße geschätzte 250 Meter vom Zielobjekt entfernt zum Stehen. Die seitliche Schiebetür öffnete sich beinahe lautlos. Der schwarz gekleidete Mann stieg aus und reckte sich, bevor er die Tür wieder verschloss. Kurz überprüfte er den Sitz seines Sprechgeschirrs in dem Spiegelbild der dunkel folierten Scheiben, die selbst dann keinen Blick ins Innere zuließen, als er näher trat. Seine drahtig schlanke Statur, die breiten Schultern und seine gesamte Körpersprache unterstrichen seine überdurchschnittliche Fitness, signalisierten Selbstbewusstsein. Obwohl die gewaltsame Lagelösung nur die Ultima Ratio darstellte, hatte ihn das jahrelange Arbeiten in latenten Gefahrenbereichen gezeigt, dass kein Einsatz wie der andere war und eine Fehleinschätzung oder gar ein routinemäßiges Vorgehen Leben kosten konnte. Schlimmstenfalls das der Kollegen oder das eigene. Allein aus diesen Gründen war sein vorrangigstes Ziel die Risikominimierung.

Der Kommandoführer rückte seine schusssichere Weste unter seinem dunklen Einsatzoverall in die richtige Position und sah auf seine Uhr. Der Sachbearbeiter des zuständigen Fachkommissariats hatte sie über die Führungsstelle angefordert. Die Lageeinweisung am Vorabend war kurz und knapp gewesen. Man hatte aufgrund anonymer Hinweise eine mögliche Tatbeteiligung des Verdächtigen in einem mehrere Monate zurückliegenden Tötungsdelikt konkretisieren können. Im Sommer war eine männliche Leiche in einem Waldgebiet gefunden worden. Eine Überprüfung der Angaben des unbekannten Zeugen hatten die Ermittler tatsächlich zum Tatort geführt, an dem die Tatwaffe aufgefunden werden konnte. Inklusive Fremd-DNA. Die Zielperson war von einem zivilen Einsatztrupp der örtlichen Polizeiinspektion aufgenommen und bis zur Anschrift in einer Bewegungsobservation gehalten worden. Das Objekt war durchgehend verpostet worden und der Mann hatte das Haus nicht verlassen. Der kurzfristig zusammengeschusterten Einsatzmappe zufolge war er polizeilich noch nicht in Erscheinung getreten. Doch sagte das nichts über die Gefährlichkeit der Person aus. Letztendlich war eine mögliche Schuldfrage für ihr Einschreiten von untergeordneter Rolle. Ihre Aufgabe war es, eine Täterüberwältigung durchzuführen, wenn die normalen Beamten an ihre Grenzen stießen oder die Gefahrenlage die normalen Polizeibeamten überforderte. Dafür waren sie ausgebildet worden. In dem Wissen, dass über dem SEK niemand mehr kam und alle anderen Möglichkeiten bereits ausgeschöpft waren.

Hinweise auf eine Bewaffnung der Zielperson bestanden nicht. Daraus eine abgeschwächte Gefahrenanalyse abzuleiten, wäre jedoch mehr als fahrlässig gewesen. Im Gegenteil. Solange sie das Gefahrenpotenzial abschätzen konnten, erhielten sie die Möglichkeit, sich gezielt vorzubereiten. Obwohl sie durch jahrelanges Training sowohl physisch als auch mental optimal auf diese Extremsituationen vorbereitet waren, verspürte jeder von ihnen unmittelbar vor einem Zugriff den Adrenalinausstoß, der ihre Konzentration erhöhte und sie darauf vorbereitete, ansatzlos und ohne zu überlegen zu funktionieren.

Das Haus lag in einer ruhigen Seitenstraße in einer der besseren Gegenden. Essen-Werden war ein beschauliches Dorf für sich, am Rande der Stadt mit einem eigenen Stadtkern in eher ländlich geprägter Umgebung liegend. Hätte man einen Werdener danach gefragt, ob er sich als Essener fühlte, nicht viele hätten diese Frage aufrichtig bejaht.

Die Voraufklärung hatte sie relativ schnell zu dem Entschluss kommen lassen, den Zugriff in der Wohnung durchzuführen. Dem Kommandoführer wäre es lieber gewesen, die Zielperson auf der Straße zu überwältigen, da die Festnahme in einer Wohnung eine besondere Herausforderung darstellte. Doch hatten sie in der Kürze der Zeit kein halbwegs berechenbares Bewegungsmuster des Mannes erstellen können. Sie hatten Grundrisspläne aller Wohnungen, doch was bedeutete dies schon? Wände konnten zwischenzeitlich versetzt worden sein. Hinter jeder Tür, in jedem Kleiderschrank konnte ein bewaffneter und zu allem entschlossener Täter lauern. Auch die Überprüfung über das Einwohnermeldeamt lieferte nur bedingt taugliche Informationen. Sie erfuhren, wer in dem Haus amtlich gemeldet war. Ob sich aber in den Wohnungen weitere, unbekannte Personen aufhielten, konnte niemand mit Sicherheit sagen. Das Gebäude war von Beamten zuvor unter Legendenbildung aufgeklärt worden. Der Prospektzusteller und auch der Pizzabote hatten den Hauseingang bewertet und waren zu dem Schluss gekommen, dass sich die Tür mit einfachsten Mitteln relativ leicht überwinden ließ. Die Zielwohnung konnte im Haus zweifelsfrei im Erdgeschoss rechts identifiziert werden. Die Fenster lagen in einer Höhe von circa 140 Zentimeter. Auf der Gebäuderückseite befand sich ein gleichhoher Balkon. Alle Wohnungen verfügten offenbar über die gleichen Türblätter und Holzzargen. Sie würden für die annähernd 25 Kilogramm schwere Stahlramme kein Hindernis darstellen. Den letzten Informationen nach waren die Vorhänge zur Straßenseite hin zugezogen, die Zimmerbeleuchtung nicht eingeschaltet. Personenbewegungen waren nicht erkennbar. Wenn alles gut lief, schlief der Mann. Wieder sah der Kommandoführer auf seine Uhr. Er zog sein Handy hervor, öffnete die Protokolldateien und drückte die Wahltaste.

»Objektannäherung um exakt 5.35 Uhr.«

Anschließend öffnete er die Fahrzeugtür und verschwand augenblicklich in dem Dunkel des Wagens.

*

Der Zeitungsbote näherte sich dem gepflegten Gründerzeithaus und stellte den großen Handwagen mittig auf den Gehweg. Der Ortsteil war noch nicht zum Leben erwacht. Nur in vereinzelten Wohnungen des Straßenzuges brannte Licht. Der Mann schlug die wassergeschützte Kunststofftasche auf und holte einige der Presseblätter hervor. Er zog sich seine Schirmmütze ins Gesicht, auf der in großen Buchstaben der Verlagsname des Blattes stand, und schritt die drei Granitsteinstufen hinauf, um einige Ausgaben des Lokalkompasses durch den bodentiefen Zeitungsschacht zu drücken. So, wie es zweimal wöchentlich geschah. Hätte sich um diese Uhrzeit ein Anwohner auf der Straße befunden, er hätte dem Boten keine Beachtung geschenkt und sich auch nicht über die frühe Zustellung gewundert. Der Mann erhob sich, öffnete seinen Mantel und führte eine sogenannte Türöffnungskarte mit einer geübten Bewegung zwischen Zarge und Türblatt hinunter zum Schließmechanismus. Innerhalb weniger Sekunden glitt der Türschnapper mit einem kaum wahrnehmbaren Geräusch zurück. Daraufhin schob der Bote einen kleinen Kunststoffkeil unter die Tür, die er einen Spalt weit geöffnet hatte. Anschließend drehte er sich um, nahm seinen Handkarren und lief weiter.

Währenddessen näherten sich aus beiden Richtungen zwei Vans, die einige Meter weiter zum Stehen kamen. Die Türen glitten auf und es sprangen einige schwarz gekleidete Männer heraus. Sie alle trugen Sturmhauben, dazu Helme. Die erste Gruppe lief geduckt und beinahe geräuschlos mit schnellen Schritten zum Haus. Einer der Vermummten hielt eine schwere Strahlkonstruktion in den Händen. Die andere Gruppe hatte eine kleine Leiter dabei und rannte an der linken Seite des Gebäudes vorbei zur Rückseite. Die Männer an der Straßenseite hockten sich unmittelbar vor den Eingang, ihre Körper fest an die Fassade gedrückt. Der erste der Polizisten presste den Kopfhörer seines Sprechgeschirrs gegen sein Ohr. Er sah zurück zu seinen Kollegen, die hinter ihm kauerten, hob die Finger, schien lautlos zu zählen, um dann die Hand nach vorn zu strecken. Sogleich rannten die Männer in Richtung Haustür.

Ein ohrenbetäubendes Geräusch signalisierte das Zerbersten der Balkontürscheibe an der Hausrückseite. Zeitgleich schlug die schwere Metallramme im Hausflur gegen die Wohnungstür. Der Beamte ließ das schwere

Gerät zu Boden fallen, wich nach links, während seine Kollegen mit gezogenen Waffen an ihm vorbei in die Wohnung drangen.

Geschrei. Hektik. Befehle. Dann ertönte aus dem hinteren Teil der Wohnung ein Ruf: »Person sicher! Niemand verletzt.«

*

Welke schlug mit der Hand mehrfach auf das Armaturenbrett, dass Heimke für einen Moment befürchtete, die Airbags könnten auslösen.

»Los!«, schrie Welke.

Heimke trat das Gaspedal durch, die Reifen krallten sich in den Asphalt und der Wagen machte einen Satz nach vorn. Der Opel Insignia schlitterte um die Ecke. Heimke nahm die Kurve etwas zu eng, ein Hinterreifen streifte den Bordstein und der Wagen schoss die Straße entlang. Unmittelbar vor dem Haus trat Heimke auf die Bremse, sodass Welke vom Gurt hart aufgefangen wurde. Er riss die Tür auf und wuchtete seinen massigen Körper aus dem Auto. In weniger als einer Minute trafen weitere Streifenwagen und Zivilwagen ein.

Im Hausflur blieb er für einen flüchtigen Moment stehen, sah auf die zerstörte Wohnungstür, die zersplitterte Zarge, und trat ein. Der Mann lag in seinem Bett, nur bekleidet mit T-Shirt und Unterhose. Man hatte ihn auf den Bauch gelegt und die Hände mit einem schwarzen Kabelbinder auf dem Rücken fixiert. In seinen Augen lag blankes Entsetzen. In all den Jahren hatte Welke es mehrfach erlebt, dass sich selbst die härtesten Jungs bei einer Festnahme durch ein SEK in die Hose gepisst hatten. Das Überraschungsmoment, welches die Beamten auf ihrer Seite hatten, verbunden mit dem Einsatz von Ablenkungsgranaten, dazu ihr martialisches Aussehen sorgten in der Regel dafür, dass die Zielperson ohne großen Widerstand einknickte.

Welke nickte den vermummten Gestalten zu. »Danke, Männer.«

Langsam schritt er in das Gesichtsfeld des Gefesselten. Dessen Blick war anzusehen, dass er um Aufklärung bettelte. Einer der SEK-Beamten reichte Welke einen Personalausweis. Er nahm das Dokument, betrachtete das Bild und verglich es mit dem Mann auf dem Bett. Anschließend steckte er das Dokument ein.

»Mein Name ist Welke. Kriminalpolizei. Sie sind vorläufig festgenommen.« Welke drehte sich um. »Heimchen. Such bitte ein paar Anziehsachen von unserem Kunden zusammen. Ich muss mich dringend mit ihm unterhalten.«

KAPITEL 5

»Bitte, lieber Gott, lass das jetzt nicht wahr sein!« Steiger drehte sich langsam in die Richtung, aus der er soeben das lautstarke »Überfall! Alle auf den Boden!« gehört hatte.

Sein Blick schweifte vorbei an den Registrierkassen, nahm unbewusst die Mienen der Kassiererinnen wahr – eingefroren und starr vor Entsetzen –, blickte zu dem jungen Mann, der sich breitbeinig im Eingangsbereich aufgebaut hatte und über den Lauf seiner Waffe in seine Richtung schaute. Er hatte einen Schal bis über die Nase und eine Basecap tief ins Gesicht gezogen, sodass man nur seine Augen und etwas von seinem schwarzen, strähnigen Haar unter der Kopfbedeckung erkannte. Er trug eine schwarze Lederjacke, darunter ein ebenfalls schwarzes Kapuzenshirt, eine vor Dreck stehende Jeans und Turnschuhe, die ihre besten Zeiten längst hinter sich hatten. Seine Stimme hatte den typischen Slang eines im Ruhrgebiet aufgewachsenen Mannes, der in einer mangelnden Chancengleichheit, einer falschen Entscheidung in seinem Leben, einer verkorksten Kindheit oder irgendeines anderen Grundes eine hervorragende Möglichkeit sah, sich und anderen ein Argument zu liefern, welches erklärte, warum er sich zu einem kriminellen Arschloch entwickelt hatte. Unzählige Jahre hatte sich Steiger als Bulle mit Junkies, Zuhältern, Gewalttätern und Betrügern herumgeschlagen. Und sich zu Beginn seiner Laufbahn ebenfalls mit der Frage auseinandergesetzt, warum ein Mensch abdriftete. Er hatte sogar bei sich selbst nach so etwas wie Verständnis gesucht. Es blieb bei einem erfolglosen Versuch, denn um solche Fragen sollten sich Sozialarbeiter kümmern. Wenn man sich nur halb so viel Gedanken um die Opfer machen würde wie um die Täter, wäre seiner Auffassung nach viel erreicht. Der Typ dort am Eingangsbereich war eindeutig ein sogenannter BtMer, wie man sie bei der Polizei nannte. Die gebräuchliche Abkürzung für Betäubungsmittelkonsumenten. Blassgesichtig und ungepflegt mit dem gehetzten Blick eines Menschen auf der ständigen Flucht vor seinen eigenen Dämonen.

Drogenaufklärung begann schon in frühester Schulzeit. Steiger war sich sicher, auch der Kerl vor ihm wusste oder ahnte zumindest, auf was er sich da eingelassen hatte, als man ihm den ersten Druck angeboten hatte. Anfangs war es meistens ein Blech. So nannte man eine zurechtgeformte Aluminiumfolie, auf der die Droge gelegt und die mit einem Feuerzeug erhitzt wurde, damit man die Dämpfe inhalieren konnte. Es war billiger und das gerauchte Heroin machte nicht so schnell abhängig wie die in die Venen geballerte Alternative. Auch dieser Typ hatte seine Grenzen selbst ausgelotet, war ein Opfer der eigenen Neugier und seines übersteigerten Selbstvertrauens geworden. Steigers Mitleid hielt sich in Grenzen. Immer öfter sah man im Stadtbild fertige Typen. Er fragte sich, ob die Anzahl der Bekloppten zunahm oder das eigene Fell einfach nur dünner wurde. Wahrscheinlich beides, dachte er. Die Kassiererin sah ihn mit weit aufgerissenen Augen an. Ein junges Ding, Kaugummi schmatzend, mit toupierten blondierten Haaren und künstlichen Fingernägeln, die an den Spitzen mit aufgeklebten

Strasssteinchen verziert waren. Die Situation wirkte wie eingefroren. Die Gesichter der anderen Verkäuferinnen und der wenigen Kunden waren weiter auf die schwarze Schusswaffe gerichtet, mit der der Räuber abwechselnd und mit hektischen Bewegungen auf die Personen vor sich zielte. Offenbar hatte er zu viele Actionfilme gesehen, fuhr es Steiger durch den Kopf. Nur ein Amateur hielt eine Waffe so wie dieser Typ. Seitlich, im Gangsterstyle, weil es cooler wirkte. Aber der Junkie war nicht cool. Offenbar hatte er sich seinen Überfall unkomplizierter vorgestellt. Ein paar Kommandos geben, Geld nehmen und abhauen. Doch niemand reagierte. Alle starrten ihn an, unfähig, seinen Befehl in die notwendigen Bewegungen umzusetzen. Etwas, was ihn verunsicherte. Und mit jeder Sekunde, in der sich nichts tat, schien sich sein Heldenmut aufzulösen. Steiger sah es an seinen Augen. Eng stehend und mit einem trüben Schleier belegt. Nein. Es war nicht das, was er erwartet hatte.

»Seid ihr taub! Auf den Boden!« Seine Stimme überschlug sich. Der Mann trat einige Schritte auf den Kassenbereich zu. Die Verringerung der Distanz führte zu einer Steigerung der Bedrohung und provozierte eine erhoffte Regung. Ein steifer Anzugträger an der Kasse rechts neben Steiger sank langsam auf die Knie, die Hände über den gegelten Kopf gestreckt. Steiger war sich nicht sicher, ob seine Brille tatsächlich eine Sehschwäche korrigieren sollte oder mehr dazu diente, ihm einen intellektuellen Touch zu verpassen.

Die Kassiererin richtete ihren Blick auf den Geschäftsmann, dankbar dafür, dass jemand etwas tat, und sank ebenfalls Richtung Boden. Ein junger Typ hinter dem Anzugträger – hager, mit wild wachsendem Ziegenbart, der an den Wangen deutliche Lücken zeigte – verharrte in seiner Position und hielt zwei in Folie gewickelte Kopfsalate vor seinen schmächtigen Oberkörper, die auf Steiger wie gepimpte Titten wirkten. Steiger war sich sicher, dass dieser Ökofuzzi Sozialarbeiter oder irgendein Pädagoge war. So ein Komiker, der auf seinem Fahrrad einen Ich-fress-keine-Tiere-Aufkleber pappen hatte.

Steiger wandte seinen Blick von der Szene ab und begann in aller Ruhe seine Waren aus dem Einkaufswagen zu nehmen und auf das Transportband der Kasse zu legen.

»Scheiße, Mann! Bist du irre? Du sollst dich auf den Boden legen, du Wichser!«

Steiger würdigte ihn noch immer keines Blickes. »Du machst einen großen Fehler, Kumpel«, sagte er schließlich.

Der Mann kam direkt auf Steiger zu, Wut und Ungläubigkeit spiegelten sich in seinem Gesicht wider. Er hielt seine Waffe nun zielgerichtet auf ihn.

Steiger konnte die Billionen Bakterien und Krankheitserreger beinahe spüren, die sich in den Klamotten des Mannes eingenistet hatten. Er sah den Typen nur flüchtig an und widmete sich wieder seinem Einkauf. Dann schnalzte er mit der Zunge und schüttelte den Kopf. »Ich schätze, so um die 30 Cent«, sagte er und legte zwei Dosen Mais auf das Band.

Das schien den Täter völlig aus dem Konzept zu bringen. Hektisch sah er sich um. »Was? Was faselst du da?«

»Na, dein Tagesverdienst.«

»Dir haben sie wohl ins Gehirn geschissen? Kotz dich aus, Mann!«

Beinahe gelangweilt wendete sich Steiger dem Räuber zu. »'ne ganz einfache Rechnung. Für die Nummer bekommst du ungefähr fünf Jahre. Wenn wir jetzt mal davon ausgehen, dass in so einer Kasse um die 500 Euro liegen, dann komme ich auf ungefähr 30 Cent. Pro Tag, wohlgemerkt.«

Der Mann senkte die Waffe leicht. Er dachte nach, was Steiger an seinem Gesicht sah. Er wirkte, als ob er nicht wüsste, was er dem renitenten Fremden antworten sollte. Stattdessen hob er die Automatik ruckartig wieder an. »Bist du ein Bulle, oder was?«

Steiger zog die Mundwinkel nach unten und schüttelte langsam den Kopf. »Ne. Bin ich nicht. Aber ich gehe davon aus, dass die schon auf dem Weg sind. Hast du überhaupt 'ne Vorstellung davon, in welcher Lage du bist? Hier wird in jeder zweiten Ecke eine Überwachungskamera sein.« Den fast gelangweilten Ton seiner Stimme wählte er bewusst.

Die Augen des Typen wurden noch hektischer, suchten nervös an der Decke des Ladens nach Kameras.

Steiger stemmte die Hände in die Hüften. »Du meinst, ich will dich verarschen?«, fragte er gelassen. »Verdammt noch mal! Wahrscheinlich drückt gerade jemand im Büroraum den Aufnahmeknopf von so 'ner Bildschirmwand, auf der dein Schädel in Großaufnahme dämlich guckend zu sehen ist. Außerdem fuchtelst du Schlaumeier mit deiner Kanone im Eingangsbereich herum, der heller erleuchtet ist, als der Essener Weihnachtsmarkt. Selbst ein Blinder sieht dich von außen auf 100 Meter.«

Steiger deutete mit einem Nicken in Richtung der doppelflügeligen Glastür. Im Anschluss zog er aus einem Regalfach unter dem Band eine Plastiktüte heraus.

»An deiner Stelle würde ich Kniegas geben. Solange du noch kannst.« Steiger widmete sich wieder seinem Einkaufswagen und legte eine Flasche Dressing auf das Band. Er konnte den Blick des Mannes nicht sehen, beobachtete ihn nur aus den Augenwinkeln, aber er musste ihn nicht anschauen, um zu wissen, was in ihm vorging. Der Mann befand sich kurz vor einem Kontrollverlust, so viel stand fest. Es war an der Zeit, ihm den Rest zu geben.

Steiger seufzte betont und drehte sich wieder zu dem Räuber. Er hoffte, dass seine gespielte Gelassenheit glaubhaft rüberkam.

»Du kommst fünf Jahre an keinen Stoff, Kumpel«, versuchte er es vertrauensvoll. »Und wenn jemandem was passiert, wird es noch erheblich länger dauern. Sei clever und hau ab.« Steigers Warnung klang wie ein Versprechen.

Der Mann sah ihn an. Die Unsicherheit, die sich zuvor in seinen hektischen Augen widergespiegelt hatte, wich einem anderen Ausdruck. Angst. Panik. Für einen flüchtigen Moment blieb er stehen. Überlegte wieder, um sich dann schlagartig umzudrehen und loszurennen.

Steiger ergriff eine der Maisdosen vom Transportband und warf sie dem Flüchtenden gegen den Hinterkopf, sodass dieser wie in einem Slapstickfilm aus den Zwanzigerjahren fast stürzte. Der Junkie taumelte nach vorn und berührte mit einer Hand den Boden. Bevor er sich abfangen konnte, war Steiger bei ihm und rammte ihn mit dem Einkaufswagen. Unkontrolliert fiel der Mann, unfähig, sich abzustützen. Steigers Stiefelspitze traf das Handgelenk. Die Waffe schlitterte über den Fliesenboden und enttarnte sich dabei selbst als Replik aus Plastik. Noch ehe der Räuber die Situation erfassen konnte, war Steiger über ihm, drückte ihm sein Knie in den Nacken, ergriff den linken Arm und setzte einen Hebel an, der seinen Widersacher aufschreien ließ.

Steiger drehte sich in Richtung des Kassenbereiches. Der Schlipsträger kniete noch immer und starrte mit offenem Mund in seine Richtung. Ebenso die Kassiererin. Dem Ökofreak in seinem Batikshirt war jegliche Farbe aus dem Gesicht gewichen, und Steiger befürchtete, er würde ihn augenblicklich auf die Genfer Menschrechtskonvention hinweisen.

Die Verkäuferin kaute noch immer ihren Kaugummi. Nur ihr Gesichtsausdruck hatte sich verändert. In ihren Augen lag nun etwas Verträumtes, ein merkwürdiger Glanz, als sie Steiger ansah. Ein Blick, den Frauen wohl bekamen, dachte Steiger, wenn sie meinten, dem Ritter auf dem weißen Pferd zu begegnen. Steiger war nicht das, was man im klassischen Sinne als gut aussehend bezeichnen würde. Er war groß, mit schmaler Taille und breiten Schultern. Eine stimmige Symmetrie, die ihren Zenit schon überschritten hatte. Bis zum 50. Geburtstag, der wie eine Bedrohung in einer nicht allzu fernen Zukunft lag, waren es zwar noch ein paar Jahre. Doch merkte er, wie der Zahn der Zeit an seinen Knochen nagte. Seine Attraktivität beruhte in erster Linie auf seinem Selbstbewusstsein. Sie zeigte sich aber auch in dem fesselnden Blick seiner blauen Augen und in der Schärfe seiner Stimme. Dieses Unnahbare, die Tatsache, sein Inneres nur erahnen zu können, da er es nie preisgab, war etwas, was ihm diese männliche, machohafte Note gab. Etwas, was viele Frauen ablehnten und gleichzeitig faszinierte. Eine rudimentäre Form der Männlichkeit. Ehrlich, rau und einschüchternd.

»Aufwachen, Herrschaften!«, riss Steiger die Anwesenden aus ihrer Trance. »Ich würde es begrüßen, wenn ich auf Ihre geschätzte Mitarbeit zählen dürfte.« Steiger sah die Kaugummi schmatzende Verkäuferin an. »Haben Sie Klebeband?«

Wie aus einem Tagtraum geweckt schreckte sie auf, nickte und griff irgendwo unter den Kassentresen. Kurz darauf hielt sie eine dunkle Rolle hoch.

»Sie da! In dem Anzug. Nehmen Sie endlich Ihre Arme runter. Und bringen Sie mir die Rolle.«

Steigers Ansage holte den Schlipsträger zurück in die Wirklichkeit. Der Mann senkte die Arme und erhob sich gleichzeitig.

Steiger nahm das Klebeband, gab dem Typen unter sich einige Anweisungen, die dieser widerstandslos befolgte, und band dessen Handgelenke auf dem Rücken zusammen. Anschließend fixierte er auf die gleiche Weise die Fußgelenke. »Hätte jemand die Güte, die Polizei anzurufen?«

Sein Handy läutete. Er fingerte es aus seiner Jacke und sah auf das Display. Es zeigte Claudias Nummer. Steiger nahm das Gespräch an.

»Bist du das, Robert?«

»Ob ich es bin? Wen erwartest du denn, wenn du meine Nummer wählst?« Seine Stimme klang schärfer als beabsichtigt.

»Hast du Sehnsucht?«

»Hättest du wohl gern«, antwortete sie leicht schnippisch. »Ich sollte dich noch mal anrufen, schon vergessen? Was machst du?«

Steiger ließ die Fessel los und setzte sich auf den Rücken des Räubers.

»Was ich mache?« Er legte die Stirn in Falten und sah auf den Gefesselten unter sich. »Ich habe gerade ein Paket geschnürt.«

»Also bist du bei der Post?«

»Nein. Muss ich nicht wegbringen. Es wird gleich abgeholt. Was ist passiert?«

»Ich muss dich dringend sprechen. Wenn es geht sofort.«

Er sah auf seine Uhr. »So wichtig? Okay. Wir haben gleich 14 Uhr. Ich schätze, ich kann in einer halben Stunde bei dir sein.« Er legte auf, ließ das Gerät in seiner Jacke verschwinden und wandte sich wieder dem Anzugträger zu. »Kommen Sie.« Steiger winkte ihn zu sich heran.

»Nun kommen Sie schon.«

Zögerlich setzte sich der Mann in Bewegung. Steiger erhob sich und stellte einen Fuß auf den Rücken des Räubers. Er fasste den feinen Pinkel an beiden Schultern und justierte ihn in die gewünschte Position, was dieser sich ohne Kommentar gefallen ließ.

»Setzen Sie sich!«

»Ich soll was?«

Steiger übte sanften Druck auf die Schultern seines Gegenübers aus. »Sie sollen sich setzen. Auf den Rücken.«

Der Mann blickte Steiger ungläubig an.

»Nun machen Sie schon!« Steiger erhöhte den Druck und der Mann tat, was er ihm aufgetragen hatte.

»Gut«, sagte Steiger. »So sitzen bleiben, bis die Polizei da ist. Das wird nicht lange dauern. Und ja nicht bewegen!« Er tätschelte dem Mann die Schulter und fingerte seinen Autoschlüssel aus seiner Jeans. Anschließend tippte er sich zum Abschied salopp an die Schläfe und verließ das Geschäft.

KAPITEL 6

Ihre Kräfte waren aufgebraucht. Ihre Muskeln brannten. Mechanisch setzte sie einen Fuß vor den anderen. Stolperte vorwärts, fiel hin, rappelte sich auf und lief weiter. Der Drang, sich umzusehen, war beinahe übermächtig. Sie konnte sie nicht hören. Obwohl sie wusste, dass sie dicht hinter ihr waren. Zu sehr übertönte ihr Atem, das Geräusch ihres rauschenden Blutes in ihrem Kopf, die Äste unter ihren Schuhen alles um sie herum. Ihre Lungen, wie in einem zu engen Korsett geschnürt, schienen keinen Sauerstoff aufzunehmen. Ihr Blick schrumpfte zu einem farblosen Tunnel. Längst sah sie die Zweige vor sich nicht mehr, die ihr ohne Unterlass ins Gesicht peitschten. Schützend hielt sie immer wieder ihre Arme vor den Kopf, um Dornen oder anderes Gestrüpp abzuwehren. Der nasse und schwere Lehmboden schien sie am Weiterkommen hindern zu wollen. Sie blickte sich wieder um, hoffte insgeheim auf einen Albtraum. Wieder stürzte sie, schürfte sich das Knie auf. Ihre Hände gruben sich in den matschigen Waldboden, fingen den Fall ab. Der Endorphincocktail in ihren Venen verhinderte jegliches Schmerzempfinden. Erneut kam sie auf die Füße, rannte weiter. Ihre Tränen vermischten sich mit dem Speichel, der aus ihrem geöffneten Mund lief. Sie fuhr sich mit ihrer Zunge, die sich angeschwollen anfühlte und die gesamte Mundhöhle auszufüllen schien, über die trockenen rauen Lippen. Mit bleischweren Schritten stampfte sie weiter durch das dichte Unterholz, kämpfte gegen die Übelkeit, den Geschmack des Gallensaftes, der sich seinen Weg die Speiseröhre hinaufbahnte. Sie wusste, dass sie durchhalten musste, nicht zusammenbrechen durfte. Ihre Panik wurde größer, wusste sie doch nicht, wo sie hinrannte. War es die richtige Richtung? Sie hoffte auf ein Haus. Eine Straße. Irgendeinen Ort, an dem sich Menschen befanden, und sie wäre in Sicherheit. Wieder verfing sie sich in einigen Ästen gespickt mit Dornen. Laut schrie sie auf, schlug auf den Strauch ein, riss sich los und rannte weiter. Dann sah sie etwas. Der Wald lichtete sich. Einen flüchtigen Augenblick blieb sie stehen, krallte sich an einen Baum, spürte die grobe Rinde unter ihren Fingern. Mit zusammengekniffenen Augen starrte sie auf das, was sich in einiger Entfernung vor ihr schemenhaft abhob. Sie erkannte eine Straße. Ein letztes Mal mobilisierte sie ihre Reserven, stieß sich vom Baum ab und strauchelte auf den Punkt zu, den es zu erreichen galt und hinter dem alles gut werden würde.

*

Steiger sah entnervt durch die Windschutzscheibe seines Wagens, während seine Finger unruhig auf das Lenkrad trommelten. Verdammt, dachte er. Dieser verfluchte Ruhrgebietsverkehr. Zusätzlich ausgebremst durch unzählige Baustellen, die lediglich Flickschusterei betrieben und einen aussichtslosen Kampf gegen die flächendeckende Asphalttuberkulose führten. Er hatte keine Ahnung, wie weit er in den letzten 15 Minuten gekommen war. Aber es waren gefühlt keine 500 Meter.

Er schaute auf seine Armbanduhr. Sein Versprechen, in einer halben Stunde bei Claudia zu sein, würde er kaum einhalten können. Es war nicht mehr weit bis Essen-Rüttenscheid, aber wenn es so weiter ging, würde es definitiv länger dauern. Wenn dieser Verkehr überhaupt zu was gut war, dann, um sich in Geduld zu üben. Steiger hatte andere Stärken. Ihm fiel auf, dass in beinahe jedem Wagen nur eine Person saß. Und er war sich sicher, dass jeder Einzelne dieser Fahrer dieselbe Frustration, dieselbe unterschwellige Aggression verspürte. Er stellte sich die Frage, warum all diese Menschen nicht gemeinsam fuhren oder auf Bus oder Bahn umstiegen, belächelte diesen Gedanken aber sofort, als er an seine letzte Fahrt mit dem ÖPNV dachte. Allein die unterschiedlichsten Preisstufen, die er an dem Automaten auswählen konnte, dessen Bedienung selbst einen Diplomphysiker an die Grenzen seiner intellektuellen Leistungsfähigkeit brachte, waren für ihn ein Buch mit sieben Siegeln. Und wie in vielen anderen Bereichen auch, konkurrierten die verschiedenen Ruhrgebietsstädte miteinander, als dass sie zusammenarbeiteten. Schon innerstädtisch waren Verbindungen eine Katastrophe. Ein grenzübergreifender reibungsloser Fahrplan war eine Illusion.

Nach einer schier endlos langen Zeit näherte er sich der nächsten Kreuzung. Steiger erkannte eine Lücke, riss das Lenkrad herum und bog nach links auf die Lerchenstraße ab. Er würde die Abkürzung an der Brandruine der alten Kluse nehmen, vorbei am Kruppwald und mit etwas Glück auf der Frankenstraße hinter dieser Verkehrsthrombose seine Fahrt fortsetzen können. Steiger fingerte sein Smartphone aus der Innentasche seiner Lederjacke. Hektisch sprangen seine Augen von dem Display auf die Straße und wieder zurück. Er hatte Mühe, die Zahlenkombination während der Fahrt einzugeben, um das Gerät zu entsperren. Natürlich hätte er rechts ranfahren und anhalten können. Er hatte schlichtweg keine Lust dazu. Fluchend warf er das Gerät auf den Beifahrersitz. Der Akku war leer. Plötzlich nahm er eine Bewegung wahr. Wie aus dem Nichts erschien etwas von links. Noch ehe sein träger Verstand realisierte, was sein Unterbewusstsein als Gefahr erkannt hatte, reagierten seine Reflexe und ließen den rechten Fuß das Bremspedal nach unten drücken. Steigers Oberkörper wurde nach vorn gerissen und fand abrupt in dem arretierten Sicherheitsgurt Halt. Der Wagen verzögerte, er fühlte das schwammige Eingreifen des ABS und obwohl seine Geschwindigkeit nicht hoch war, dehnte sich der Moment scheinbar ins Unendliche. Wie in Zeitlupe verfolgte er die junge Frau, die unvermittelt auf die Fahrbahn direkt vor sein Auto gesprungen war. Er beobachtete, wie sie sich frontal zu ihm drehte und beide Arme Richtung Motorhaube ausstreckte, als könne sie so den Wagen anhalten. Steiger sah, wie ihre Hände das Blech berührten, wie sich ihr Oberkörper nach vorn beugte und wie sein Wagen die Frau einige Meter mitschleifte. Dann endlich stand sein Wagen. Steiger blickte in ein angsterfülltes Gesicht, sah die Panik in den Augen der Frau, deren Brustkorb sich hektisch hob und senkte. In ihren Pupillen spiegelte sich blankes Entsetzen. Etwas irritierte ihn. Das war kein Ausdruck, der durch den Schreck der Situation ausgelöst wurde. Steiger las etwas anderes in ihrer Mimik. Für einen Augenblick starrte ihn die Frau durch die Windschutzscheibe an. Sie war erschöpft. Am Ende ihrer Kräfte. Hektisch sah sie in die Richtung, aus der sie gerannt kam. Kurz wandte er den Kopf zu dem Waldgebiet, in das sie angsterfüllt blickte und aus dem sie so plötzlich vor seinen Wagen gesprungen war. Da war nichts. Die Starre des Momentes ließ ihn los. Er löste den Sicherheitsgurt und öffnete die Tür. Sogleich trat die Frau auf ihn zu. Sie zitterte am ganzen Leib und ihre Unterlippe bebte. Der Lidschatten war verschmiert. Vom Schweiß und Tränen mitgerissen, zeichnete die Schminke dicke schwarze Bahnen, die sich über ihre Wangen erstreckten. Steiger erkannte Abschürfungen in ihrem Gesicht, an den Handrücken. Die Kleidung war zerrissen und verdreckt. Die Frau streckte ihre zitternden Hände nach ihm aus und stolperte wie eine Untote bedrohlich auf ihn zu. Unbewusst wich er etwas zurück.

»Bitte helfen Sie mir! Bitte …«

Plötzlich sackte sie unmittelbar vor ihm zusammen. Reflexartig fing er sie auf. Ihre Finger ergriffen seine Ärmel, krallten sich darin fest. Sie blickte nach oben in sein Gesicht. Er war sich zuvor nicht sicher, ob sie einfach nur eine Psychotante war oder ein abgefuckter Junkie auf der Flucht vor irgendwelchen Schatten. Aber jetzt war ihm klar, dass ihre Furcht aufrichtig war. Plötzlich, binnen eines Sekundenbruchteils, erschlafften ihre Hände. Die Frau hatte das Bewusstsein verloren.

*

Steiger ging ungeduldig den langen Flur des Krankenhauses auf und ab, als er plötzlich eine Krankenschwester erblickte. Ihre Stimme passte zu ihrem maskulinen Aussehen und die Härte des osteuropäischen Akzentes traf Steiger beinahe körperlich. Sie saß hinter einem halbrunden Tresen.

»Ich brauche Ihre Personalien«, kam es resolut. Sie legte ein Klemmbrett mitsamt Kugelschreiber auf die Ablagefläche.

»Ihre Personalien, wenn ich bitten darf«, wiederholte sie energisch, ohne ihn anzublicken, als spräche sie mit ihrer Computertastatur. Sie tippte mit dem Finger auf das Formular.

Sein Blick fiel auf die digitale Uhr an der Wand, direkt über der Krankenschwester. Einem Impuls folgend wollte er der Frau sagen, dass es sie einen Scheißdreck anging, wie er hieß.

»Hören Sie …«, Steiger kämpfte um Sachlichkeit. »Nochmals. Ich habe nicht die leiseste Ahnung, wer das Mädchen ist. Sie ist mir vor die Karre gesprungen …«

Die Frau hob den Kopf, um ihn anschließend ein wenig schief zu legen. »Sie haben sie angefahren?« Ihr Tonfall formulierte keine Frage. Eher einen Vorwurf. Eine Feststellung.

»Das habe ich nicht gesagt.«

Die Krankenschwester stand auf und trat um den Tresen. Sie wirkte fassungslos. »Sie sagten, dass sie Ihnen vor Ihren Wagen gesprungen ist. Und da man in der Regel nicht vom Himmel fällt …«

Steiger hob beide Hände und schüttelte den Kopf. Ihr Namensschild verriet ihm, dass sie Rehbein hieß. Nicht so schlank, aber bestimmt so behaart, fuhr es ihm durch den Sinn. »Hören Sie, Frau Rehbein. »Ich habe sie nicht angefahren.«

»Das hörte sich aber gerade so an«, erwiderte sie schnippisch. »Und die Frau ist verletzt. Für mich sieht das so aus, als ob sie die Patientin aus diesem Grund ins Krankenhaus gebracht haben. Wissen Sie was? Ich werde den Sicherheitsdienst rufen und die Polizei verständigen.« Sie ging wieder hinter ihren Arbeitsplatz, hob den Telefonhörer und drückte eine Kurzwahltaste.

Dämliche Kuh, fuhr es Steiger durch den Kopf. Er hatte keine Lust, ewig zu lamentieren oder noch mehr Zeit zu verlieren, in dem er sich auf eine Diskussion mit irgendwelchen Mitarbeitern einer Sicherheitsfirma einließ, die dann die Polizei riefen, was ihn wiederum noch mehr aufhielt. Und streng genommen hatte die Frau recht. Er konnte es ihr nicht verübeln. Steiger schob seinen Personalausweis über die Theke und deutete mit einem Kopfnicken auf die Plastikkarte. Wortlos, mit vorwurfsvollem Ausdruck, legte sie auf, ergriff das Dokument mit ihren prallen Wurstfingern und betrachtete die Daten. Wie ein Zollbeamter verglich sie das Foto mit der Person vor ihr, indem sie mehrfach aufschaute und nach Gemeinsamkeiten suchte.

Steiger setzte sein bestes Zahnpastalächeln auf. »Wenn Frau Oberfeldwebel die Güte hätten, sich zu beeilen?«

Ihr fleischiges Gesicht zeigte einen Anflug von Empörung.

Steiger fühlte sich unbehaglich. Er mochte Krankenhäuser nicht. Abgesehen davon, dass er im Laufe seiner aktiven Dienstzeit als Kriminalbeamter so einige Blessuren abbekommen hatte und mehr als einmal in der Unfallambulanz zu Gast gewesen war, hatte er sich jahrelang auf allen Schockräumen und Intensivstationen der Stadt herumgetrieben und unzählige Leichen, Opfer irgendwelcher sinnloser Gewalttaten, Verkehrstote mit teils bizarren Verletzungen und entsetzlichen Verstümmelungen gesehen. Darüber hinaus misshandelte Kinder, vergewaltigte Frauen, deren geschändete Körper erahnen ließen, welches unvorstellbare Leid ihnen angetan wurde. Ein Leid, welches man niemals würde nachempfinden können. Wie krank diese Welt war, bekam man hier zu sehen. Er fragte sich, wie er das alles ausgehalten hatte. Was blieb, war die unterschwellige Angst, dass ihn all diese Bilder irgendwann einholen würden.

»Sind Sie der Vater?«

Steiger fuhr herum. Dieses Mal war er es, der empört schaute. Die Stimme, die ihn aus seinen Gedanken gerissen hatte, gehörte zu einem jungen Assistenzarzt. Ein schmalschulteriger Kerl, dessen weißer Kittel etwas zu groß wirkte. Obwohl er geschätzt erst Anfang 30 war, hatte er bereits einen rotblonden Seniorenkranz, der im Nacken zu lang war und damit sein ohnehin schmales und käsiges Gesicht noch mehr in die Länge zog. Der Mediziner steckte beide Hände in die Taschen, was den Kittel straffte. Er sah so noch hagerer aus.

»Sie will Sie sehen.«

»Mich?« Steiger winkte ab. »Ich kenn das Mädel nicht. Sie ist mir vor die Karre … vor meinem Wagen auf der Straße zusammengebrochen.«

Der Arzt legte die Stirn in Falten, nahm die Hände aus den Taschen und überkreuzte die Arme vor der Brust. »Sie haben sie angefahren?«

»Steiger griff sich seitlich an den Kopf. »Herrgott! Nein. Ich habe sie nicht angefahren. Ich habe sie gefunden. Aufgelesen und hierher gebracht. Verstehen Sie?«

»Warum regen Sie sich so auf?«

»Warum ich mich aufrege? Weil mir offenbar jeder in diesem Haus hier«, Steiger zeigte auf die Krankenschwester, »unterstellen will, dass ich sie angefahren habe.«

»Haben Sie nicht?«

»Nein, verdammt noch mal!«

Der Arzt steckte die Hände wieder in die Kitteltaschen und zuckte mit den Schultern. Er sah ihn gelassen an. »Davon hat sie auch nichts erzählt.«

Steiger drehte sich zum Tresen und zeigte grinsend auf die Frau, deren Blick nicht mehr die Selbstsicherheit ausstrahlte wie zuvor.

»Sehen Sie?«, sagte er und wandte sich wieder dem Mann zu. »Frage, Herr Doktor. Hat sie ein Verletzungsmuster, welches auf einen Verkehrsunfall schließen lässt?«

Dieser schüttelte den Kopf. »Sie hat zwar Abschürfungen und Prellungen, aber die können durchaus einen anderen Grund haben.«

Abrupt beugte sich Steiger über den Tresen und riss der verdutzten Krankenschwester seinen Personalausweis aus der Hand. Sie bekam einen roten Kopf und murmelte etwas Unverständliches.

»Hören Sie, Doc. Ich glaube, das Mädchen ist mächtig durch den Wind. Faselte was davon, dass man hinter ihr her sei. Dass man sie kriegen würde. Es war aber niemand da. Weiß der Geier, was die Kleine eingeworfen hat. Der einzige Grund, warum ich keinen Krankenwagen gerufen habe, ist der, dass der Akku meines verfluchten Handys leer ist, ich unter Zeitdruck stehe und ich ohnehin an Ihrem Krankenhaus vorbeimusste.«

»Sie wollen also nicht zu ihr?«

»Nein. Warum sollte ich? Ich bin froh, dass ich die Psychotante los bin. Haben Sie eine Vorstellung, wie es in meiner Karre aussieht? Ich habe keine Ahnung, über welchen Acker sie gerobbt ist. Die Tonne Lehm im Fußraum muss ich mit ’nem Spaten rausschaufeln.«

»Es würde uns helfen …«

»Nichts da!« Steiger schüttelte resolut den Kopf. »Ich habe die Kleine bereits auf Wunsch Ihrer Kollegen bis auf die Station begleitet, weil sie mächtig Theater gemacht hatte. Aber ab jetzt ist das Mädel Ihre Baustelle.« Steiger wandte sich ab und hob beim Gehen eine Hand zum Abschied, ohne sich nochmals umzudrehen. Es war ihm egal, dass er überaus unhöflich war.

Er lief den langen Flur entlang in Richtung des Treppenhauses. Es war gerade Essensausgabe. Zwei Krankenschwestern, offenbar von den Philippinen, hetzten mit Tabletts von einem Zimmer in das nächste. Der Flur stand voller Servierwagen und die Luft war erfüllt von dem typischen Duft aller ihm bekannten Krankenhäuser. Eine Mischung aus Putzmitteln, abgestandener Luft und dem Geruch von Kantinenessen.

Steiger umrundete ein frisch bezogenes Bett, das man auf dem Flur geparkt hatte und dessen dünne Schutzfolie raschelte, als er daran vorbeischritt. Kurz drückte er im Vorbeilaufen auf einen Wandspender mit Desinfektionsmittel und rieb sich die Flüssigkeit in die Hände, die angenehm kühl verdunstete. Es gab für ihn nichts Schlimmeres als Türklinken in Krankenhäusern. Er stieß mit seinem Ellenbogen gegen den metallenen Türöffner an der Wand, schlüpfte ungeduldig durch die sich öffnenden Flügeltüren und bog nach rechts ab. Ein Schild zeigte ihm die Richtung zu den Fahrstühlen an. Die Türen einer Kabine öffneten sich exakt in dem Moment, als er an ihr vorbeiging. Zwei Ärzte traten aus dem Lift in seinen Weg, ohne ihn eines Blickes zu würdigen. Steiger musste abrupt stoppen, drehte sich um und sah den beiden Männern nach. Er zwang sich zur Gelassenheit und konnte den Impuls, den beiden nachzublöken, gerade eben unterdrücken.

»Was für blöde Wichser«, knurrte er, während er sich wieder in Bewegung setzte. Er drückte die Glastür zum Treppenhaus auf. Die Luft war hier deutlich angenehmer. Frischer und kühler. Mit schnellen Schritten nahm er die ersten Stufen. Plötzlich war er wieder da – ansatzlos – dieser Moment, in dem sein Unterbewusstsein aufschrie, versuchte, eine Botschaft an seinen Verstand zu senden. Ohne dass er es wahrnahm, verlangsamten sich seine Schritte und er legte den Kopf leicht schief, als hörte er in sich hinein. Er hatte in all den Jahren gelernt, diese Stimme wahrzunehmen und ihr Beachtung zu schenken. Und auch dieses Mal tastete er den winzigen Bereich seines Gedächtnisses ab, der für sein Bewusstsein zugänglich war.

Für einen flüchtigen Augenblick verharrte Steiger in der Bewegung. Überlegte. Dann schüttelte er den Gedanken ab, blickte auf seine Uhr und beschleunigte seine Schritte wieder. Claudia wartete bereits seit über einer Stunde auf ihn. Er mochte viele Schwächen haben. Aber Unpünktlichkeit gehörte in der Regel nicht dazu. Im Erdgeschoss stieß er die Tür des Treppenhauses auf, lief auf den Ausgang zu, entschied sich dann aber, die Toilette aufzusuchen. Auf diese zwei Minuten kam es nun auch nicht mehr an.

Steiger stand summend vor dem Pissoir und genoss das Gefühl der Erleichterung. Wie wenig es manchmal bedurfte, um Zufriedenheit zu verspüren. Die elektronische Lichtschranke setzte den Spülvorgang in Betrieb, noch ehe Steiger fertig war. Gedankenversunken betrachtete er das verwirbelnde Wasser und lauschte dem Geräusch der Spülung. Von einer Sekunde auf die andere war sie wieder da, die Warnung aus den tiefsten, verborgenen Winkeln seines Inneren. Heftiger als zuvor. Irgendetwas stimmte nicht. Langsam, wie in Trance, schritt er zum Waschbecken. Mechanisch hielt er seine Hände unter den Wasserstrahl und blickte hoch zum Spiegel. Während er sich anstarrte, überlegte er fieberhaft. Dann traf ihn die Erkenntnis mit unvorstellbarer Wucht. Er hatte die Botschaft seines Unterbewusstseins entschlüsselt. Steiger stieß die Tür auf und rannte los.

KAPITEL 7

»Ein Obdachloser?« Kriminaloberrat Reuter sah Hermann Welke mit einer Mischung aus Verwunderung und Missbilligung an. Zumindest interpretierte Welke das in seinem Gesicht. Wie üblich schien sein Vorgesetzter seinen Stuhl hochgestellt zu haben.

Der Hauptkommissar faltete die Hände unter seinem mächtigen Bauch zusammen und hielt dem Blick stand.

»Zweifelsfrei«, antwortete er nach einer Pause. »Die Obduktionsergebnisse passen dazu. Der miserable Zahnstatus, dazu eine unbehandelte und schlecht verheilte Fraktur. Der Tipp kam aus Bochum. Unser Mann heißt … hieß Harald Bernskötter. Geboren 1962 in Schenkendöbern. Ein Kaff mit etwas mehr als 3.000 Einwohnern in Brandenburg. Also ziemlich am Arsch der Welt, wenn Sie so wollen.«

»Was hat ihn hierhin verschlagen?«

»Hatte Mitte der 90er rübergemacht und die Kurve nicht gekriegt. Das Übliche … Job weg, gesoffen wie ein Ketzer und schlussendlich Platte unter 'ner Brücke in Bochum-Linden. Er hatte dort mit einigen anderen Saufkumpanen 'ne Zeltstadt errichtet, war aber vor einigen Monaten wie vom Erdboden verschluckt.«

Reuter lehnte sich lässig zurück. »Seine Kollegen haben ihn nicht als vermisst gemeldet?«

Welke zuckte mit den Schultern. »Sagen wir mal so – das ist eine Zweckgemeinschaft sozial Gestrandeter und keine Großfamilie. Die Jungs kommen und gehen. Mancher landet im Knast, einige gehen drauf. Außerdem hat Bernskötter wohl öfters erwähnt, dass er wieder zurückwollte.«

Reuter beugte sich nach vorn, legte die Unterarme auf den Tisch und spielte an den Enden eines Kulis. »Sie sagten zweifelsfrei?«

Welkes Mimik blieb unverändert. »Rausgekommen ist die Geschichte bei einer Kontrolle. Die Kollegen hatten die Zeltstadt plattgemacht. Bei einer Überprüfung hatte ein Obdachloser den Personalausweis von Bernskötter in der Tasche. Gegen den Mann hatte ein örtlicher Haftbefehl vorgelegen.«

»Ein Haftbefehl?«

»Nichts Wildes. Irgendein Kleinscheiß. Er versuchte offenbar, sich als Bernskötter auszugeben, um einer Verhaftung zu entgehen. Einer der jungen Streifenbeamten war pfiffig genug und nahm ihm die Nummer nicht ab. Als der Bursche ihm erzählte, wo er den Ausweis herhatte und dass Bernskötter seit längerer Zeit wie vom Erdboden verschluckt war, wandte sich der Kollege an die Vermisstenstelle bei uns. Und dieser erinnerte sich daran, dass man in Essen einen unbekannten Toten hatte. Wir konnten die Verwandten in diesem ostdeutschen Provinznest ausfindig machen. Die Kollegen in Brandenburg haben eine Vergleichsspeichelprobe von seiner Schwester rangeschafft. Der Rest war Routine.«

Reuter nickte bedächtig. »Was hat die Vernehmung von dem Tatverdächtigen gebracht? Diesem … Tobias … wie heißt er doch gleich noch?«, erkundigte sich Reuter.

»Tobias Albrecht.«

»Richtig. Hat er ausgesagt?«

»Komischer Vogel. Sozialarbeiter. Und raten Sie mal, in welchem Bereich er tätig war?«

»Mir ist nicht nach Rätselraten.« Reuter nippte an seinem Kaffee. Er hatte Welke keinen angeboten.

»Er war Streetworker in der Obdachlosenszene.«

Reuter zog beide Brauen nach oben. »Sieh an …«

Welke nickte. »Er gab ohne Umschweife zu, dass er den Toten persönlich kannte. Aus seiner beruflichen Tätigkeit heraus. Jedoch streitet er bis heute den Tatvorwurf vehement ab. Ich habe ihm gesagt, dass die Indizienkette reicht, ihn für den Rest seines Lebens wegzusperren.«

Reuter lehnte sich wieder an und drehte die Tasse in seinen Händen. »Und? Tut sie das?«

Welke strich sich über seinen Bart. »Die Staatsanwaltschaft ist davon überzeugt. Zunächst haben wir diese, wenn auch anonyme Aussage, die uns auf die Spur gebracht hat und die in Summe aller Beweise nach wie vor glaubhaft ist.«

»Ist sie das? Gerichtsverwertbar?«

»Immerhin hat uns der Hinweis zum Tatort geführt, an dem wir ein Messer sicherstellen konnten. Die Beschaffenheit der Klinge stimmt mit den Verletzungsmustern an den Halswirbelknochen des Opfers überein. An der Tatwaffe hatte sich DNA von Albrecht und von dem Toten befunden. Wir haben einige Zeugenvernehmungen, die eindeutig belegen, dass Opfer und Täter sich gekannt haben, was Albrecht auch nicht bestreitet.« Reuter stellte die Tasse zurück und schob sie beiseite. »Ich kann somit davon ausgehen, dass der Staatsanwalt Anklage erheben wird?«

»Ja«, antwortete Welke.

Reuter griff wieder nach seinem Stift, an dessen Enden er erneut gedankenversunken drehte. »Und trotzdem bleibt er dabei? Ziemlich ungewöhnlich.«

»Er hat geheult wie ein kleines Kind, leugnet aber nach wie vor. Ich gebe Ihnen recht. Sehr ungewöhnlich. Zumindest für jemanden, der bisher unbescholten war und ganz offensichtlich einen sensiblen Charakter hat. Sie wissen schon … so ein Sozialfuzzi eben. Da ist ein Geständnis eher etwas, was Druck nimmt. Etwas Befreiendes.«

»Wie erklären Sie sich das? Gibt es Raum für …«

»Zweifel?«, unterbrach Welke seinen Vorgesetzten. Er schüttelte gemächlich seinen Kopf. »Aus meiner Sicht nicht. Kann sein, dass er die Tat verdrängt hat. Seine Psyche sich weigert, das anzunehmen, was war. Wäre nicht das erste Mal. Das wird in letzter Konsequenz ein Gutachter feststellen müssen. Vielleicht kommt da vorher noch was.«

»Und was?«

»Erfahrungsgemäß knickt beinahe jeder nach einer gewissen Zeit ein. Warten wir es ab. Ich bin da zuversichtlich.«

»Also können wir die MK zeitnah schließen?«

Welke schüttelte erneut den Kopf und zog abschätzend die Mundwinkel nach unten. »Halte ich für zu früh. Es sind noch weitere Einzelheiten zu klären.«

»Was sollten das für Einzelheiten sein?«

Welke setzte sich aufrecht hin. Der Stuhl war nichts für seine Gewichtsklasse. Der obere Rand der Lehne drückte unangenehm ins Kreuz. »Wir haben noch einige Spuren, die wir abarbeiten müssen. Es steht zum Beispiel immer noch die Frage mit Overbeck …«

»Soll das ein Witz sein?«

Welkes Augen verengten sich. Er legte den Kopf leicht schief. »Wie darf ich das verstehen?«

Reuter erhob sich und wandte seinem Gesprächspartner den Rücken zu. Er sah aus dem Fenster, verschränkte die Hände hinter dem Rücken und wippte kaum merklich auf den Zehenspitzen.

Affektiertes Arschloch, dachte Welke. »Außerdem wäre da noch Mister Anonymus, bei dem man davon ausgehen darf, dass er mehr als nur ein Zeuge ist«, fügte er hinzu.

»Fakt ist …«, begann Reuter und sah weiter auf den Vorplatz des Präsidiums, »dass die Beweislast zum Nachteil dieses Tobias Albrecht so erdrückend ist, dass auch die Staatsanwaltschaft offensichtlich von seiner Schuld überzeugt ist. Und wir wissen beide, dass ein Staatsanwalt nur dann eine Anklage erhebt, wenn er zuversichtlich ist, dass es zu einer Verurteilung kommt.« Reuter drehte sich um und sah Welke an. »Wir haben eine Indizienkette, die auch nach Ihrer Einschätzung die Täterschaft, wie Sie sagten, zweifelsfrei belegt. Die Tatsache, dass uns ein Geständnis fehlt, wir das Motiv nicht kennen, ändert nichts daran. Das kann genauso gut die Taktik der Verteidigung sein.«

»Unsere Berufsehre gebietet es, jede Spur auch darüber hinaus abzuarbeiten. Wir hinterlassen keine unsaubere Baustelle«, konstatierte Welke.

»Und ich habe verantwortungsvoll mit den Personalressourcen umzugehen«, hielt Reuter dagegen. »Ich werde eine unnötige Verlängerung nicht dulden.«

»Ach ja?« Welke lehnte sich wieder zurück und schlug die Beine übereinander.

»Sie haben nicht mal ein Verdachtsmoment. Einen vagen Anhaltspunkt. Spekulativ. Ohne Relevanz für das Verfahren. Overbeck ist Lichtjahre von einem Beschuldigtenstatus entfernt. Was wollen Sie? Eine Durchsuchung? Ohne konkrete Auffindevermutung und ohne einen Bezug zum Ursprungsverfahren?«

Welke antwortete nicht. Er ließ seine Mimik sprechen. Und aus dieser hätte selbst ein Blinder ablesen können, was er von seinem Gegenüber und dessen Ausführungen hielt.

»Lächerlich«, tadelte Reuter ihn. »Wir leben in einem Rechtsstaat, wo rechtschaffene Bürger unserer Gesellschaft von solcher staatlicher Willkür verschont bleiben. Ich sag Ihnen was, Welke …«

Reuter setzte sich wieder. In seinen Augen lag eine unübersehbare Schärfe. Eine Warnung. Wie bei einem zähnefletschenden Hund, der die Ohren anlegte.

»Sie werden im Rahmen der Büroarbeit mit eigenen Mitteln die Beweislage erhärten. Die restlichen Beamten kehren umgehend zu ihren Dienststellen zurück. Hören Sie auf meinen Rat und gewöhnen Sie sich an, auf die Urteilsfähigkeit Ihrer Vorgesetzten zu vertrauen. Ich habe Ihnen bereits zuvor gesagt, dass Sie auf dem Holzweg sind. Ziehen Sie die Lehren daraus.«

Welke richtete sich auf. »Ich muss aufs Schärfste remonstrieren.«

»Zur Kenntnis genommen, Herr Hauptkommissar. Verstehen Sie meine Entscheidung als dienstliche Weisung.«

Welke erhob sich. »Sie können nicht …«

»Ich kann, Herr Welke! Und Sie tun gut daran, meine Geduld nicht weiter auf die Probe zu stellen. Es sei denn, Sie haben aufrichtiges Interesse daran, dass ich Sie von Ihren Aufgaben entbinde.«

KAPITEL 8

Die Absätze seiner schweren Biker Boots trommelten in schneller Frequenz auf dem Linoleumboden des Flures. Der dumpfe Lärm traf gegen die Wände und verstärkte sich zu einem bedrohlichen Donnern. Eine Stationshelferin kam mit einem Tablett aus einem Patientenzimmer, erschrak und riss die Arme hoch. Für einen winzigen Moment schien das Geschirr in der Luft zu stehen, um sich dann abrupt dem Einfluss der Erdanziehungskraft zu beugen. Steiger ignorierte den ohrenbetäubenden Krach hinter sich. Unbeirrt rannte er weiter in Richtung der Rezeption, vorbei an der aufgeschreckten Krankenschwester, die hochsprang und ihm fassungslos mit offenem Mund nachblickte. Nach wenigen Metern stoppte Steiger, blieb wie erstarrt stehen und sah zu den Schildern neben den Patientenzimmern.

Scheiße! Erinnere dich. Welches Zimmer? Welches gottverdammte Zimmer?

Quälend langsame Sekunden vergingen, während seine Augen hektisch den Bereich vor sich abtasteten. Seine Lungen pumpten und Schweiß lief ihm aus allen Poren. Unzählige Gedanken, einem Feuerwerk gleich, schossen durch sein Hirn. Warfen in unvorstellbarer Rasanz Fragen auf, welche die aufsteigende Panik in ihm verstärkte.

Dann geschah alles wie auf einmal. Steigers Blick fiel auf etwas Dreck vor einer Zimmertür. Seine Muskelfasern spannten sich, er spürte förmlich, wie das Adrenalin durch seine Adern schoss. Die Starre löste sich und er beschleunigte nach vorn. Das Herunterdrücken der Klinke und das Öffnen der Tür war eine fließende Bewegung. Er erkannte zwei Männer, links und rechts des Bettes. Während der rechts die Arme der Frau an den Handgelenken fixierte, drückte der andere Mann ihr ein Kissen auf das Gesicht. Der Typ links schien nicht mehr als einen Wimpernschlag zu benötigen, um die Situation zu analysieren. Noch in der Drehung stieß er den Beistellwagen weg, schob seinen offenen Arztkittel beiseite und griff mit der rechten Hand nach der Automatik, deren Knauf dunkel aus dem Schulterholster ragte. Steiger warf den Wagen um. Kurz bevor der falsche Arzt mit seiner Waffe auf ihn zielen konnte, traf seine Stiefelspitze ihn zwischen die Beine. Reflexartig krümmte sich dessen Oberkörper, unfähig zu einer anderen Handlung. Steigers angewinkeltes Bein schoss nach oben. Er spürte die Wucht, mit der seine Kniescheibe das Gesicht des Fremden traf, und vernahm das Brechen des Nasenbeins. Der Kopf wurde zur Seite gerissen und das hervorschießende Blut besprenkelte die weiße Wand des Patientenzimmers.

Unmittelbar darauf vernahm Steiger eine Bewegung. Reflexartig wich er zurück, ehe er den feinen Luftzug der aufblitzenden Klinge spürte, die nur wenige Zentimeter vor seinem Gesicht vorbeizischte. Der zweite falsche Arzt auf der anderen Seite des Bettes hatte sich dazu entschlossen, Steiger zu attackieren. Steiger war sofort klar, dass er geübt im Umgang mit einer solchen Waffe war. Doch sein Widersacher hatte sich etwas zu weit nach vorn gelehnt, um die Distanz zu überwinden. Sein Arm erreichte bei Weitem nicht die Geschwindigkeit, zu der er bei einem kürzeren Abstand in der Lage gewesen wäre. Schon stoppte seine Bewegung und er riss den Arm zurück. Steigers Unterarme blockten seinen Angreifer in Höhe der Armbeuge. Seine Finger krallten sich fest in den Stoff des Arztkittels und zogen den Mann mit aller Kraft ruckartig zu sich. Gleichzeitig wich er seitlich aus und führte die Hand mit der Klinge haarscharf an sich vorbei. Blitzschnell schoss Steigers Ellenbogen nach hinten. Schmerzhaft spürte er den Aufprall seines Knochens im Gesicht des Mannes. In seinem Augenwinkel sah er, wie sich die Hand öffnete und das Messer zu Boden fiel. Steiger drehte sich in einem atemberaubenden Tempo. Mehrere kräftige Schläge mit der rechten Faust landeten an der Schläfe seines Gegenübers, während er mit der anderen Hand weiter den Ärmel zu sich zog. Immer wieder schlug er zu, bis die Spannung des Armes schlagartig wich, der Unbekannte zusammensackte, zu Boden rutschte und sein Hinterkopf mit einem dumpfen Poltern aufschlug. Steiger pumpte, war außer Atem. Er sah zur Seite. Das Kissen lag noch immer auf dem Gesicht der regungslos daliegenden Frau. Er riss es weg und für einen Moment war er sich sicher, dass er zu spät gekommen war. Dann flatterten ihre Augenlider und er sah, wie sich der Brustkorb hob und sich ihre Lungen mit einem tiefen Atemzug füllten.

Der erste Angreifer bewegte sich. Steiger vernahm ein leises Stöhnen. Der Mann lag mit einer Gesichtshälfte in einer Blutlache. Er schien noch nicht bei Bewusstsein. Steiger beugte sich über die junge Frau. Immer heftiger atmete sie ein. Das unkontrollierte Rollen ihrer Augen legte sich und schließlich richteten sich ihre Pupillen geradeaus. Ihr Blick klarte sich, während sie allmählich aus einer anderen Welt zurück in die Realität glitt.

»Ganz ruhig. Alles ist gut. Keiner tut dir etwas.«

Einem Moment lang suchte sie nach etwas Vertrautem in seinem Gesicht. Dann erkannte sie ihn. Sie hob ihre Arme. Die Hände zitterten. Langsam, nur mit Mühe, umfasste sie seine Wangen.

»Sie … sie wollen mich …«

»Ich weiß«, antwortete Steiger. »Ich rufe die Polizei, sie …«

»Nein! Bitte. Nicht die Polizei.«

Der Ausdruck der auf einmal in ihrem Blick lag, sandte eine eindeutige Botschaft: Todesangst.

Steiger nahm ihre kalten Hände, hielt sie fest. »Hab keine Angst. Ich pass auf dich auf.«

»Du verstehst nicht … Sie finden mich. Oh Gott! Sie werden mich finden …«

»Wer wird dich finden? Was ist los?«

»Ich muss hier raus!« Abrupt richtete sie sich auf und riss sich das Pflaster in ihrer Armbeuge herunter, unter dem sich ein fixierter Venenzugang befand.

»Hey! Keine Panik. Die Kerle tun dir nichts mehr!«

Sie schüttelte hektisch den Kopf. »Es kommen andere. Sie kriegen mich. Bitte …« Ihre Lippen bebten. Etwas Flehendes lag in ihren Augen. Schlagartig veränderte sich ihr Ausdruck, wechselte urplötzlich ins Misstrauen. »Du glaubst mir nicht. Du hältst mich für durchgeknallt. Du glaubst, ich bin irre.«

»Nein natürlich nicht. Ich …«

»Du hast mir vorher nicht geglaubt. In deinem Auto.«

Zweifel schoss in ihm empor. Sie hatte recht. Was auch immer hier gespielt wurde, in was auch immer diese junge Frau verwickelt war, es war ganz klar mehr als ein Hirngespinst irgendeiner Psychotante. Er wog ab. Überlegte.

Schließlich entschied er sich, das zu tun, womit er bisher immer am besten gefahren war. Auf seine innere Stimme zu hören. Auch wenn dies bedeutete, mit Sicherheit bedeutete, sich möglicherweise mehr Probleme ans Bein zu binden, als ihm lieb war. Etwas, was ihm durchaus vertraut war.

Steiger nickte. »Verrate mir deinen Namen.«

»Vicky.«

Vorsichtig zog er ihr die Nadel aus der Vene, nahm eine Kompresse von dem Beistelltisch und drückte sie ihr auf die Blutung, während er mit der anderen Hand eine Rolle Pflasterband ergriff, einen Streifen löste und diesen mit den Zähnen durchtrennte. Er presste den Klebestreifen über den Verbandstoff.

»Okay, Vicky. Ich bring dich hier raus.« Hektisch sah er sich um. Das Zimmer war leer. Steiger kniete sich hin und zog dem einen Bewusstlosen die Automatik aus dem Holster. Er steckte sich die Waffe in den Hosenbund.

»Kannst du gehen?«

Sie nickte. Er machte einen großen Schritt über den am Boden liegenden Mann, öffnete nacheinander die Türen des Wandschrankes, fand die Sachen der Frau und schmiss sie auf das Bett. »Zieh dich an. Beeil dich!«, sagte er, während er um das Krankenbett trat und sich vergewisserte, dass von beiden Männern keine Gefahr ausging. »Mach schon!«

»Meine Stiefel. Ich brauch meine Stiefel.«

Ihre Bewegungen waren träge und ihre Stimme klang langsam, beinahe monoton. Sie hatten ihr etwas zur Beruhigung gegeben, fuhr es ihm durch den Sinn. Eine Tatsache, die ihm dies Unterfangen nicht leichter machte.

Wieder trat Steiger an den Wandschrank, fand die Stiefel aber auch nicht. Er ging ins Badezimmer. Sie standen unter dem Waschbecken. Als er sie anhob, betrachtete er die lehmverschmierte Sohle. Der gleiche eingetrocknete Schlamm, den die beiden falschen Ärzte an ihren Schuhen hatten und der sie letztendlich verraten hatte, als Steiger am Fahrstuhl auf die beiden gestoßen war.

Urplötzlich flog die Tür auf. Steiger drehte sich reflexartig um. Zwei Hünen des Sicherheitsdienstes hatten sich breitbeinig im Türbereich positioniert. Ihr Atem ging schwer. Hinter ihren breiten Schultern lugten einige Krankenschwestern mit neugierigen und zugleich ängstlichen Gesichtern hervor. Steiger erkannte den Drachen von der Rezeption, dessen Mimik Genugtuung ausstrahlte. Die Männer waren bemüht, Autorität zu vermitteln. Doch Steiger erkannte an ihren fassungslosen Gesichtern, dass sie auf eine solche Situation nicht vorbereitet waren. Hektisch sprangen ihre Augen zwischen den am Boden liegenden, besinnungslosen Personen und ihm hin und her, wie er Vicky in ihre verdreckten Stiefel half.

»Was ist hier los?« Der erste Sicherheitsmann hatte sich gefangen. Seine Stimme donnerte wie ein polnischer Kanonenschlag.

Steiger half der jungen Frau auf, stützte sie und ging unbeirrt auf den Sicherheitsdienst zu. Die Männer machten keine Anstalten, Platz zu machen. Im Gegenteil. Ihre gesamte Körpersprache signalisierte, dass sie ein unüberwindbares Hindernis darstellten.

Steiger schob seine Jacke beiseite und gab einen ungehinderten Blick auf die Automatik frei, deren Knauf bedrohlich aus seinem Hosenbund lugte. Zur Unterstützung, damit seine Botschaft unmissverständlich war, legte er eine Hand auf die Waffe.

»Wir checken aus«, zischte er. »Und ich glaube nicht, dass du und dein Kumpel uns daran hindern werden.«

*

Eine Stunde später hallten Welkes Tritte über den Flur des Präsidiums. Er hatte Heimke im Schlepptau. »Das ist das Letzte, wirklich das Allerletzte, was ich jetzt noch gebrauchen kann!« Welke mochte groß und schwer sein, behäbig wirken, doch verfügte er über eine enorme Schrittlänge. So mancher wurde davon überrascht, zu welchem Tempo er, zumindest auf kurzer Distanz, in der Lage war. Matthias Heimke lief neben ihm her, bemüht Schritt zu halten. Er fand seinen Rhythmus nicht und wirkte wie ein wuselnder Sekretär.

»Es gibt absolut keinen Zweifel?« Welke stapfte zielstrebig stur geradeaus und sah seinen Kollegen nicht an, der weiter wie ein Kolibri durch den Flur wirbelte. Stattdessen starrte er auf sein Handy. Steigers Telefon war offenbar ausgeschaltet.

Noch bevor es Heimke gelang, mit tänzelnden Schritten auf Welke aufzuschließen und dessen Frage zu beantworten, manövrierte der Hauptkommissar nach rechts in den schmucklosen Besprechungsraum. Wie immer musste er den Kopf etwas einziehen, um unter dem Türrahmen durchzuschreiten. Stimmengewirr empfing ihn. Ein halbes Dutzend Kollegen saß bereits an den zusammengestellten Tischen bei einer Tasse miesen Kaffees. Entweder war er zu dünn oder, und das war die Regel, so stark, dass Ungeübte ein Gefühl in den Därmen bekamen wie nach der Einnahme eines Abführmittels. Wie immer schüchterte Welkes Erscheinen ein, insbesondere wenn man im Vorfeld sicher sein konnte, dass seine Laune auf 180 war. Das – trotz der dramatischen Lage – heiter wirkende Geplauder kam schlagartig zum Erliegen.

Welke zog sich einen Stuhl heran, setzte sich und stellte die Ellenbogen auf den Tisch. Heimke hielt seinem Vorgesetzten die Thermoskanne hin. Dieser lehnte mit einer Handbewegung ab.

»Okay. Ich höre!« Welke blickte grimmig in die Runde.

Arne Wittmund, ihm schräg gegenüber sitzend, klappte seine Schreibmappe auf. Seine Stimme klang etwas erkältet.

»Heute, gegen 14.40 Uhr, erschien eine männliche Person im Alfried Krupp Krankenhaus. Der Mann war in Begleitung einer Frau gewesen. Er hatte den Schwestern in der Unfallambulanz gesagt, dass er sie im Bereich des Stadtwaldplatzes aufgegabelt hätte. Angeblich war sie ihm vor die Karre gelaufen.«

Welke hob eine Braue und betrachtete seinen Kollegen misstrauisch. »Angeblich?«

Wittmund verzog abwägend das Gesicht. »Eine der Krankenschwestern hatte den Verdacht geäußert, dass er sie angefahren haben könnte, was der Mann aber vehement bestritt. Angaben zu seiner Person hatte er zunächst nicht machen wollen. Als sie ihm drohte, die Polizei zu verständigen, hatte er schließlich eingewilligt und sich mit seinem Personalausweis ausgewiesen. Der Mann hieß Robert Kettner. Die Identität dürfte somit relativ sicher feststehen.«

Welke zeigte keine Regung, lehnte sich nach hinten und sah seinen Kollegen mit verschränkten Armen an. Sein Schweigen war Aufforderung genug, um fortzufahren.

»Bis dahin relativ unspektakulär. Dann aber wurde es prekär. Nachdem sich Steiger verabschiedet hatte, kehrte er wenige Minuten später zurück. Er war wie von ’ner Tarantel gestochen über den Flur gerannt, direkt in das Zimmer der Frau. Die Stationsschwester, die ihn vorher schon auf dem Kieker hatte, forderte daraufhin den Sicherheitsdienst an. Als die Männer wenige Augenblicke später das Zimmer betraten, fanden sie zwei Männer in Arztkitteln bewusstlos und blutüberströmt auf dem Boden, während Steiger die Patientin aus dem Zimmer zerrte.«

Noch immer sagte Welke nichts, doch seine Kaumuskeln waren gespannt.

Wittmund wartete auf eine Reaktion. Sie blieb aus, weshalb er weiterredete: »Der Sicherheitsdienst hat sich ihm in den Weg gestellt. Daraufhin hat Steiger eine Waffe gezogen. ’ne Automatik. Während er mit der Frau in den Fahrstuhl stieg, informierten die Security-Jungs die Polizei. Steiger ist jedoch nicht im Foyer angekommen.«

»Er wird sich ja wohl kaum in Luft aufgelöst haben«, spottete Welke.

Wittmunds Augen wanderten zu seinen Kollegen in der Hoffnung auf Unterstützung. »Das haben sich die Kollegen auch gedacht. Als dem KvD der Leitstelle zu Ohren kam, dass sich in einem Krankenhaus eine mögliche Entführung abspielt und der Täter offenbar ein bewaffneter Ex-Bulle ist, ist mächtig Thermik aufgekommen. Verständlicherweise. Er hat dann die sofortige verdeckte Absicherung des Gebäudes angeordnet. Nach Rücksprache mit dem zuständigen Polizeiführer wurde ein SEK angefordert. Aus Dortmund.«

Wittmund blätterte in seinen Notizen.

»Bevor das SEK eintraf, hatte das Krankenhaus den Diebstahl eines Krankenwagens gemeldet. Der Rest ist einfache Mathematik. Den Rettungswagen fanden die Kollegen übrigens zwei Kilometer weiter auf.«

Welke beugte sich vor, stützte erneut beide Ellenbogen auf den Tisch und fuhr sich mit den Händen über sein Gesicht. Hörbar pustete er aus. Eine tiefe Sorgenfalte teilte seine Stirn.

»Derzeit gehen wir von einer Entführung …«, schaltete sich Heimke ein.

»Papperlapapp!« Welke drehte sich gereizt zu seinem Kollegen und machte eine ablehnende Handbewegung. »Red doch kein Stuss, Heimchen! Das ist doch völliger Quatsch.« Sein strenger Blick durchbohrte Heimke.

Dieser war nicht der Einzige, der etwas den Kopf einzog. »Die Führung geht aber davon aus. Musste zunächst davon ausgehen«, erwiderte er kleinlaut.

Welke schlug mit der flachen Hand auf den Tisch, dass die Löffel in den Tassen tanzten. »Ist mir vollkommen scheißegal, wovon diese Sesselfurzer ausgehen. Was ist mit den zwei Typen, denen Steiger die Tasse eingehauen hat? Das waren doch nicht wirklich Ärzte, oder?«

Wittmund sah unsicher alle Anwesenden an. »Nein, das waren offenbar keine Ärzte. Zumindest kannte sie niemand. Was mit ihnen ist, wissen wir nicht.«

»Kommt da noch was?« Welke stieß genervt einen Seufzer aus. Er hasste es, nachfragen zu müssen.

»Sind weg, Chef.«

Welke strich sich über seinen Bart und sah Wittmund an. Eine typische Geste, wenn er überlegte oder um Haltung bemüht war. »Hätte jemand hier im Raum die Güte …«

Heimke räusperte sich und setzte sich aufrecht hin.

»Der Sicherheitsdienst folgte Steiger in gebührendem Abstand, während sich die Krankenschwestern und der Stationsarzt um die zwei Typen im Krankenzimmer kümmerten. Steiger hat sie wohl übel zugerichtet. Zumindest einem hat er das Nasenbein zerknickt und die Falten aus dem Sack getreten. Die Visage des anderen sah nach Aussage des Arztes aus, als wäre er mit Tyson über zwölf Runden gegangen.«

»Hm«, brummte Welke mit unbeweglicher Miene. Ihn wunderte es, dass sie dazu in der Lage gewesen waren. Steiger war generell kein Kind von Traurigkeit und zu seiner aktiven Zeit als Bulle dafür bekannt gewesen, bei einer Auseinandersetzung keine Gefangenen zu machen. Wenn er in Aktion war, tat's in der Regel weh. Er hatte nie zu willkürlicher Gewalt geneigt, aber wenn es darauf ankam, wünschte man sich einen wie Steiger an seiner Seite …

»Wie konnte Steiger abhauen? Ich meine, wenn die Security ihm gefolgt ist?«, fragte er mit unterdrückter Gereiztheit.

Heimke zuckte mit den Schultern. »Im Bereich der Fahrstühle war Ende. Als sich die Kabine geschlossen hatte, waren die Männer über das Treppenhaus ins Erdgeschoss gerannt. Aber da sind Steiger und die Frau nicht angekommen.«

»Das wundert mich nicht. Bei den ganzen Leichenschauen, die er im Laufe der Jahre dort durchgeführt hat, kennt er sich in dem Karton besser aus als mancher Arzt. Was wissen wir über die beiden zweiten Sieger aus dem Krankenzimmer?«

Es kam keine Antwort.

Welke schnalzte mit der Zunge. »Lass mich raten. Wir

haben nicht die geringste Ahnung, wer die Kerle sind. Lieg ich mit meiner Vermutung richtig, Heimchen?«

Heimke nickte unsicher, als hätte er diesen Umstand persönlich zu vertreten. »Wir haben die Videoüberwachung des Vorplatzes ausgewertet. Sie sind in einen dunklen BMW gestiegen. Offenbar hat ein weiterer Mann auf sie gewartet.«

»Meine Herren! Komm doch mal aus den Hufen. Und wem gehört die Schüssel?«, donnerte Welke.

Heimke zuckte mit den Schultern. »Die Kennzeichen waren vor wenigen Tagen in Dortmund entwendet worden. Apropos Wagen … Kettners Karre haben wir auf einem Besucherparkplatz vor dem Krankenhaus gefunden.«

Welke schob beide Zeigefinger unter seine Brille und rieb sich müde die Augen. Seine Tränensäcke wirkten danach wie faltiges Leder. Nur zögerlich glättete sich die Haut an der Stelle wieder.

»Entzückend … Was wissen wir über die Frau?«

»Nichts.« Heimke schüttelte den Kopf.

Welke machte eine resignierte Handbewegung. »Natürlich. Ist es nicht üblich, dass man 'ne Krankenkassenkarte zückt?«

»Sie hatte bei der Einlieferung in die Unfallambulanz nichts dabei und hatte sich – sagen wir mal – wenig kooperativ gezeigt«, antwortete Heimke. »Wir haben also keine Personalien. 'ne Personenbeschreibung. Mehr nicht.«

Welke streckte die Beine unter dem Tisch aus und überkreuzte die Füße. Er legte den Kopf in den Nacken und sah nachdenklich zur Zimmerdecke. »Welche Maßnahmen wurden bisher getroffen?«, fragte er, den Kopf gemächlich senkend, nach einer Pause. Seine Stimme klang beinahe erschöpft.

Wittmund übernahm wieder das Gespräch. Er lächelte seinem Vorgesetzten beinahe beschwichtigend zu, während er unsicher mit seinem Kuli in der Luft fuchtelte. »Fahndungsnotierung hinsichtlich Steiger. Sein Wagen wurde sichergestellt. Eine Beschädigung, die auf einen Unfall mit einem Fußgänger schließen lassen könnte, gibt es wohl nicht. Die KTU wird gleich rangehen. Dann wurde das Krankenzimmer formal beschlagnahmt und versiegelt. Die Spusi wird sich den Raum vornehmen.«

»Gut.« Welke nickte. »Vielleicht finden wir einen auswertbaren Fingerabdruck von der Dame und sie wurde schon einmal erkennungsdienstlich behandelt. Dann wären wir ein beachtliches Stück weiter.«

»Außerdem werden wir das Bildmaterial des Festplattenrekorders sichern«, ergänzte Wittmund. »Das dauert aber, weil erst der Techniker des Krankenhauses kommen muss. Ein Team von uns ist im Krankenhaus und hört die Zeugen an.«

Der Hauptkommissar warf Heimke einen Blick zu. »Was ist mit den Sicherheitsfuzzis?«

»Werden gerade zeugenschaftlich vernommen. Ach so … mir fällt noch ein … Kettner hat ein Handy.«

Welke hob den Daumen und machte einen anerkennenden Gesichtsausdruck. »Bin beeindruckt. Ich schmälere deinen Ermittlungserfolg nur ungern, aber jeder hat ein Handy.«

Heimke guckte irritiert, fing sich aber sofort wieder. »Die Leitstelle hatte bereits 'ne Standortfeststellung angeleiert. Sein Handy ist jedoch aus.«

»Okay«, sagte Welke schließlich und nickte, als fiele es ihm schwer, den Kopf zu bewegen.

»Ich hoffe inständig, dass hier niemand im Raum tatsächlich der Meinung ist, dass hier eine Entführung vorliegt. Steiger ist der Frau zu Hilfe gekommen. Unabhängig der Ungereimtheiten mit der Waffe und so … Er wird einen Grund für sein Verhalten gehabt haben.«

Wittmund klappte seine Mappe zu. Er wirkte etwas ratlos. »Und warum ist er dann wie von der Bildfläche verschwunden und hat nicht auf die Polizei …?«

»Bin ich Jesus?«, unterbrach ihn der Hauptkommissar lautstark. »Es wird irgendeinen verfluchten Grund geben. Ich rechne damit, dass er sich zeitnah mit uns in Verbindung setzen wird.« Tatsächlich war er sich da nicht so sicher. Steiger war von jeher ein Eigenbrötler und schon als Kriminalbeamter hatte er nur rudimentäres Interesse daran gehabt, seine Kollegen in seine Absichten miteinzubeziehen. Das hatte auch für den Umgang mit Vorgesetzten gegolten, denen er in der Regel mit passiver Respektlosigkeit gegenübergetreten war, wenn sie Rede und Antwort von ihm eingefordert hatten. Einige hatten ihn für einen Psychopathen gehalten. Für andere war er eine tickende Zeitbombe gewesen, dessen unberechenbares und unorthodoxes Vorgehen irgendwann einmal in eine Katastrophe enden würde. Welke gab jedem Kritiker recht. Und gleichzeitig war er der Meinung, dass Steiger der wohl beste Bulle gewesen war, den er gekannt hatte. Er hatte nur ein Problem: Es gab Gesetze, die ihn bei seiner Arbeit behinderten.

»Wir sollten einen Beschluss für eine Telefonüberwachung …«

»Schwachsinn«, unterbrach Welke Wittmund rüde. »Als ob er sein Handy einschalten würde. Standardmaßnahmen bleiben bestehen«, befahl er mit deutlichem Nachdruck. »Heimchen! Sieh zu, dass ein Einsatztrupp die Adresse verpostet. Und erinnere die Observationskräfte daran, um wen es sich handelt. Ich glaube ohnehin nicht, dass man Steiger ohne Tarnkappe tatsächlich beschatten kann.«

»Wird gemacht, Chef.«

Welke drückte sich schwerfällig aus dem Stuhl hoch. »Ich will von jeder noch so kleinen Lageveränderung Kenntnis haben. Wer vernimmt die Möchtegernsheriffs?« Seine Stimme war zum ruhigen und geschäftsmäßigen Ton zurückgekehrt.

»Tetzlaf«, kam es zackig von Heimke.

»Schwing deinen Hintern zu ihm und sage ihm, ich möchte die Bedrohungslage detailliert ausgearbeitet haben. Und klärt, ob Steiger die Frau tatsächlich gegen ihren Willen aus dem Zimmer gezogen hat oder ob sie möglicherweise freiwillig mitgegangen ist.«

Welke richtete seinen großen Zeigefinger auf Arne Wittmund.

»Arne, ich brauche einen Korinthenkacker. Du trägst alles zusammen.« Suchend sah er sich um und stoppte Heimke, der bereits durch die Tür schritt. »Heimchen! Die Vernehmungen der Wachmänner landen unverzüglich auf meinem Tisch. Und ich will einen Satzschutz auf den Vorgang. Muss ja nicht die ganze Behörde mitlesen können. Wenn wir alle Fakten gesammelt und geordnet haben, bewerten wir die Sache.«

»Der Kriminalgruppenleiter …«

»Kann mich getrost an der Pupe schmatzen«, donnerte Welke.

»Ich werde ihm meinen schuldigen Respekt erweisen, wenn ich dies für angebracht erachte.« Er schnippte mit den Fingern. »An die Arbeit, meine Herren.«

KAPITEL 9

Claudia Wind zupfte sich ein Haar vom rechten Ärmel ihrer schwarzen Kostümjacke. Sie hielt es zwischen Daumen und Zeigefinger, streckte den Arm weit von sich und ließ es los, als handelte es sich um einen unangenehmen Fremdkörper. Um sicher zu gehen, dass es weg war, pustete sie leicht in die Richtung, in der sie es hatte fallen lassen. Wieder schaute sie auf ihr Smartphone und musste feststellen, dass erst zehn Minuten vergangen waren, seit sie das letzte Mal darauf geschaut hatte. Sie kreuzte die Arme vor ihrer Brust, drehte sich zum Fenster und sah nach draußen in den rückwärtigen Teil des Grundstückes. Die Dämmerung hatte eingesetzt, es regnete leicht. Unbewusst nagte sie an der seitlichen Nagelhaut ihres Daumens. Es gab noch immer viele Diskrepanzen zwischen Steiger und ihr. Und jede Menge Eigenarten, mit denen er sie ihn den Wahnsinn trieb. Wenngleich sie in der letzten Zeit eine andere Einstellung zu seinen vermeintlichen Schwächen gefunden hatte. Mehrfach hatte sie sich dabei ertappt, dass sie sich gefragt hatte, warum sie erst nach ihrer Trennung und der darauf folgenden beinahe zweijährigen Funkstille in der Lage gewesen war, einige seiner Charaktereigenschaften hinzunehmen. Ja, warum es ihr nicht mehr gelingen wollte, sich darüber aufzuregen. Im Gegensatz zu den letzten Monaten ihrer Ehe, wo all diese Dinge nicht nur psychische, sondern auch körperliche Symptome bei ihr ausgelöst hatten. Sie fragte sich, ob ihr die Kraft dazu fehlte, zu vieles in der Vergangenheit zerbrochen war. Doch tief in ihrem Innern befand sich die Antwort. Und manchmal drängte sie nach oben, schlich sich als eine Emotion ein, für die sie sich nicht bereit fühlte, die sie ablehnte und von sich wies. Das Gefühl, genau diese Dinge zu mögen. Und ein Stück weit zu vermissen. Claudia riss sich aus ihren Gedanken. Wie auch immer sie im Nachhinein über ihren Exmann dachte, Unzuverlässigkeit gehörte nicht zu dem, was sie ihm hätte vorwerfen können. Sein Handy war ausgeschaltet, die Mailbox nicht eingerichtet. Etwas, was sie in der Vergangenheit unzählige Male bemängelt hatte. Natürlich gab es sicher viele Gründe, warum er noch nicht aufgetaucht war. Wenige Minuten Verspätung beunruhigten sie nicht. Doch er war jetzt beinahe zwei Stunden überfällig. Über eine Stunde hatte sie in der Kanzlei auf ihn gewartet. Als er nicht kam und sie ihn nicht hatte erreichen können, hatte sie sich dazu entschlossen, nach Hause zu fahren. Er wusste, dass sie sich sorgte. Eine Tatsache, durch die er sich, als sie noch ein Paar waren, oftmals bedrängt gefühlt hatte. Die er kritisiert und ihr vorgehalten hatte, auf die er aber im Rahmen seiner Möglichkeiten eingegangen war. Ein Geräusch ließ sie herumfahren. Kam es aus der Diele? Ihr war, als hätte jemand die Wohnungstür zugedrückt. Oder kam es aus einem der anderen Räume? Hatte sie alle Fenster tatsächlich geschlossen? Regungslos horchte sie mit leicht geneigtem Kopf. Plötzlich spürte sie, dass sie die Luft angehalten hatte und dass sie ihren beschleunigten Herzschlag im Hals fühlte. Claudia atmete tief ein. »Jetzt reiß dich zusammen«, sagte sie sich. »Die Räume sind beleuchtet. Draußen ist es dunkel und man erkennt, dass jemand im Haus ist. Einbrecher sind keine Räuber.«

Ihre Nervosität blieb. Ihre gesamte Muskulatur wollte sich nicht entspannen. Die Einbruchzahlen schossen seit Jahren in die Höhe. Die unzähligen osteuropäischen Einbrecherbanden waren eine andere Tätergattung, auf die sich die Polizei bisher nur unzureichend hatte einstellen können. Zumindest mit der derzeitigen Personalsituation. Innerhalb weniger Stunden nahmen die Banden sich ganze Straßenzüge vor und noch ehe die Polizei die ersten Ermittlungen tätigen konnte, befanden sich die Gruppen in anderen Städten. Claudia redete sich ein, dass ihre Beklemmungen unbegründet waren. Das Haus war alt. Wenn mit dem hereinbrechenden Abend die Hektik und der Umgebungslärm der Großstadt schwanden, erwachte ein Altbau naturgemäß zum Leben. Er sprach durch die Geräusche der alten Balken, flüsterte, und manchmal beflügelte er die Fantasie seiner Bewohner. Tatsächlich hatte sie sich in den ersten Monaten nach ihrem Einzug mehr als einmal nachts im Bett aufgerichtet, ängstlich in die Dunkelheit gelauscht, bis ihr die immer wiederkehrenden Geräusche nach und nach vertraut waren. Nochmals holte sie tief Luft und ging in Richtung Diele. Das Geräusch ihrer Absätze auf dem Parkett schuf etwas künstliches Selbstvertrauen. Ihre Finger ertasteten den Lichtschalter. Die Tür war geschlossen. Claudia sah, dass ihr Schlüsselbund ruhig im Zylinder steckte. Als sie zur Klinke griff, nahm sie das leichte Zittern ihre Hand wahr. Einen Wimpernschlag lang hielt sie die Finger über den Griff. Dann drückte sie ihn beherzt nach unten. Erleichtert stellte sie fest, dass sie die Wohnungstür abgeschlossen hatte. Erst jetzt wurde ihr bewusst, dass sie die Luft erneut angehalten hatte. Es brauchte einen Moment, bis sie wieder normal atmete. Claudia lächelte. Das waren die wenigen Situationen, wo sie sich einen Kerl zu Hause wünschte.

»Vielleicht solltest du dir einen Hund anschaffen.« Sie schritt durch die Diele ins Esszimmer und schaltete die Raumbeleuchtung an. Die Fenster waren verschlossen. Ebenso im Schlaf- und im Gästezimmer. Anschließend kehrte sie in den Wohnraum zurück und machte den Fernseher an. Die Stimmen der Schauspieler erfüllten den Raum, belebten ihn und vermittelten etwas subjektive Sicherheit. Claudia ließ sich auf einen Sessel fallen und griff nach ihrem Handy. Sie stellte die Füße auf die Sitzfläche und zog die Knie zum Brustkorb, als ihr plötzlich ein eiskalter Schauer über den Rücken lief.

Wie in Zeitlupe legte sie das Telefon weg und sah mit weit aufgerissenen Augen auf die nassen Schuhabdrücke auf dem Parkett, deren Spitzen in ihre Richtung wiesen.

KAPITEL 10

Eine flüchtige Bewegung. Steiger erahnte sie mehr, als dass er sie wahrnahm. Noch ehe er reagieren konnte, checkte ihn jemand gegen die rechte Wand des heruntergekommenen Hausflures.

Reflexartig hob er den linken Arm, blockte den nächsten Angriff, bevor ein Baseballschläger auf ihn niederging. Unmittelbar darauf schoss seine rechte Faust nach vorn und traf den Solarplexus des Angreifers, der augenblicklich wie ein Kartenhaus in sich zusammenfiel und gekrümmt auf dem Boden liegen blieb. Steiger nahm weitere Bewegungen wahr. Er ergriff den Schläger, hielt ihn hoch und nahm eine Verteidigungsposition ein, darauf bedacht, die Wand im Rücken zu haben. Die Typen standen im Halbkreis vor ihm.

»Hört auf! Aufhören!« Vickys Stimme überschlug sich. Schützend drängte sie sich zwischen die Angreifer und Steiger. »Lasst ihn in Ruhe!«

Die jungen Männer behielten Steiger noch einen Moment im Auge, bis sie sich langsam zu entspannen schienen. Einer der beiden kniete sich hin und half dem Burschen auf, der noch in embryonaler Haltung auf dem verdreckten Boden lag und nach Luft rang und hustete, sich allmählich aber von der Schlagwirkung erholte.

»Sag mal, ham se dir ins Gehirn geschissen?« Ein blonder Junge, vielleicht 20 Jahre alt, sah Vicky wütend an, während er mit einer Holzlatte in Steigers Richtung deutete. Steiger kannte diese Typen. Jugendliche und Heranwachsende am Rande der Gesellschaft. Perspektiv- und chancenlos bedienten sie in jeder Hinsicht das gängige Klischee, welches man von Kindern aus den sogenannten Unterschichten hatte. Bildungsfern und ohne prägende elterliche Zuwendung groß geworden, kamen sie früh mit Alkohol, Klebstoffen oder Betäubungsmitteln in Kontakt. Viele von ihnen waren Schulabbrecher, teils in Heimen aufgewachsen. Sie hatten sich in diesem leer stehenden Gebäude einquartiert, waren geflohen vor familiärer Gewalt und Missbrauch. Sie lebten vom Betteln, stahlen, handelten mit Drogen und manche von ihnen prostituierten sich. Sie waren Straftäter und gleichzeitig Opfer. In Essen-Altendorf fielen sie nicht auf. Ein Stadtteil, dessen soziale Struktur seit Langem aus den Fugen geraten war. Die Trostlosigkeit dieser Stadt war hier besonders erkennbar. Ein Paradebeispiel misslungener Integration. Die meisten aller polizeilich begleiteten jugendlichen Intensivtäter kamen aus diesem Teil der Stadt. »Altendorfer Kanaken« nannten sie sich selbst.

Steiger wusste, eigentlich durfte es Kinder wie sie nicht geben, wenn man den Worten der Politiker Glauben schenken wollte. Hatten sie doch einen rechtlichen Anspruch auf angemessene Wohnverhältnisse, auf Betreuung und ärztliche Versorgung. Aber wie in vielen Bereichen versprach dieser Staat etwas, was er nicht hielt. Vor einigen Jahren hatte man bei der Polizei eine Ermittlungsgruppe Jugend ins Leben gerufen. Steiger erinnerte sich, dass es eine ursprünglich befristete Maßnahme war, die in Anbetracht der rasant ansteigenden Anzahl jugendlicher Intensivtäter zu einer Dauereinrichtung geworden war. Eine Gruppe engagierter Kollegen führte einen sprichwörtlichen Kampf gegen Windmühlen. Auch Claudia hatte einige Zeit als Pflichtverteidigerin im Bereich straffällig gewordener Minderjähriger gearbeitet und das, was sie aus dem Bereich berichtet hatte, hatte ihn nachdenklich gestimmt. Eine Handvoll Mitarbeiter des Jugendamtes, Streetworker, deren Zeit nicht mal für die Schreibtischverpflichtungen, geschweige denn für die Arbeit vor Ort reichte. Tatsächlich kümmerten sich Stiftungen und Vereine um Straßenkinder. Boten ihnen eine Übernachtungsmöglichkeit, ein Frühstück, einen Ort, an dem sie sich waschen konnten. Die Mitarbeiter hörten zu, ohne Fragen zu stellen, ohne Vorwürfe zu äußern, ohne zu bewerten. Und das exakt bis zu dem Zeitpunkt, an dem sie volljährig wurden und ihnen das ohnehin grobmaschige Sozialnetz unter dem Arsch weggezogen wurde.

»Wer ist der Typ? Ein Freier? Warum bringst du den Wichser hier her?«

»Hör auf, Ratte!«

Steiger konnte Vickys Gesicht nicht sehen. Aber er hatte das Gefühl, dass sich ihre Stimme veränderte. Weinerlich klang.

»Er hat mir geholfen.«

»Ach ja? Hat dieser Kinderficker dir ’nen Zehner extra gegeben?«

»Sie haben mich fast erwischt. Sie haben mich …«

Die Wut im Gesicht des jungen Mannes veränderte sich leicht, wechselte zu einer Mischung aus Neugier und Misstrauen. Er legte den Kopf leicht schief. »Wer hat dich fast erwischt? Die Bullen?«

Vicky schüttelte so heftig ihren Kopf, dass ihre Haare

ins Gesicht fielen. Kein Ton kam über ihre Lippen. Noch immer stand sie mit dem Rücken zu Steiger. Er konnte nicht sehen, ob sie nicht antworten wollte oder konnte. Doch Ratte schien zu erahnen, was sie meinte. Nochmals änderte sich sein Ausdruck. Eine gehörige Portion Restzweifel wollte nicht aus seinen Zügen weichen, trotzdem überwog etwas anderes: Sorge. »Ivan? Ich meine … bist du dir sicher?«

Steiger schmiss den Schläger zur Seite. Einen Moment hallte das hölzerne Geräusch durch den leeren Flur. »Ich weiß zwar nicht, was hier abgeht und auf was für 'ne Scheiße ihr Kerbtiere euch eingelassen habt … Tatsache ist, dass man der Kleinen hier ans Leder will. Und das scheint jemandem sehr am Herzen zu liegen. So sehr, dass er zwei Profis losschickt, die so kurz davor waren, dass es beinahe geklappt hätte.« Steiger deutete mit Zeigefinger und Daumen einen Abstand von einem Zentimeter an.

»Er hat mir das Leben gerettet.« Sie drehte sich um und sah ihn dankbar an.

Rattes Augen wanderten wieder zu Steiger. Diesmal war nicht zu erkennen, was in ihm vorging. »Gut, du Held. Dann hast du ihr von mir aus das Leben gerettet. Dann kannste dich ja jetzt wieder verpissen.«

Ein spöttisches Lächeln umgab Steigers Mundwinkel. »Wer von euch hat das Sagen?«

Ratte sah ihn regungslos an.

»Keiner«, kam es nach einer Pause von Vicky. »Niemand ist hier der Chef.«

»Das ist unser Haus, Alter!«, erwiderte ein anderer Bursche. Auffallend groß und schlaksig.

»Echt?« Steiger rieb sich nachdenklich das stopplige Kinn. »Komisch. Hab keine Namensschilder auf der Klingel gesehen. Ich sag dir was, Bürschchen. Nur weil du und deine Kumpel hier auf vollgepissten Matratzen pennen, gehört die Hütte dir genauso wenig wie mir. Ich werde dich also nicht um Erlaubnis fragen. Vicky wird einen Grund haben, warum sie mich mitgebracht hat. Wenn dir das egal ist … Scheiß drauf, Kumpel. Aber irgendetwas in mir ist sich verdammt sicher, dass ihr – wegen wem auch immer – mächtig die Hosen voll habt.«

Urplötzlich sackte die junge Frau zusammen. Reflexartig fing Steiger sie auf.

»Verfluchte Scheiße! Was ist mit ihr?« Rattes gespieltes Selbstvertrauen fiel in sich zusammen.

»Ich habe sie aus dem Krankenhaus … geholt.« Steiger hob Vicky hoch. »Ich glaube, sie haben ihr irgendwas gegeben, um sie ruhig zu kriegen.«

»Scheiße!«

»Du wiederholst dich. Na los! Beweg dich. Meinst du, ich will hier Wurzeln schlagen? Wo soll sie hin?«

Ratte drängte die beiden anderen beiseite. Linksseitig führte eine ausgetretene Holztreppe in die oberen Etagen. Er winkte Steiger zu, der Mühe hatte, das Gleichgewicht auf den ausgetretenen Stufen zu halten. Die Holztreppen knarrten bedrohlich. Für Steiger glich ein besetztes Haus dem anderen. Alles war runtergekommen, es roch nach Schimmel und in jeder Ritze war Feuchtigkeit eingezogen. Putz blätterte von den Wänden, die mit Farbstiften und Graffiti beschmiert worden waren. Das Haus war eines der Objekte, das sich so unmöglich verkaufen oder vermieten ließ und dessen Abriss unnötige Kosten bedeutete, die niemand tragen wollte. Ratte ging bis in die zweite Etage. Er drückte eine Wohnungstür ohne Schloss auf. Unerwartet empfing Steiger eine wohlige

Wärme. Die Altbauwohnung verfügte über eine Vielzahl an Räumen mit hohen Decken. Und tatsächlich erkannte Steiger jede Menge alter Matratzen und Isomatten, teils auf Europaletten gelegt. Daneben Plastiktüten, in denen sich das gesamte Hab und Gut seiner Bewohner befand. Jugendliche Obdachlose hielten zusammen. Fanden an solchen Orten eine Art Familienersatz.

»Bring sie hier her.«

Steiger trug Vicky zu einer Matratze. Kurz sah er sich um. Der Raum war fast leer, die Fenster abgedunkelt. Eine nackte Glühbirne erhellte den Raum. Die Jungs und Mädels hatten sich ihren Strom offenbar aus einem der Nachbarhäuser besorgt. Mittig stand ein alter Sessel, davor eine leere Sprudelkiste mit einer Holzplatte, auf der sich Tabakkrümel befanden. Um diesen provisorischen Tisch hatten sie weitere Bierkästen als Sitzgelegenheiten verteilt. Auf dem Boden stand eine selbst gebaute Bong – aus einer alten Plastikflasche gefertigt. Der Fußboden war übersät mit Verpackungen von Süßigkeiten und leeren Pizzakartons. Kiffen führte zu wahren Heißhungerattacken auf jeglichen Zuckerkram. Und so wie es aussah, wurde hier viel geraucht.

In der hintersten Ecke erkannte Steiger einen Elektroradiator, der seine Wärme aufdringlich in das Zimmer blies.

»Nett«, nickte Steiger mit gespielter Anerkennung.

»Brauchst ja nicht einziehen«, erwiderte Ratte mit unverhohlener Verachtung.

Steiger zuckte mit den Schultern. »Wie geht es ihr?«

Ratte stützte Vickys Hinterkopf und half ihr, aus einer Colaflasche zu trinken, antwortete jedoch nicht, sondern schenkte ihm nur einen verächtlichen Seitenblick.

»Geht schon wieder«, antwortete Vicky und setzte sich kraftlos auf.

Steiger nahm auf einer der Getränkekisten Platz. »Okay, Jungs. Wir hatten einen holprigen Start. Schlage vor, wir drücken den Resetknopf und fangen noch mal von vorn an.«

»Schwall nicht rum, Alter. Was willst du?«, kam es von rechts.

Er wandte den Blick zu den beiden anderen Jungs, die sich auf den Boden gesetzt hatten. Einer, mit schwarzem glattem Haar, war vermutlich Libanese oder Iraker, vielleicht aber auch Nordafrikaner. Der andere war der, den Steiger kurzzeitig ausgeknockt hatte.

»Ratte kennst du ja schon«, sagte Vicky und nickte kurz mit dem Kopf zur Seite. Steiger fand den Namen passend. Der Bursche hatte in der Tat auffallend vorstehende Zähne.

»Der Marokk da ist Peitsche.«

Steiger sah den Burschen, den er zuvor niedergestreckt hatte, kritisch an. Er hatte sich von seinem Fausthieb anscheinend erholt und grinste ihn an. »Peitsche?«

»Ja«. Sie nickte. »Weil er so einen langen Schwanz hat.«

Der Marokkaner grinste noch breiter, fast stolz.

»Den anderen da kenn ich nicht. Ratte. Wer ist das?«

»Das ist Jan. Ist in Ordnung.«

»Wir kommen allein klar«, bellte Jan in Steigers Richtung.

Steiger drehte sich zu Ratte. »Das sehe ich.«

»Fick dich!«

Einen Moment lang fixierten Steigers Augen den jungen blonden Mann, der sich irgendwo auf der Grenzlinie zwischen Kind und Erwachsenem befand.

»Soll ich euch was sagen? Es ist mir scheißegal, ob ihr aus Mülltonnen fresst, euch mit irgendwelchen Klebern das Resthirn wegschnüffelt oder euch unter den Helbingbrücken von irgendeinem pädophilen Arschloch die Rosette versilbern lasst. Aber eins ist klar. Wer auch immer hinter euch her ist, wird das nicht sein, weil ihr ihm die Kohle für 100 Gramm Shit schuldet.«

»Was geht dich das an?«

Steiger wandte sich Peitsche zu. »Zur Erinnerung. Ich habe eurer Freundin hier mal eben im Vorbeigehen das Leben gerettet. Und bei den Typen, die ihr an die Wäsche wollten, handelt es sich nicht um Amateure. Und da sich solche Leute ungern in die Suppe spucken lassen, darf ich davon ausgehen, sie nun auch als Freunde gewonnen zu haben. Um das für euch Spatzenhirne verständlicher auszudrücken: Euer Problem ist nun auch mein Problem.«

»Tja. Pech, Alter«, kam es von Peitsche.

»Hättest du das auch auf Vickys Beerdigung gesagt? Hättest du das gesagt? Pech, Alte?«

Der junge Nordafrikaner blickte Hilfe suchend die anderen an, senkte dann seine Augen verlegen zu Boden und spucke aus.

Steiger erhob sich. »Hört zu, ihr Amöben. Ich hatte einen Scheißtag. Einen verdammt beschissenen Tag. Und als ob das nicht schon genug wäre, habe ich ein Krankenzimmer zerlegt, zwei Killer zusammengetreten und als Sahnehäubchen einen Rettungswagen geklaut. Und da ich im Krankenhaus meine Personalien angegeben habe, darf ich davon ausgehen, dass neben diesen Kerlen auch eine Armada an Bullen hinter mir her ist. Und warum?«

Steiger ging einen Schritt auf Jan und Peitsche zu und zeigte auf das Mädchen.

»Wegen euer kleinen Freundin hier.« Er drehte sich zu Ratte. »Und ihr meint, es wäre mein Problem und ihr kämt so einfach aus der Nummer?«

Ratte starrte Steiger misstrauisch an. »Was willst du, alter Mann?«, fragte er nach einer Weile.

Dieser schüttelte den Kopf. »Nein, Jungs. Nicht ich will was. Ihr seid es, die was wollen. Von mir wollen.«

»Pah«, kam es von Ratte. Wieder ging Steiger auf ihn zu. Leicht wich der Junge zurück. »Ich seh schon. Denken ist nicht unbedingt deine Stärke. Was glaubst du«, Steiger zeichnete mit den Fingern ein Fragezeichen in die Luft, legte den Kopf schief und blickte Ratte scharf an, »dass ich euch decke, wenn sie mich finden? Dass ich mich für ein paar mir völlig unbekannte Versager am Ende der Nahrungskette wie in einem scheiß Actionfilm heldenhaft foltern lasse und nichts verrate?«

»Er hat recht.« Vicky richtete ihren Oberkörper auf und lehnte sich an die Wand.

Ihr schien es besser zu gehen. Sie hatte nach wie vor dunkle Augenringe, soweit Steiger das bei den Lichtverhältnissen beurteilen konnte, doch ihre Stimme war nicht mehr so brüchig. Erst jetzt fiel ihm auf, dass sie untergewichtig war. Der Zucker der Cola tat ihrem Kreislauf offenbar gut.

»Wir können ihm nicht trauen. Wir können niemandem trauen.« Wieder traf ihn Rattes Blick, als wäre er ein Feind.

Steiger zog 'ne Braue hoch. »Du solltest mal deine Taktik überdenken.«

»Wir wissen schon, was wir zu tun haben.«

»Das sehe ich«, sagte Steiger.

»Was weißt du denn schon?«

»Was ich weiß? Ich weiß, dass man Vicky verfolgt hat. Und ich weiß, dass diejenigen nur einen Wimpernschlag brauchten, um herauszufinden, wohin ich sie brachte. In logischer Konsequenz darfst du also beruhigt davon ausgehen, dass es nur eine Frage der Zeit ist, bis sie euch aufspüren. Oder zumindest mich. Was im Prinzip auf das Gleiche herauskommt. Es sei denn, wir rudern gemeinsam, wenn wir schon irgendwie unfreiwillig in einem Boot sitzen. Am besten in dieselbe Richtung.«

Die Anwesenden tauschten einige Blicke untereinander aus. Erneut war es Ratte, der das Wort ergriff. »Was schlägst du vor?«

Steiger setzte sich wieder. »Um mir einen Reim auf diese Scheiße machen zu können, muss ich wissen, was los ist. Außerdem muss ich mit ein paar Leuten etwas klären.« Er fingerte sein Smartphone aus der Jacke und wedelte mit dem Gerät herum. »Hat zufälligerweise jemand ein Ladekabel für meinen koreanischen Kumpel hier?«

Wieder schauten sich die anderen an. Peitsche, der sich im Schneidersitz hingehockt hatte, stand auf, verließ den Raum und kam wenige Augenblicke später mit einem weißen Kabel zurück.

»Wir haben nur einen Stecker. Du musst den von der Heizung nehmen«, sagte der schwarzhaarige Bursche, während er in die Richtung des Radiators nickte.

»Verrat unser Versteck nicht«, schickte ihm Jan hinterher.

Steiger drehte sich um. »Ihr werdet euch ohnehin 'ne andere Bleibe suchen müssen. Ist zu unsicher hier.«

Er steckte das Gerät ein und schaltete es an. Nachdem er es entsperrt hatte, waren unzählige Benachrichtigungstöne zu hören. Mehrere WhatsApp-Nachrichten sowie mehrere Anrufe in Abwesenheit. Drei SMS. Zwei von

Welke. Wie erwartet. Eine von Claudia. Was ihn daran erinnerte, dass er seine Mailbox noch immer nicht eingerichtet hatte. Steiger bediente das Display und öffnete ihre Kurzmitteilung zuerst. Sofort bekam er eine Gänsehaut.

Gefahr! Ruf sofort an.

Es geht um Leben und Tod.

Diese Nachricht konnte alles sein. Ernst gemeint, aber auch ironisch. Er hätte ihr keine große Bedeutung beigemessen, wenn ihm das Erlebte der vergangenen Stunden nicht noch in den Knochen stecken würde. Ein brennendes Gefühl wanderte seine Speiseröhre hinauf und ein unangenehmer Geschmack breitete sich in seinem Mund aus. Bitter. Stechend.

Steiger rief Claudias Nummer auf und drückte die Verbindungstaste. Der kurze Augenblick, bis sein Handy die Verbindung aufbaute, fühlte sich wie eine Ewigkeit an.

»Herr Kettner?« Die Stimme des Fremden hörte sich rau an.

»Wer spricht da?«, fragte er.

»Robert! Robert, ich …«

Steiger fühlte, wie sich seine Eingeweide zusammenzogen und seine Knie weich wurden. »Claudia? Claudia? Ist alles in Ordnung. Was ist …?«

»Sie haben exakt 45 Minuten Zeit, mir das Mädchen zu bringen, bevor ich Ihre Frau töte«, drohte die Männerstimme. »Exakt 45 Minuten. Sie werden in wenigen Minuten genaue Anweisungen erhalten. Gehen Sie also ran, wenn es klingelt.«

Langsam ließ Steiger das Telefon sinken. Der Mann hatte aufgelegt.

*

Der lose Untergrund knirschte unter Steigers Stiefeln wie hart gefrorener Schnee. Seine Hand umfasste den zarten Oberarm der jungen Frau. Vielleicht etwas zu fest. Er spürte das leichte Zittern ihrer Muskeln, die Anspannung. Die Angst.

Steiger war erschöpft, seine Schritte waren schwer, als liefe er durch tiefen Morast.

Das Szenario, welches ihm bot, war bizarr. Irreal. Er verspürte dieses urmenschlichste aller Gefühle: Angst. Eine Verlustangst In ihrer lähmenden, existenziellen und radikalsten Form, mit all ihren quälenden Facetten. Sie nahm all seine Sinne in Besitz, forderte jene unkontrollierbaren Reaktionen, die Panik zu einer Fessel machte und die durch nichts zu kontrollieren war. Sein Puls raste. In seiner Brust bildete sich ein Beklemmungsgefühl, welches sein Herz eiskalt umschloss und es mit aller Kraft am Schlagen hindern wollte. Schweiß rann aus seinen Poren, und sein Mund fühlte sich staubtrocken an. Der Gedanke, Claudia könnte nicht mehr am Leben sein, hatte sich wie eine bösartige Geschwulst in seinem Denken verwurzelt und mit jedem Schritt, den er tat, wuchs die unerträgliche Furcht vor der Erfüllung seiner Prophezeiung. Steiger sah auf die junge Frau, die vor ihm lief und die er in wenigen Augenblicken verraten würde. Verraten musste. Nichts auf der Welt war in der Lage, den tiefreichenden Konflikt zu beschreiben, der ihn innerlich zerriss. Ihr Leben gegen das seiner Frau. Und es gab nichts, was er dagegen tun konnte.

Der Druck auf seinen Brustkorb war unerträglich. Geräuschvoll sog Steiger die kalte Luft ein, füllte seine verkrampften Bronchien. Jede Zelle seines Körpers schrie nach Sauerstoff. Ihm war die Fähigkeit, unbewusst zu atmen, abhandengekommen und er musste sich konzentrieren, ein- und auszuatmen. Wie sehr würde er sich drüber freuen, schweißgebadet und mit rasendem Puls aus diesem Albtraum zu erwachen. Wieder drängte die Kraft seines Armes die junge Frau nach vorn. Er wollte sie nicht ansehen. Er würde es kein weiteres Mal ertragen, diese Verzweiflung in ihren Augen ansehen zu müssen.

Der große Wagen stand mit der Front in seine Richtung. Noch 50 Meter. Mit jedem Schritt verkrampfte sich Vicky mehr, legte ihren Oberkörper nach hinten gegen den Druck des Mannes, der ihr das Leben gerettet hatte. Dem sie bis vor wenigen Minuten vertraut hatte. Der unvermittelt in dem alten Abbruchhaus aufgestanden war, sie unter einem Vorwand aus dem Haus gelockt und hierhin gebracht hatte. Und der sie jetzt verriet. Sie hatte aufgehört zu flehen. Mit Tränen in den Augen hatte sie auf ihn eingeredet. Bis ihre Kräfte aufgebraucht waren und sie sich mit dem Unvermeidlichen abgefunden hatte. Er würde sie nicht gehen lassen.

Wieder atmete Steiger tief ein. Das Schlucken fiel ihm schwer. Sein Hals war wie zugeschnürt.

Plötzlich begann Vicky zu summen. Es war ein Kinderlied. Fieberhaft überlegte Steiger. Er kam nicht darauf. Er kannte dieses Lied, doch wollte ihm nicht einfallen, wie es hieß. Es quälte ihn. Er wollte sie auffordern aufzuhören. Doch er konnte nicht reden. Hatte Angst davor, sie würde sich ihm zuwenden und ihn ansehen.

Noch 40 Meter. Steiger richtete seinen Blick wieder geradeaus. Die hintere Tür ging auf und ein Mann stieg aus. Er stellte sich neben das Fahrzeug und sah regungslos in Steigers Richtung.

30 Meter. Der Mann, der soeben aus dem Wagen gestie-

gen war, stellte sich breitbeinig hin. Überheblich. Steiger erkannte ein breites Pflaster über der Nasenwurzel. Obwohl er das Gesicht nicht zuordnen konnte, wusste Steiger, wer dieser Kerl war. Es musste einer der Männer aus dem Krankenhaus sein. An dessen Haltung las er Genugtuung ab, die er zweifelsohne genoss. Der Zeitpunkt seiner Rache war gekommen.

20 Meter. Details im Gesicht des Mannes waren erkennbar. Das dunkelblaue Brillenhämatom, das süffisante Grinsen. Die Fahrertür ging auf und ein weiterer Mann verließ den Wagen. Automatisch verlangsamten sich Steiger Schritte, bis er stehen blieb.

»Schick sie rüber!«

Steiger schüttelte den Kopf. »Ich will meine Frau sehen. Wo ist meine Frau?«

Der andere öffnete die hintere Fahrzeugtür. Kurz verschwand sein Oberkörper im Inneren. Brutal zog er Claudia raus.

Steiger durchfuhr ein Schauder. Ein Gefühl, als hätte ein Blitz in ihm eingeschlagen, der die gewaltige Spannung von über einer Millionen Volt durch seine Nervenbahnen presste, und für einen winzigen Moment war es ihm, als versagten seine Beine.

Der Mann riss sie gewaltsam an ihren Haaren aus dem Auto. Sie stürzte, der Kerl zerrte sie hoch und legte von hinten einen Arm um ihren Hals, während er mit der andern eine Pistole zog und sie Claudia an die Schläfe hielt. Steiger erkannte getrocknetes Blut unter ihrer Nase und die dunkle Schwellung ihrer Oberlippe. Schlimmer als das war der Ausdruck, der sich in ihren Augen widerspiegelte. Er biss sich auf die Lippen, bis er einen feinen metallischen Geschmack wahrnahm.

»Schick das Mädchen rüber!«, brüllte der Mann erneut und Steiger sah, wie Claudia aufschreckte.

»Bitte …« Vicky drehte sich um. Ihre Tränen rannen die Wangen hinab, sammelten sich für einen flüchtigen Moment an ihrem Kinn, um dann zu Boden zu tropfen.

Eine stählerne Faust umschloss sein Herz. »Ich …« Seine Stimme brach ein. »Ich habe keine Wahl, verstehst du?«

Sie verstand nicht. Nochmals sah sie ihn an. Drang tief in seine Seele.

»Worauf wartest du?« Der Entführer riss ihn aus seiner Trance.

»Lass meine Frau los!«, schrie Steiger.

Der Mann grinste gehässig. Er genoss Steigers Hilflosigkeit. »Wenn sie die Hälfte des Weges gegangen ist, lass ich sie los.«

Steiger wusste, dass der Mann log. Die Tonfarbe seiner Stimme, seine Haltung, aus allem las er ab, dass dieser Mann nicht die Wahrheit sagte. Ein letztes Mal bäumte sich Steigers Verstand auf. Suchte verzweifelt nach einem Ausweg. Nichts. Es gab nichts, was er hätte tun können.

»Geh!«, befahl er und schob Vicky mit einem Ruck nach vorn. »Ich finde dich«, flüsterte er ihr hinterher. »Ich werde dich finden.«

Steiger sah der jungen Frau nach, die sich mit kleinen Schritten unendlich langsam von ihm entfernte. Sein Blick wechselte zu Claudia, deren Gesicht durch das, was sie offenbar durchgemacht hatte, so entstellt war, dass er Mühe hatte, sie zu erkennen. Unvermittelt blieb Vicky stehen. Langsam drehte sie sich zu Steiger, suchte nochmals den Augenkontakt. Etwas jedoch war anders. Ihre Mimik hatte sich verändert. Etwas Entschlossenes lag in ihrem Ausdruck. »Ivan«, sagte sie. Und plötzlich rannte sie los.

*

Zeitgefühl ist ein individuelles, inneres Konstrukt, das sich durch emotionale Bewertung und unabhängig von den Ergebnissen in seiner Wahrnehmung unterscheidet. In dem Augenblick, in dem sich Vickys Muskulatur spannte, um ihrem Körper die notwendige Beschleunigung zu ermöglichen, blieb die Zeit für Steiger stehen. Er fühlte das Schlagen seines Herzens, das Pulsieren seines Blutes in seinem Hals und in den Schläfen. Jede Bewegung, die sein Auge wahrnahm, bestand aus sich klar voneinander abgesetzten Einzelbildern. Er sah Vickys Fußspitze, die sich in den losen Untergrund grub. Das Wegspritzen von Erdreich und kleinen Steinchen, als sie sich abstieß, das Nachvornbeugen ihres Oberkörpers. Sein Blick wanderte über die junge Frau hinweg zu dem wenige Meter entfernt stehenden Fremden, der Claudia noch immer in seiner Umklammerung hatte und sie als Schutzschild benutzte. Unfähig einer Regung, verfolgte er, wie der Täter den Arm hob. Wie dieser sich geradeaus richtete. Steiger betrachtete den Lauf der Automatik, sah Claudias panisches Gesicht, wie sie angstvoll auf diese Waffe starrte. Ihm war, als hätte er ewig Zeit, jede einzelne Sequenz zu betrachten. Zu bewerten und zu analysieren. Er wandte den Kopf wieder der flüchtenden jungen Frau zu. Vicky hatte den nächsten Schritt nach vorn gemacht. Ihr Gesicht in Richtung Grünstreifen gerichtet, der den unkrautüberwucherten Parkplatz des alten Industriegeländes von der nahen Straße trennte.

Steiger blickte erneut in eine andere Richtung. Seine Pupillen stellten den Hintergrund scharf. Der Arm des Mannes bildete mit der Waffe eine Linie. Der Schuss hörte sich unvermutet dumpf an. Steiger glaubte zu erkennen, wie der Schlitten der Automatik nach hinten fuhr. Eine für das menschliche Auge kaum wahrnehmbare Bewegung. Sah, wie der Rückschlag die Hand des Fremden nach hinten riss. Mit seinen Augen verfolgte er die Patronenhülse, welche die Schusswaffe auswarf, verfolgte ihren halbkreisförmigen, trudelnden Flug, und obwohl es unmöglich war, schien es ihm, als erkannte er sogar den dünnen Ölfilm darauf. Dann raste alles in unglaublicher Geschwindigkeit auf ihn zu. Vicky stockte kurz und lief einige Meter weiter. Doch es wirkte so, als habe sie jegliche Kontrolle über ihren Körper verloren. Als erschlaffte die Muskulatur mit jeder weiteren Millisekunde. Sie stolperte, ihr Gewicht verlagerte sich nach vorn. Vicky stürzte, ohne sich abzustützen, mit dem Gesicht auf den Boden. Der Aufprall ihres Oberkörpers hörte sich dumpf an. Sie drehte sich auf den Rücken, öffnete den Mund, und es sah so aus, als wolle sie einen tiefen Atemzug nehmen. Sie überstreckte den Rücken, warf den Kopf in den Nacken verkrampfte mit weit aufgerissenen Augen, die irgendwo ins Nichts starrten. Fast abrupt wich die Spannung und mit ihr das letzte bisschen Lebensenergie.

Stille folgte.

Mit offenem Mund, unfähig zu denken, starrte Steiger auf das tote Mädchen. Etwas in ihm zerbrach und er wusste, dieses Bild würde sich für alle Zeiten in seine Seele brennen, ihn für den Rest seines Lebens begleiten. Und nichts in der Welt würde ihm jemals die Last der Schuld nehmen können, die er auf sich geladen hatte.

»Pack sie in den Kofferraum!«

Wieder war es die Stimme des Mörders, die Steiger wie eine Ohrfeige traf. Er sah ihn an. Der Lauf der Waffe war nun auf ihn gerichtet.

Der zweite Mann lief zu der Leiche, hob sie an und tat, was ihm aufgetragen wurde. Er knallte den Kofferraumdeckel zu und setzte sich wieder hinter das Lenkrad.

Eine gefühlte Ewigkeit passierte nichts. Die beiden Männer standen sich gegenüber und sahen sich an. Dann wanderten Steigers Augen zu Claudia. Ihre Blicke trafen sich. Es lag eine Intensität darin, wie er sie nie zuvor erlebt hatte. Und gleichzeitig etwas Endgültiges.

Der Mann winkelte den Arm an und während er die Pistole gegen ihre Schläfe drückte, verbreiterte sich sein hässliches Grinsen.

»Und jetzt, du Großmaul?« Der Mann genoss seine Überlegenheit. »Was denkst du? Was passiert wohl als Nächstes?«

Der Typ legte seinen Kopf leicht schief. Ruckartig richtete er die Waffe wieder auf Steiger.

»Wo soll ich dir hinschießen? In deinen verfluchten Schädel? Nein. Vielleicht erst in die Arme? Und dann in die Beine? Was hältst du davon?«

Steiger antwortete nicht. Es war ihm egal. Nichts würde sein, wie es mal gewesen war. Vicky war tot. Und er trug Schuld daran.

Plötzlich zog der Typ eine Braue hoch und sein Grinsen weitete sich zu einer hässlichen Grimasse. »Du hängst an ihr, stimmt's?« Es war keine Frage. Es war eine Feststellung.

Steiger starrte den Kerl nur weiter an.

Dieser schüttelte den Kopf. »Weißt du was, du verfluchter Wichser? Ich werde dich nicht erschießen. Weißt du, was ich tun werde? Weißt du das?« Fragend blickte er in Steigers Richtung. Gleichzeitig presste er das Metall gegen Claudias Kopf. In seiner fiesen Visage war klar erkennbar, dass er das Gefühl von Macht genoss. »Was hältst du davon, wenn ich deiner kleinen Nutte hier den Schädel wegpuste?«

Claudia zitterte am ganzen Körper. Der Anblick ihres schmerzverzerrten Gesichtes, die Angst, die Steiger ablas, bohrte sich wie eine glühende Klinge in seine Eingeweide.

»Du perverses Dreckschwein«, presste er durch seine geschlossenen Zahnreihen.

Der andere lachte laut auf, hielt die Automatik wieder in Steigers Richtung, um seine Schusshand anschließend lässig neben seinen Körper zu halten, während er Claudia zu sich heranzog und ihr einen Kuss auf die Wange gab.

»Wird Zeit, dass du dich von deiner Dame hier verabschiedest.«

Der Mann bluffte nicht. So viel stand fest. Noch mehr aber traf Steiger die Erkenntnis, nichts dagegen tun zu können. Der Mann würde Claudia töten und er, Robert Kettner, würde es hilflos mit ansehen müssen. Doch Steiger war nicht der Typ, der aufgab. Blitzschnell griff er hinter seinen Rücken und zog die Waffe aus seinem Hosenbund, die er einem der Killer im Krankenhaus abgenommen hatte. Für einen Sekundenbruchteil erkannte er die Überraschung im Gesicht seines Gegners. Dann zog Steiger den Abzugshahn.

Die Situation schien eingefroren. Sie wirkte falsch, passte nicht zu seiner Erwartung. Steiger hatte den ohrenbetäubenden Schuss gehört, den Rückschlag der Waffe gespürt, und der verbrannte Geruch der Treibladung stach ihm noch immer in der Nase. Bis zu diesem Moment war alles so, wie es sein sollte. Doch jetzt fehlte etwas. Das, worauf alles zuvor hinauslief. Hinauslaufen musste. Es geschah nicht. Grausame Zehntelsekunden passierte nichts. Sein Gehirn suchte fieberhaft nach einer Antwort. Mit wachsender Panik blickte er über seine Waffe, die noch immer auf Claudia zeigte. Der Fremde hinter ihr starrte ihn weiterhin an. Er wirkte unbeeindruckt, ruhig, beinahe gelassen. So als hätten die letzten Sekunden nicht stattgefunden. Noch immer hatte er seinen linken Arm um Claudias Hals gelegt, hielt die zierliche Frau schützend vor sich. Wieder hob er seinen rechten Arm. Langsam, wie in Zeitlupe richtete der Mann seine Waffe aus. Steiger betrachtete die Automatik des anderen über den Lauf seiner eigenen Pistole. Ein seltsames Gefühl übermannte ihn. Jetzt, da er wusste, dass er sterben würde, dass er und Claudia sterben würden, erfasste ihn eine unbeschreibliche, eine angenehme Ruhe. Er verspürte einen geradezu inneren Frieden. Seine Augen suchten die seiner Exfrau, die ihm alles bedeutete. Eine Erkenntnis, die ihm in Anbetracht ihres gemeinsamen Todes in einer Deutlichkeit bewusst wurde, wie nie zuvor in seinem Leben. Und mit einem Mal wurde ihm klar, dass er mit all der Härte gegen sich selbst, mit seinem schützenden Selbststolz nur erreicht hatte, dass er das nicht an sich herangelassen hatte, was ihm so viel bedeutet hatte. Dass er sich, dass er ihnen beiden die Chance auf ein gemeinsames und vielleicht glückliches Leben genommen hatte. Wie sehr wünschte er sich in diesem Moment, das tun zu können, wozu er nicht in der Lage gewesen war. Um sie zu kämpfen. Stattdessen hatte er nicht aufgehört, wegzulaufen. Um sich nicht mit sich selbst und dem, was er empfand, auseinandersetzen zu müssen. Steiger lächelte, während ihm gleichzeitig die Tränen in die Augen stiegen. Seine Schusshand senkte sich langsam. Er löste sich von ihrem Blick und sah den Mann wenige Meter vor ihm an, der weiter auf ihn zielte. Doch warum schoss er nicht? Warum beendete er es nicht? Irgendetwas stimmte nicht. Steiger sah es nun deutlich. Die Hand des Mannes wurde unruhig. Wackelte. Begann zu pendeln. Als wäre abrupt jegliche Kraft aus dessen Arm gewichen. Steiger sah zu Claudia. Betrachtete den rötlichen Fleck auf dem hellen Stoff ihrer Bluse, der sich rasend schnell vergrößerte. Er schaute in ihr Gesicht, sah, wie sie die Augen verdrehte, ihr Körper jegliche Spannung verlor. Ganz langsam knickten ihre Knie ein. Sie sackte nach unten, rutschte unter dem Arm des Mannes weg und glitt zu Boden. Der Fremde stand noch immer, sah in Steigers Richtung, doch schien sich sein Blick auf dem Weg zu ihm zu verlieren. Ein letztes Mal versuchte er die Pistole zu heben, auf Steiger auszurichten, aber seine Kraft reichte nicht. Der Mann ließ die Waffe los, fiel rücklings zu Boden und rührte sich nicht. Wie gebannt starrte Steiger auf die Szene.

Plötzlich heulte der Motor neben ihm auf. Der Wagen katapultierte sich nach vorn, geradewegs auf Steiger zu. Blitzartig riss er den Arm hoch und feuerte in Richtung der Windschutzscheibe. In schneller Reihenfolge zog sein Zeigefinger den Abzugshahn durch. So lange, bis der Schlagbolzen ins Leere traf. Unmittelbar, bevor ihn das Fahrzeug erfasste, sprang er zur Seite. Die schwere Limousine schoss an ihm vorbei. Steiger rollte sich ab, fuhr herum und sah dem weiter stark beschleunigenden Pkw hinterher. Dann kehrte Ruhe ein. Und mit ihm kam ein Gefühlssturm auf, der sich zu einer unglaublich intensiven, fast lähmenden Angst manifestierte. Er erhob sich schwerfällig und drehte sich um. Claudia lag unverändert da. Rührte sich nicht. Steiger begann zu laufen. Rannte, begleitet von Panik, dem grausamen Gefühl von Verlust und Ohnmacht.

Unmittelbar vor ihr fiel er auf die Knie, rutschte den letzten Meter. Behutsam fasste er sie an der Schulter, drehte sie zu sich. Sein Blick sprach den ungeheuren Schmerz aus, den er empfand. Er legte ihren Kopf in seinen Schoß. Streichelte ihr Gesicht mit zitternden Händen, während seine Tränen seine Wangen hinunterrannen. Langsam öffnete sie die Augen. Sie fror und gleichzeitig bildete sich Kaltschweiß auf ihrer Stirn.

Flüchtig sah Steiger zu dem toten Entführer. Er griff nach dessen Waffe und steckte sie in seinen Hosenbund.

»Ich musste es tun. Vergib mir.« Seine Stimme war brüchig. »Ich musste es tun«, wiederholte er um Fassung ringend.

Vorsichtig hob er sie hoch. »Es wird alles gut.«

Dann lief er los.

KAPITEL 11

Der Mann starrte aus dem Fenster, die Hände auf die Lehne seines modernen Bürostuhls gestützt. Er fühlte das weiche Leder, es war angenehm warm. Sein Blick schweifte über den parkähnlichen Garten, eingerahmt von einem dichten Baumbestand und wanderte hoch zum klaren Himmel, dessen reines Blau nur durch einen Kondensstreifen eines winzigen silbern schimmernden Flugzeuges durchschnitten wurde. Ein zartes Klopfen riss ihn aus den Gedanken und sogleich wurde die Tür seines Büros geöffnet. Trotzdem drehte sich der Mann nicht um, sondern sah weiter auf den rückwärtigen Teil des großen Grundstückes. Sein Gast stand im Raum. Er spürte seine Anwesenheit. Ein unangenehmes Gefühl, und er hatte Gänsehaut.

»Ist Ihre Arbeit abgeschlossen?«, fragte er nüchtern, noch immer in den Garten schauend.

»Es gab ein Problem«, antwortete der andere nach einer kurzen Weile des Schweigens.

Der Mann drehte sich langsam um und sah seinen Gast ausdruckslos an. Ein breitschultriger Kerl mit erkennbar osteuropäischem Einschlag. Russischer Kanisterschädel, so nannte man seinesgleichen hier, obwohl dieser Typ vorgab, ein Serbe zu sein. Der Mann glaubte ihm nicht. Letztendlich war es ihm egal. Es spielte keine Rolle. Das dunkle, fast schwarze Haar des Serben war kurz geschoren. Er hatte deutliche Geheimratsecken, obwohl er höchstens 30 Jahre alt war. Seine Nase war krumm und selbst ein Laie erkannte, dass ihre Form das Ergebnis unzähliger Auseinandersetzungen war, von denen er mit Sicherheit die meisten für sich verbuchen konnte. Seine blauen Augen strahlten eine geradezu einschüchternde Kälte aus. Etwas Brutales lag in diesem Blick. In diesem Gesicht war darüber hinaus nichts zu erkennen. Keine Emotion, nichts, was einen Hinweis auf seine Gefühlslage geben konnte.

Der Mann drehte sich um und sah seinen Gast mit verächtlichem Ausdruck an. »Falsch. Sie haben ein Problem.« Er zeigte mit dem Finger auf den Serben. »Man hat mir gesagt, Sie wären einer der Besten. Wir reden von einer jungen Frau. Streng genommen ist es ein Mädchen. Das dürfte wohl nicht so schwer sein. Ich halte mich an meinen Teil der Abmachung und bezahle Sie.«

»Das Mädchen stellt kein Problem mehr da. Zugegeben … unterm Strich lief es anders als geplant. Vom Ergebnis her ist es aber das Gleiche.«

Der Mann betrachtete seinen Gast misstrauisch. »Das Mädchen ist … ich meine … Sie haben sie …?«

»Manchmal entwickelt sich eine Situation, auf die man angemessen reagieren muss. Ist das ein Problem für Sie?«

»Nein«, erwiderte der andere nach einer kurzen Überlegung. »Erzählen Sie mir, was Sie mit Schwierigkeiten meinen.«

»Es gibt möglicherweise einen Zeugen. Jemanden, der gefährlich werden könnte«, antwortete der Serbe.

»Pah!«, stieß der Mann spöttisch aus. »Einer dieser Straßenköter? Einer von diesen verwahrlosten Nichtsnutzen? Was sollten die wissen? Oder anders gefragt:

Selbst wenn einer dieser Junkies etwas wüsste … Wer würde ihm glauben? Haben Sie das Mädchen? Ist es unversehrt?«

Der Serbe verzog abwägend das Gesicht. »Weitestgehend. Zumindest in dem Bereich, der für Sie interessant sein dürfte.«

»Was regen Sie sich dann so auf?« Der Mann stand mit ausgebreiteten Armen und ausgestreckten Handflächen mittig im Raum. »Es gibt nichts. Absolut nichts, mit dem man uns in Verbindung bringen könnte.« Er senkte die Arme wieder. Der Serbe stand unverändert vor ihm und seine Körperhaltung signalisierte dem Mann, dass er dessen Zuversicht nicht teilte.

»Was für ein Zeuge?«, fragte dieser schließlich.

Der Serbe antwortete nicht sofort, als würde er mit der Pause die Ernsthaftigkeit seiner Worte unterstreichen wollen.

»Der Kerl heißt Robert Kettner. Er ist ein Ex-Bulle.«

Die Lippen des Mannes wurden zu schmalen Strichen. Nach einer Weile sagte er: »Auch er wird mögliche Verdachtsmomente beweisen müssen. Was weiß er?«

»Keine Ahnung.«

Der Mann winkte ab. »Und wenn schon. Was sollte das schon sein? Er kann maximal das wissen, was das Mädchen wusste. Die meisten Ex-Bullen haben eine problematische Vergangenheit. Kann man ihn diskreditieren?«

Der Serbe zuckte mit den Schultern. »Vielleicht. Aber ich glaube, dass er aus einem anderen Holz geschnitzt ist.«

»Und wie kommen Sie darauf?«

»Weil er zwei meiner Männer zusammengeschlagen und einen von ihnen erschossen hat.«

»Erwarten Sie eine Entschuldigung von mir?«

»Nein. In unserem Gewerbe kann man sich keine Fehler erlauben.«

Der Mann nickte. »Kann man ihn zur Ruhe …?«

»In diesem Fall wird es schwierig«, unterbrach der Serbe ihn.

»Warum?«

Wieder wartete der Serbe, bevor er antwortete. »Weil es eine weitere Zeugin gibt. Seine ehemalige Frau. Die Frau, durch die er bewusst und gewollt eine Kugel gejagt hat, um meinen Mann zu töten.«

*

Welke hastete, gefolgt von Matthias Heimke, den Flur des Krankenhauses entlang, geradewegs auf das Schwesternzimmer zu. Ohne anzuklopfen stieß er die Tür auf und betrachtete die an einem rechteckigen Tisch sitzenden Personen, die ihn irritiert ansahen. Zwei Krankenschwestern, ein übermüdet wirkender Arzt, der sich sein spärliches Haar in lächerlicher Art quer über seine Glatze gelegt hatte, sowie zwei uniformierte Polizisten.

»Welke, Kripo Essen«, donnerte er eine Spur zu laut. »Wo ist sie?«

»Wer?«, fragte der Arzt, der noch immer überrascht wirkte.

»Claudia. Claudia Wind. Bringen Sie mich zu ihr. Sofort!«

Der Arzt erhob sich und steckte beide Hände in die Kitteltaschen. »Nun mal ganz ruhig«, sagte er in einem beschwichtigenden Ton. »Frau Wind ist gerade aus dem OP gekommen. »Sie wird jetzt aufs Zimmer gebracht.«

»Wie ist ihr Zustand? Ist sie schwer verletzt?«

Heimke legte Welke eine Hand auf die Schulter. »Chef, wollen wir uns nicht erst einmal setzen?«

Dieser blickte zur Seite und sah seinen Kollegen an, als würde er seine Anwesenheit erst jetzt zur Kenntnis nehmen. Einer der Polizisten, ein Grünschnabel mit einem Ohrring, der für Welkes Geschmack drei Nummern zu groß war, stand auf, schob seinen Stuhl etwas zurück und machte eine Geste. »Kannst meinen Platz haben, Kollege.«

Welke sah auf den Stuhl, dann auf den Beamten und nickte schließlich, obwohl dieser mit seiner Aufmerksamkeit bereits wieder bei einer der wohlproportionierten Krankenschwestern war, auf die er ein Auge geworfen zu haben schien. Der andere Uniformierte, ein korpulenter Mittvierziger, ihm gegenüber sitzend, zog seine Schreibmappe zu sich und schlug sie auf. »Also, wir wurden …«

Welke unterbrach ihn mit einer Handbewegung, ohne ihn anzusehen. Er fixierte weiter den Mediziner, der sich ebenfalls wieder gesetzt hatte.

»Was ist mit ihr? Nun sagen Sie schon!«

»Chef«, fuhr Heimke dazwischen.

Welke rieb sich das Gesicht. Er wirkte angespannt.

»Entschuldigen Sie bitte«, sagte er nach einer kurzen Pause. »Ich kenne Frau Wind persönlich. Es fällt mir schwer, die nötige Distanz zu wahren.«

Der Arzt musterte den Hauptkommissar. Er hob die Hand und signalisierte so Verständnis. »Okay«, begann der Mediziner schließlich. »Frau Wind wurde offenbar angeschossen. Zumindest weist alles darauf hin. Das Verletzungsbild ist dementsprechend. Mit was für einer Waffe auch immer. Ein Projektil hat ihre linke Schulter durchschlagen. Glatter Durchschuss. Sie hat mächtig Glück gehabt. Das Schlüsselbein ist gesplittert. Es wurde operativ wiederhergestellt. Sie steht unter Schock, ist aber ansprechbar. Wir haben ihr etwas zur Beruhigung gegeben.«

Welke nickte. »Danke, Herr Doktor. Hat sie etwas gesagt? Ich meine …«

Der Beamte ihm gegenüber räusperte sich.

Hermann Welke sah den Mann an. Das Gesicht, welches ihm entgegenblickte, war aschfahl, die Nase gerötet. Das Leben, der Dienst oder beides hatte ihn gezeichnet. In der Brusttasche seines Hemdes zeichnete sich eine Zigarettenschachtel ab. Welke war sich sicher, dass er soff. Er hob eine Hand, mehr zur Entschuldigung, und der Beamte sah erneut auf seine Notizen.

»Ein Zeuge hatte sich über Notruf gemeldet und gesagt, dass ihm ein Kerl vor den Wagen gesprungen war, der eine Frau auf dem Arm getragen hatte. Sie war zweifelsfrei verletzt. Der Mann stand nach Aussage des Zeugen unter Schock.« Der Beamte suchte auf seinem Schmierblatt nach der richtigen Reihenfolge der Notizen, bevor er fortfuhr. »Zumindest war er völlig aufgelöst. Er hat offenbar fortwährend auf die Frau eingeredet. Dass es ihm leidtäte, er keine andere Wahl gehabt habe und so ein Zeug … Der Rettungswagen ist vor uns eingetroffen. Als der Typ ihn gesehen hat, ist er schnell abgehauen.«

»Haben wir eine Beschreibung?«, unterbrach Welke ihn.

Wieder suchte der Kollege in seinen Aufzeichnungen. Er blätterte weiter, um dann zur ersten Seite zurückzukehren. »40 bis Mitte 40. Groß. Über einen Meter achtzig. Schlank. Auf jeden Fall wohl deutsch. Vom Phänotypus her westeuropäisch und er hat ohne Akzent gesprochen.«

»Kann der Zeuge ihn wiedererkennen?«

»Behauptet er zumindest.«

»Sehr gut. Wo ist er?«

Der Beamte schob ihm einen Zettel mit Personaldaten und einer Telefonnummer hin. »Wartet darauf, dass ihr euch meldet.«

Welke runzelte die Stirn. »Ihr habt ihn gehen lassen?«

»Ja. Es hat ja zunächst niemand gewusst, dass es sich bei der Verletzung um eine Schusswunde handelt. Das stellte sich erst im Krankenhaus heraus. Außerdem, er hat uns alles erzählt und ist erreichbar.«

Das Vorgehen war nachvollziehbar, wie Welke sich eingestehen musste. Er entschloss sich, keine Kritik zu üben und nicht darauf einzugehen. Welke schielte zu Heimke. Dieser schrieb eifrig mit und nickte.

»Ich kümmere mich im Anschluss um ’ne Vernehmung inklusive Lichtbildvorlage, Chef.« Heimke sah den Uniformierten an. »Was ist mit ihrer Kleidung?«

»Sichergestellt und eingetütet«, antwortete dieser.

»Haben wir den Tatort?«, fragte Heimke weiter.

Der Schutzpolizist schüttelte langsam den Kopf, wobei er seine Mundwinkel leicht nach unten zog.

Welke atmete hörbar aus. »Na super. Die Jungs vom Rettungswagen, was haben die angegeben?«

Der Uniformierte blätterte erneut in seinen Unterlagen. »Nicht viel. Als sie kamen, war nur noch der Zeuge vor Ort. Er hat ihnen im Grunde genommen nur das erzählt, was er uns gesagt hat.«

»Also«, fasste Heimke mit enttäuschtem Unterton zusammen, »haben wir lediglich eine Beschreibung, ansonsten keinen Hinweis zur Person und zu einem möglichen Tatort.«

Der Streifenpolizist schüttelte erneut den Kopf, während er abermals seine Notizen durchsah, als würde er sich selbst nicht trauen. »So sieht's aus. Das Einzige, was das Opfer gesagt hat, war ein Name.«

»Einen Namen?«, fragte Welke erstaunt.

»Ja«. Das Opfer hat den Mann bei seinem Namen genannt. Sie nannte ihn …« Er betrachtete seine Schrift, als könnte er sie nicht entziffern. »Sie nannte ihn … Robert.«

KAPITEL 12

Die Zarge barst mit ohrenbetäubendem Lärm unter der Wucht des Trittes. Die Tür flog auf, schlug lautstark gegen die Innenwand und prallte zurück. Sofort erhielt sie einen weiteren Tritt, der sie endgültig aus den Angeln hob. Eine gefühlte Zehntelsekunde später sprang Jan aus einem der Zimmer. Er überlegte einen Augenblick lang, dann stürmte er mit erhobenen Fäusten auf Steiger zu, der soeben über die am Boden liegende Tür trat.

Die Wucht der Faustknöchel, die gegen den Brustkorb des jungen Mannes schlugen, katapultierte ihn nach hinten. Hart schlug er mit dem Rücken auf den alten Holzfußboden auf. Steiger schenkte ihm keine weitere Beachtung. Er stieg über den gekrümmten Jungen, trat weiter in den Flur und sah sich um. Links war niemand. Rechts ebenfalls nicht. Er tat weitere Schritte. Aus dem nächsten Raum erschien plötzlich eine Person. Ein Mädchen. Erschrocken sah sie in das Gesicht und auf die Hände des Fremden, die voller getrocknetem Blut waren und der unbeirrt auf sie zuschritt. Sie glaubte Wut in seinen Augen zu erkennen. Sie flüchtete sich in das Zimmer und schlug die Tür zu.

Von hinten vernahm Steiger ein Poltern. Er fuhr herum, sah eine Gestalt, die soeben aus der Wohnung floh. Einen Wimpernschlag später jagte er hinterher. »Bleib stehen!«, schrie er durch das Treppenhaus. Der marode Holzboden verstärkte die schweren Schritte seiner Boots zu einem dumpfen Donnern. Die Bohlen zitterten unter seinem Gewicht. Steiger ergriff das Geländer, zog sich um jeden Absatz, geriet aus dem Takt und nahm schließlich drei Stufen auf einmal. Mit wenigen Sätzen schloss er auf. Im Rennen fasste er Ratte am Kragen, riss ihn nach hinten, sodass dieser brutal gegen die Wand des Flures prallte und zu Boden stürzte. Erneut griff Steiger zu, fasste ihn am Revers, zog ihn ruckartig hoch, als hätte er kein Gewicht, und drückte ihn derart hart gegen das Mauerwerk, dass der Putz abplatzte. Noch immer war Steigers Gesicht eine vor Wut verzogene Fratze. Er drückte seinen Unterarm gegen den Hals des jungen Mannes, dass dieser mit angsterfüllten Augen zu röcheln begann.

»Sie ist tot! Vicky ist tot. Ich will sofort wissen, was ihr verschweigt. Ich schwör dir, ich mach dich platt, wenn du es mir nicht sagst.«

Kurz lösten sich Steigers Augen von Ratte und er sah zur Seite. Von oben hörte er polternde Schritte in schneller Reihenfolge. Sie stammten von mehreren Personen. Er wandte sich wieder dem Jungen zu.

»Du sagst mir auf der Stelle, was hier los ist«, schrie er ihm aus nächster Nähe ins Gesicht. Ratte bewegte den Kopf zur Seite und schloss für einen Moment die Augen.

»Was wird hier gespielt? Sag schon!« Steigers Stimme überschlug sich und Speichel lief ihm aus dem Mund.

»Lass ihn los, du Wichser!«

Steiger riss den Kopf zur Seite und blickte den Gang entlang. Fünf Jugendliche, darunter Jan und Peitsche, bewaffnet mit Baseballschlägern standen am Treppenaufgang und gingen auf die beiden zu.

Steiger zog die Automatik aus dem Hosenbund und presste sie gegen Rattes Schläfe. Dieser stand wie versteinert da und riss entsetzt die Augen auf. Sofort blieben seine Kumpel stehen.

»Ich frage dich ein letztes Mal, bevor ich dir deinen nutzlosen Schädel wegpuste! Was ist hier los?«

Ratte sackte zusammen. Steiger zog ihn wieder hoch, drehte sich zu den Jungs und fuchtelte mit der Waffe. »Nach oben! Alle. Und ich kann jedem von euch nur den guten Rat geben, mich nicht zu provozieren.« Rüde stieß er Ratte nach vorn, die Treppen hinauf. Die anderen folgten.

»Setzt euch!«, befahl Steiger. Die Anwesenden gehorchten. Keiner traute sich, ihn direkt anzusehen.

Steiger steckte die Automatik in den Hosenbund und setzte sich auf eine leere Bierkiste. Sein Blick tastete sich über jedes einzelne Gesicht.

»Ich will wissen, was hier gespielt wird.«

Niemand reagierte.

Steiger sprang auf. »Was wird hier gespielt?«, brüllte er.

»Kümmere dich um deinen Scheiß!«

Mit drei kurzen Schritten war er bei dem jungen Burschen, den er zuvor noch nicht gesehen hatte, und ohrfeigte ihn. Das Geräusch peitschte durch den Raum. Steiger zog ihn an den Haaren nach oben. »Für dich Amöbe zum Mitschreiben: Vicky … ist … tot«, flüsterte er in das schmerzverzerrte Gesicht.

Angewidert stieß er den Jungen weg und drehte sich langsam in alle Richtungen. Mit Mühe unterdrückte er die Hitzewallungen, die in ihm aufstiegen und in ihm den Wunsch formten, auf den Jungen vor sich sinnlos einzuprügeln. Seine Muskeln waren zum Bersten gespannt. In seiner Mimik lag eine einschüchternde Wut und keiner in dem Zimmer schien die Absicht zu haben, sich mit diesem Mann anzulegen.

»Vicky ist tot. Und ihr werdet mir sagen, warum.« Steigers Augen fixierten Jan, der, wie die anderen, seinem Blick auswich. »Wisst ihr, was mich wundert?« Er machte eine kurze Pause. Niemand nutzte die Gelegenheit zu einer Antwort. »Normalerweise fragt man: Was ist passiert? Ist entsetzt. Zumindest dürfte ich wohl so etwas wie halbwegs schockierte Gesichter erwarten …« Er schüttelte den Kopf. »Ihr seid nicht überrascht. Und soll ich euch sagen warum? Weil ihr wusstet, dass es so kommen würde«, sagte er, während er auf Ratte zuschritt.

Ein, zwei Minuten lang sagte niemand etwas. Eine erdrückende Stille füllte den Raum. Nur das Brummen des Radiators war zu vernehmen, der seine trockene Luft im Zimmer verteilte und mit ihr den muffigen Geruch des alten Gebäudes.

Langsam setzte Steiger sich wieder. Mit einem Mal schien jegliche Wut in ihm wie ausgelöscht. Müde, beinahe kraftlos ließ er sich auf die alte Bierkiste nieder und blickte auf den Boden. Erst jetzt merkte er, dass seine Hände zitterten. Er sah nicht auf, als er weiterredete.

»Ich habe mit ansehen müssen, wie sie starb. Habt ihr auch nur ansatzweise eine Vorstellung davon, was das heißt?« Steiger hob den Kopf und schaute jeden Einzelnen im Raum an.

»Ihr seid mir was schuldig. Ihr seid Vicky etwas schuldig.« Steiger blickte auf. Ratte sah ihn an. Jede Form des Widerstandes, des Stolzes war aus seinen Zügen gewichen.

»Scheiße, Mann!« Seine Augen füllten sich mit Tränen und für einen kurzen Moment offenbarte er das, was er war. Ein sensibles Kind, versteckt hinter einer Fassade, die es davor schützte, vor die Hunde zu gehen.

»Wer sind diese Kerle?«

Ratte rieb sich mit Zeigefinger und Daumen die Augenwinkel. Er holte tief Luft, um seiner Stimme die notwendige Kraft zu geben, damit sie nicht brach. Er schniefte und rieb sich den Rotz mit dem Ärmel weg.

»Keine Ahnung, Mann.« Er sah für einen Moment zu den anderen. Vergewisserte sich, dass niemand einen Einwand hatte. Dann blickte er wieder zu Steiger.

»Vicky war einige Tage weg. Kein Plan warum.«

»Weißt du, wohin sie wollte?«

Ratte zuckte mit den Schultern. Er hob ’ne Flasche Cola an und trank einen Schluck. Irgend so eine Zero-Brühe, wie Steiger ablas.

»Sie kam erst gestern wieder. Erzählte verrücktes Zeug. Dachte, sie hätte ’nen Trip gemacht und käme nicht davon runter … aber als sie mir die Narbe zeigte … Scheiße, Mann! Da hab ich’s echt geglaubt.«

Steiger konnte seine Ungeduld nur schwer zügeln. »Was für eine Narbe?«

Ratte drehte nervös an dem Verschluss der Flasche. Seine Fingernägel waren abgekaut. »Na, halt so ’ne OP-Narbe. Die Fäden waren noch drin.«

Wieder trank der junge Mann einen Schluck ab. Seine Mimik verriet, dass die Limo schal sein musste.

»Vicky hatte gesagt, dass sie zum Café Basis wollte.«

»Am Hauptbahnhof?«

»Ja. Zum Arztmobil. Sie hat Hep.«

»Hepatitis?«, fragte Steiger. »Welche? A?«

Ratte nickte. »Von irgend so einer Kacknadel.«

»Sie holt sich da Tabletten«, warf Peitsche ein.

»Außerdem steht sie auf diesen Sozialfuzzi. Schwärmt immer von ihrem Tobi«, fuhr Peitsche fort.

Steiger richtete seinen Blick wieder zu Ratte.

»Dann hatte sich wohl ihre Festplatte abgeschossen. Na ja. Sagte sie zumindest. Als sie wieder online gewesen war, lag sie in so ’nem Krankenhaus«, fuhr er fort.

»Welches Krankenhaus?«

»Keinen Schimmer.« Ratte schüttelte mit dem Kopf.

»Du sagst, man hatte sie operiert? Was war gemacht worden?«

»Das wissen wir nicht.«

Steiger hob die Hände. »Moment. Nur damit ich das auch alles kapier. Vicky war ohne ihr Wissen in eine Klinik gebracht und gegen ihren Willen operiert worden? Willst du das damit sagen?«

»Ja. Man hatte sie an ein Bett gefesselt. Also mit so echten Fesseln. Zumindest hat sie das gesagt. Dann ist so ein Typ erschienen, der ihre Wunde versorgt hat. Er hat ihre Fesseln gelöst. Als er sich umdrehte, hat sie ihm ein Tablett über den Schädel gezogen und ist abgehauen.«

»Hört sich ziemlich abgefahren an«, entgegnete Steiger.

Wieder nickte Ratte. »Ein paar Kerle waren wohl hinter ihr her. Vicky hat sich versteckt und konnte sich später zu uns durchgeschlagen.« Ratte hatte sich gefangen und seine Stimme klang nun wieder selbstbewusst, jedoch ohne den sonst deutlich heraushörbaren aggressiven Unterton. Eine tiefe Stimme, die so gar nicht zu diesem hageren Kerl passen wollte.

Nachdenklich rieb sich Steiger das stoppelige Kinn. »Und seitdem ist man hinter ihr her?« Es war mehr eine Feststellung als eine Frage.

»Ein paar Tage später haben einige Typen am Bahnhof nach Vicky gefragt. Sie zeigten Fotos rum und haben Kohle angeboten. Klar, dass da einer von den Idioten das Maul aufmacht. Wir waren auf dem Kennedyplatz, um zu schnorren. Da sind die das erste Mal aufgetaucht. Vicky konnte aber abhauen.«

»Vielleicht war sie ja wirklich in einem Krankenhaus«, wandte Steiger ein. »Das sollte sich nachprüfen lassen. Hat hier einer 'ne Ahnung, wie Vicky richtig heißt? Also ihren Vor- und Nachnamen?« Er blickte in die Runde, sah jeden einzelnen an, erntete jedoch nur verhaltenes Kopfschütteln. Steiger konzentrierte sich wieder auf Ratte.

»Als Vicky mich hierher gebracht und gesagt hat, dass man sie fast erwischt hätte, hast du nach einem Ivan gefragt. Und genau diesen Namen erwähnte sie mir gegenüber noch mal. Wer ist der Typ?«

»So genau weiß das keiner. Vielleicht einer der Kerle, die sie verfolgten ... also, als sie aus dieser Klinik abgehauen war ... na ja. Mehr weiß ich nicht.«

»Erzähl mir was von dieser Operationsnarbe. An welcher Stelle hat sie sich befunden?«

Ratte zeigte auf die linke Innenseite seines Oberschenkels, nahe der Leiste. »Ungefähr hier.«

»War sie groß?«, wollte Steiger wissen.

Ratte starrte irgendwo vor sich hin, während er nachdachte. Dann zeigte er mit den Fingern einen Abstand an. »Vielleicht zwei Zentimeter. Waren drei Stiche. Mehr nicht. Nichts Spektakuläres, wenn man mal von dem großen Bluterguss absieht.«

»Bluterguss?«

»Ja. Der war so groß wie ein Kuchenteller.«

Steigers Verwunderung wuchs sekündlich. Die Flut an Informationen, die eindeutig einen Zusammenhang aufzeigten, sich aber zu keiner sinnvollen Story zusammenfügen wollten, überforderte seinen Verstand. Die

Geschichte konnte alles bedeuteten. Frei erfunden oder eine Ausrede für irgendeine Dummheit. Peinlichkeit. Voller Drogen oder Alkohol hatte sie sich verletzt, war vielleicht tatsächlich von einem Ärztemobil ambulant versorgt und in ein Krankenhaus gebracht worden. Auch das mit der Fesselung konnte durchaus stimmen. Je nachdem, was sie konsumiert hatte, konnte eine solche Maßnahme zu ihrem Schutz erfolgt sein. Der Rest ergab keinen Sinn. Hörte sich an wie ein Hirngespinst und er hätte dem Ganzen nicht eine Sekunde lang Glauben geschenkt, wenn nicht das Erlebte der vergangenen Stunden so verdammt real gewesen wäre.

»Okay. Ihr müsst das Haus sofort verlassen.«

»Wieso?« Diesmal war es Jan, der fragte.

»Was auch immer mit Vicky geschah, was auch immer sie gewusst hat, es war von einer solchen Brisanz, dass der- oder diejenigen dahinter es für so gewichtig halten, dass sie nicht nur einen, sondern gleich mehrere Profikiller auf sie angesetzt haben. Mehrere Profis auf ein kleines Straßenmädchen. Ich habe nicht den geringsten Zweifel daran, dass man auch euch zum Schweigen bringen will.«

»Warum sollte …?«

»Weil es nur logisch ist«, unterbrach Steiger Peitsche. »Die Hintermänner werden nicht das Risiko eingehen, dass einer von euch vielleicht mehr weiß, als ihnen lieb ist, und das an geeigneter Stelle ausplaudert. Und Hand aufs Herz, Leute. Meint einer von euch allen Ernstes, dass es irgendjemanden auf diesem Planeten interessiert, wenn ein paar Straßenköter wie ihr verschwinden?« Steiger erhob sich und sah nochmals jeden Einzelnen an. »Sucht euch ein neues Versteck. Und erzählt niemandem davon.«

»Was wirst du jetzt tun?«, fragte Jan.

Steiger sah den jungen Mann an.

»Passt auf euch auf.« Er steckte die Automatik in den Hosenbund, drehte er sich um und ging.

*

Beinahe zaghaft klopfte Hermann Welke an die Tür des Krankenzimmers, bevor er die Klinke hinunterdrückte. Der Raum erstreckte sich leicht nach links, sodass er zunächst nur das Fußende des Patientenbettes erkennen konnte. Mehr als drei Stunden hatte er – mit den Nerven fast am Ende – im Wartebereich ausgeharrt, als eine Krankenschwester ihn schließlich herangewinkt und ihm mitgeteilt hatte, dass Claudia nun wach wäre.

Die Deckenbeleuchtung war ausgeschaltet. Nur ein angenehmes warmes Sekundärlicht über der medizinischen Anschlussleiste oberhalb des Bettes war eingeschaltet.

Welke trat seitlich ans Bett und nickte dem Arzt zu, der auf der anderen Seite stand und die Anzeigen auf den digitalen Monitoren überprüfte. Claudia hatte die Augen geschlossen und atmete ruhig. Es berührte ihn, sie so zu sehen. Wie zart sie wirkte. So zerbrechlich. Er betrachtete die geschwollenen Lippen, den dunklen Bluterguss unter ihrem rechten Auge, die bandagierte Schulter. Ein heller Schlauch, gefüllt mit gelblichem Wundsekret, ragte aus dem Verband hervor. Sanft fasste er ihre Hand, darauf bedacht, den venösen Zugang nicht zu berühren, und hielt sie fest. Sein großer Daumen streichelte ihre Finger. Sie drehte den Kopf leicht in seine Richtung und öffnete die Lider. Sie blickte ihn an.

»Hermann, ich …« Schlagartig schien das Erlebte zurückzukehren. Ihre Hand zitterte und Tränen rannen über ihre Wangen.

Welke legte seinen Zeigefinger auf die Lippen. »Pst …«, unterbrach er sie. Er nahm ein Papiertaschentuch und tupfte vorsichtig ihre Tränen ab. »Alles ist gut.« Er gab ihr einige Zeit, bis sie sich etwas beruhigt hatte.

»Das Wichtigste ist, dass deine Verletzung nicht so schlimm ist. Es braucht sicher seine Zeit, aber du wirst wieder völlig gesund. Und um denjenigen, der dir das angetan hat, werde ich mich kümmern. Das verspreche ich dir.«

Vorsichtig, aber bestimmt zog sie ihre Hand weg. Welke war dafür bekannt, das Auftreten eines ungehobelten Klotzes zu haben. Viele sprachen ihm jegliches Mindestmaß an notwendigem zwischenmenschlichem Taktgefühl ab, und wer einmal Zeuge einer seiner gefürchteten Emotionsausbrüche geworden war, zweifelte nicht daran, dass er nicht nur über die Statur, sondern auch über die Empathie eines Kopfschlächters verfügte. Ein Eindruck, der täuschte. Etwas Ernstes lag in seinen Zügen.

»Es hat was mit Robert zu tun. Habe ich recht?«

Claudia antwortete mit einem gequälten Lächeln, drehte jedoch den Kopf zur Seite. Weg von ihm.

Kurz sah Welke den Arzt an, der ihn kritisch beäugte. Vorsichtig legte er seine große Hand auf ihren Unterarm. »Ich bin hier, weil ich mich sorge. Verstehst du?«

»Das weiß ich, Hermann.« Sie wandte sich ihm wieder zu. »Und ich zweifle nicht daran. Trotzdem bist du auch als Polizist hier.«

Er zögerte einen Augenblick, dann nickte er kaum merklich. »In letzter Konsequenz hast du recht.«

Sie griff nach dem Trapezgriff über sich und versuchte, sich unter Schmerzen etwas aufzurichten.

»Robert hat auf dich geschossen, stimmt's.« Er fragte nicht, er stellte fest.

Sie lächelte gequält. »Ist es nicht an der Zeit, mich über meine Rechte zu belehren?«

Welke atmete hörbar aus. »Hör zu. Wenn ich euch helfen soll … ich meine, wenn ich wirklich helfen soll …«

»Ich muss erst nachdenken, Hermann.«

Der Mediziner blickte auf den Monitor des medizinischen Überwachungsgerätes, dessen Piepton sich beschleunigte.

»Tut mir leid, Herr Kommissar. Ich kann einer weiteren Befragung momentan nicht zustimmen.«

Welkes Nicken war verständnisvoll. »Ruh dich aus. Ich habe im Schwesternzimmer meine private Erreichbarkeit hinterlegt, wenn etwas ist oder du etwas brauchst. Ich schaue morgen wieder rein.«

KAPITEL 13

»Was kann ich für Sie tun?«

Dr. Martin Siebert war groß gewachsen, von schlanker Gestalt und Steigers Schätzungen nach Ende 40, Anfang 50. Der diplomierte, leitende Sozialpädagoge entsprach bis ins Detail Steigers Klischee von dieser Berufsgruppe. Das lange Haar, grau meliert, zu einem Pferdeschwanz gebunden, das Sweatshirt, als wäre es mit Naturfarben auf alt und gebraucht getrimmt, irgendwo zwischen blau und einem verwaschenen Türkis.

Steiger hielt dem Mann seine Visitenkarte hin.

»Privatdetektiv?« Siebert sah neugierig auf. Und legte die Karte vor sich auf den Schreibtisch.

»Ich suche einen Mann, der offenbar Sozialarbeiter ist. Seinen richtigen Namen kenn ich nicht. Ich habe auch keine Ahnung, für welche Organisation er arbeitet. Er soll im Bereich der Obdachlosenszene tätig sein und darüber hinaus auch Straßenkinder betreuen. Dort wird er Tobi genannt. Ich vermute, dass er Tobias heißt.«

Siebert legte die Fingerspitzen aneinander wie ein Arzt, der eine Diagnose erklärte. »Darf ich fragen, warum Sie diesen jungen Mann suchen, Herr Kettner?«

»Es geht um ein Mädchen. Sie heißt Vicky. Ihren richtigen Namen kenne ich nicht. Schätzungsweise 18, höchstens 20 Jahre alt. Sie ist verschwunden. Ich habe Hinweise darauf, dass sie mit diesem Tobi Kontakt hatte.«

Siebert lehnte sich zurück, schlug die Beine übereinander und legte sich einen abgewetzten Lederbeutel auf den Schoß. Kurz verschwanden seine schlanken Finger darin. Er zog ein Blättchen aus einem Kartonstreifen und füllte es mit Tabak, dessen Geruch zu Steiger drang. Dieser war Nichtraucher. Aus allen erdenklichen Gründen. Doch den Geruch von frischem Tabak und insbesondere das Aroma, das eine Pfeife verbreitete, empfand er als angenehm.

»Wer hat Sie beauftragt?« Siebert hob die gedrehte Zigarette an seine Lippen und fuhr kurz mit der Zunge über den Kleberand des Papiers. Seine Fingernägel waren für Steigers Geschmack etwas zu kurz.

»Ehrlich gesagt … ich will jetzt nicht unhöflich sein, aber das hat was mit zugesicherter Diskretion zu tun. Nehmen Sie es mir bitte nicht übel. Kennen Sie ein Mädchen mit diesem Namen?«

Siebert zupfte den überstehenden Tabak von den Enden der Zigarette und beförderte die Reste zurück in den Beutel.

»Es ist so, dass wir in erster Linie begleiten«, antwortete er, während er die Zigarette zwischen seinen Fingern hin und her rollte. »Wir sind eine Einrichtung der katholischen Kirche und sehen uns als Ansprechpartner. Wir fordern oder bewerten nicht. Wenn man uns freiwillig die richtigen Personalien nennt, dann ist das natürlich hilfreich. Oft kennen wir unsere Kundschaft nur mit Spitznamen. Sie können sich vorstellen, dass gerade Jugendliche in vielen Fällen einen langen seelischen Leidensweg hinter sich haben. Vertrauen ist da etwas, was ihnen fremd ist und für die meisten in Enttäuschungen geendet hat.«

»Verstehe …«

»Man muss eine weite Strecke gehen, bis man sich dieses Vertrauen erarbeiten kann. Und dieses Vertrauen sehe ich analog zu Ihrer Diskretion.«

»Sie haben recht.« Steiger machte eine beschwichtigende Handbewegung. »Ich habe vielleicht den falschen Eindruck erweckt. Ich gebe es zu … was das betrifft, habe ich Bundesligaqualitäten. Ich erzähle Ihnen hier keine Geschichte, um das Mädchen unter fadenscheinigen und falschen Angaben zu finden. Sie scheint ein gesundheitliches Problem zu haben, was über das Gewohnte hinausgeht. Darum geht es.«

Siebert klemmte sich die Zigarette hinter sein linkes Ohr. »Was genau?«

Steiger zuckte mit den Achseln. »Ich habe nicht die geringste Ahnung. Einige der Jungs und Mädels, mit denen sie abhing, sagten, dass sie wohl eine Operation hatte. Vicky hat ihnen gesagt, dass sie gegen ihren Willen operiert worden war und dass sie aus dem Krankenhaus hatte fliehen können.«

Siebert zog die Stirn in Falten und warf Steiger einen prüfenden Blick zu. »Gegen ihren Willen? Das halte ich für überaus zweifelhaft. In welchem Krankenhaus soll das gewesen sein?«

Steiger hob die Hände. »Wenn ich das wüsste … In Essen offenbar nicht. Vielleicht war es auch nur eine normale Arztpraxis. Das Mädel leidet an Hepatitis A. Ich vermute, dass sie Konsumentin ist, und gehe von einer möglichen schlechten Allgemeinverfassung aus.«

»Vor Gesundheit strotzen die Wenigsten. Da gebe ich Ihnen recht«, antwortete Siebert.

»Vielleicht hatte sie sich auch derart ins Nirwana geschossen, dass ihr ihre Fantasie einen Streich gespielt hatte«, fuhr Steiger fort. »Zumindest der Verdacht liegt nahe. Angeblich war sie beim Arztmobil. Aber dort ist nichts dokumentiert und man kann sich auch nicht an sie erinnern. Tatsache ist, dass sie seitdem verschwunden ist und ihre Clique sich Gedanken macht.«

Siebert nickte. »Das hört sich tatsächlich so an, als müsste man sich Sorgen machen.«

»Und aus diesem Grund liegt mir daran, mit diesem Sozialarbeiter zu reden. Vielleicht kann er mir weiterhelfen. Wann könnte ich ihn denn sprechen?«

Siebert lächelte. »Ich habe mit keinem Wort erwähnt, dass dieser junge Mann für unsere Einrichtung tätig ist.«

Steiger griff das Lächeln auf. »Und ich habe mit keinem Wort erwähnt, dass es ein junger Mann ist.«

Siebert zuckte mit den Schultern. »Bei dem Vornamen ist das anzunehmen.«

Steiger rückte den Stuhl etwas näher heran. »Hören Sie. Ich will nur wissen, was mit ihr ist. Mehr nicht. Wenn die Geschichte stimmt, zumindest der Teil mit der Operation, dann ist es unabdingbar zu erfahren, was sie hat. Wir wollen beide sicher nicht, dass ihr etwas passiert, nur weil Sie mir misstrauen. Was ich, das muss ich zugeben, durchaus verstehen kann.«

Sieberts Lächeln war verschwunden. Sein Gesicht wurde ernst. Nicht im Sinne von Verärgerung. Er presste die Lippen zu einem schmalen Strich zusammen. Dann schüttelte er den Kopf.

»Es geht hier nicht um Misstrauen, Herr Kettner. Das ist es nicht.«

Steiger lehnte sich wieder zurück. »Was ist es dann?«

Siebert machte eine kurze Pause. Er wirkte, als ob er abwog. Dann schien eine Art Ruck durch ihn zu gehen und er richtete sich auf. »Wir haben … hatten einen

Kollegen, der mit Vornamen Tobias heißt. Aber er kann unmöglich derjenige sein, den Sie suchen.«

»Könnte ich trotzdem mit ihm …?«

»Das ist nicht möglich«, unterbrach ihn Siebert.

»Tun Sie mir einen Gefallen und fragen Sie ihn.«

»Sie verstehen nicht. Es ist nicht möglich.« Siebert zögerte, als wäre er sich nicht sicher, ob er mehr sagen sollte. Dann nahm sein Ausdruck Entschlossenheit an und er ergänzte seine Aussage. »Weil er seit einigen Monaten in der Justizvollzugsanstalt Essen sitzt und auf seinen Prozess wartet.«

»Prozess? Weswegen denn?«

»Mord, Herr Kettner.«

*

»Halten wir mal fest!« Reuter schlug mit der flachen Hand leicht auf die Schreibtischplatte.

»Dieser Robert Kettner steht im Verdacht, eine Patientin unter Vorhalt einer Schusswaffe aus einem Krankenhaus gebracht zu haben, wobei er das Pflegepersonal und zwei Mitarbeiter eines Sicherheitsdienstes mit genau dieser Waffe bedroht hatte. Anschließend entwendet er einen Rettungswagen, mit dem er flieht. Liege ich bis hier richtig, Welke? Oder gibt es irgendetwas, was an diesem Vorhalten anders zu bewerten ist?«

»Nein. Aber ich gestatte mir den Hinweis, dass es in dem Krankenzimmer offenbar zu einer Auseinandersetzung mit zwei als Ärzte verkleideten Männern gekommen war, die nichts Eiligeres zu tun hatten, als aus dem Krankenhaus zu fliehen. Und das zufälligerweise mit einem Wagen, an dem ein geklautes Kennzeichen montiert worden war.«

Reuter hob beide Hände und setzte sich. »Okay. Ändert das etwas an der Tatsache, dass dieser Kettner zumindest im Verdacht steht, die junge Frau entführt zu haben? Gründe hatte er wohl. Hier!«

Reuter schlug eine Akte auf und klopfte mit dem Zeigefinger auf eine Textpassage. Anschließend drehte er den Ordner zu Welke, wobei er seine Fingerspitze erneut auf die Textpassage legte. »Eine Zeugin hatte angegeben, dass Kettner die junge Frau offenbar angefahren hatte. Lesen Sie!«

Welke verschränkte die Arme vor der Brust und sah bewusst nicht auf die Akte. »Das brauch ich nicht. Schließlich habe ich es selbst geschrieben«, antwortete er in seiner unverwechselbaren Ruhe ausstrahlenden Art. »Das Ganze klingt eher so, als hätte er das Mädchen vor diesen Kerlen gerettet. Weiß der Geier, aus welchen Gründen.«

»Dann sollte Sie der Umstand, dass sich Kettner bisher nicht gemeldet hat, gedanklich zu der Feststellung führen, dass man sich als rechtschaffener Mensch in einem solchen Fall sicher unmittelbar an die Polizei wendet. Insbesondere wenn man ehemaliger Polizeibeamter ist und über ein überdurchschnittliches Rechtsempfinden verfügt oder verfügte. Aber vielleicht scheitert es ja genau daran. Ich habe mich schlaugemacht. Kettner ist offenbar ein durchgeknallter Prolet, der dafür bekannt war, dass er sich permanent gegen Vorgesetztenweisungen aufgelehnt hatte, wenn Sie mir erlauben, das anzuführen.«

Welke antwortete einige Sekunden nichts. Eine Geste, die er als Missachtung der Person vor sich verstand und die sein Gegenüber exakt so aufnahm. »Und was wollen Sie jetzt von mir?«

Dieses Mal war es Reuter, der sichtbar um Beherrschung kämpfte. »Okay, Welke. Oh, entschuldigen Sie! Herr Welke. Dann will ich Sie mal aufklären. Da draußen läuft ein Verdächtiger eines Verbrechenstatbestandes mutmaßlich mit einer Schusswaffe herum, der zufällig ein ehemaliger Kollege von Ihnen war und dem man, wenn man dem Flurfunk Glauben schenken darf, eine freundschaftliche Beziehung zu Ihnen unterstellt. Die Auswertung der Telefondaten zeigt, dass es durch Sie zu mehreren Anwählversuchen auf sein Handy gekommen war. Und das von Ihrem Privathandy, wohlgemerkt. Wenige Stunden später wird die Exfrau dieses Tatverdächtigen mit einer Schusswunde in ein Krankenhaus eingeliefert. Zeugenaussagen zufolge war sie in Begleitung einer männlichen Person, die sie Robert nannte. Und nicht nur das. Dieser Mann redete offenbar permanent davon, dass es ihm leidtäte.« Reuter machte eine kurze Pause und sah Welke an, der seinen Blick ausdruckslos erwiderte.

»Soll ich Ihnen helfen, eins und eins zusammenzuzählen? Ein unangepasster Kerl, der an verschiedensten Waffen ausgebildet wurde, läuft da draußen mit einer Knarre frei rum, bedroht Leute und entführt sie. Was machen Sie? Sie kochen das Ganze auf kleiner Flamme. Anstatt eine groß angelegte Fahndung zu initiieren, gehen Sie den Fall an, wie einen Laubenaufbruch. Und warum? Über Ihre möglichen Beweggründe müssen wir uns nun wirklich nicht auslassen.«

Welke strich sich, äußerlich immer noch in sich ruhend, mit einer Hand über seinen Bart, sagte aber nichts.

»Und? Wollen Sie sich dazu äußern?« Reuters Blick kam fliegenden Messern gleich.

Welke fuhr mit beiden Händen über seine Oberschenkel. Dann erhob er sich langsam und drehte sich um.

»Wo wollen Sie hin?«

»Ich gehe.«

Die Verblüffung war Reuter anzusehen.

»Höre ich richtig? Ich befehle Ihnen, sich augenblicklich wieder …«

»Hören Sie zu!« Das plötzliche Donnern seiner Stimme ließ Reuter unbewusst etwas nach hinten ausweichen.

Der Hauptkommissar streckte den Arm geradeaus und zeigte mit einem Finger auf seinen Chef. »Wenn Sie irgendjemandem gegenüber etwas befehlen wollen, dann rufen Sie zu Hause an und sagen Ihrer Frau, sie soll die Bude aufräumen.«

Welke beugte sich nach vorn und stützte sich mit seinen großen Händen auf den Schreibtisch seines Vorgesetzten ab, während sein Blick ihn fixierte.

»Sie unterstellen mir tatsächlich Strafvereitelung im Amte? Unter Missachtung aller Formvorschriften? Ohne mich über meine Rechte zu belehren? Ich hoffe, Sie haben deutlich mehr als Ihre haltlosen Anschuldigungen.« Welke stellte sich wieder gerade hin. »Sie haben recht. Ich habe noch sechs Jahre. Soll ich Ihnen was sagen? Die sitz ich auf einer Arschbacke ab. Und von einem aufgeblasenen, karrieregeilen Pamperspolizisten werde ich mir eine solche Unterstellung nicht bieten lassen. Ab jetzt findet jedes Gespräch nur noch im Beisein einer Vertrauensperson oder meines Rechtsbeistandes statt.«

»Wie Sie wollen«, sagte Reuter gefährlich flüsternd. »Ich habe bereits mit der Behördenleitung gesprochen. Sie sind von dem Fall entbunden. Ich persönlich leite ab nun die Ermittlungen. Durch mich wurde im Vorfeld eine disziplinarrechtliche Überprüfung initiiert. Bis zu diesem Ergebnis werden Sie in der Polizeiinspektion

Nord im Regionalkommissariat eingesetzt. Der Kollege Tetzlaf wird Sie bis zu einer Entscheidung vertreten. Ich habe ihn angewiesen, einen Haftbefehl gegen Kettner zu beantragen.«

Welke lächelte, wandte sich ab und schritt auf die Tür zu. Als er die Klinke in der Hand hielt, drehte er sich nochmals um. »Eins habe ich in all den Jahren gelernt, Herr Reuter. Man sieht sich immer zweimal im Leben. Immer.«

*

Sieberts Aussage traf Steiger mit der Wucht eines Vorschlaghammers.

»Herr Kettner? Geht es Ihnen nicht gut?« Die Stimme des Sozialarbeiters klang wie durch Watte.

»Doch. Alles bestens.« Steiger hatte einige Augenblicke gebraucht, um seine Sprache wiederzufinden.« Fassungslos sah er seinen Gesprächspartner an.

Siebert beugte sich vor und legte die Unterarme auf den Schreibtisch. »Schon möglich, dass Ihre Vicky Tobias kannte. Aber ich fürchte, einen Zusammenhang mit ihrem Verschwinden werden wir nur schwer herstellen können.«

Erst jetzt merkte Steiger, dass er Dr. Siebert mit offenem Mund ansah. Steiger atmete tief ein und hielt die Luft für einen Moment an, bevor er ausatmete.

»Sorry, aber … damit habe ich nicht gerechnet. Es ist nur so, dass Vicky sagte …« Steiger stockte, bevor er weiterredete. »Seltsame Zufälle, finden Sie nicht? Ein Straßenkind, das angibt, mehr oder weniger entführt und gegen seinen Willen operiert worden zu sein, verschwindet plötzlich spurlos und der Einzige, der etwas zu möglichen Hintergründen sagen könnte, sitzt wegen eines Tötungsdeliktes in Haft. So liest sich in der Regel der Text auf der Rückseite eines Krimis.«

Siebert sah einen Moment auf seine ineinandergelegten Hände, bevor er den Kopf hob. »Jetzt mal ehrlich, Herr Kettner«, sagte er mit ruhiger Stimme. »Ein Blinder mit 'nem Krückstock erkennt, dass Sie mit angezogener Handbremse reden. Und ich habe nicht das Gefühl, dass die von Ihnen erwähnte Diskretion der Hauptgrund ist. Etwas belastet Sie. Sie persönlich. Was ist wirklich mit dem Mädchen passiert? In welcher Beziehung stehen Sie tatsächlich zueinander?«

Steiger schaute den Doktor geistesabwesend an.

»Irgendetwas sagt mir, dass Sie sich Vorwürfe machen, habe ich recht?«, setzte Siebert nach.

Sieberts Worte brachten Steiger aus dem Konzept. Er erschrak beinahe davor, wie leicht er offenbar zu durchschauen war. Seinen erschütterten Ausdruck verstand Siebert offenbar als Hilferuf.

»Ich bin gern bereit, Ihnen zu helfen, aber dazu brauch ich schon etwas mehr Informationen.«

»Kein Problem«, sagte Steiger zu sich. »Ich habe Schuld daran, dass ein junges Mädchen erschossen wurde, was mich wiederum veranlasst hat, den Mörder durch den Oberkörper meiner Frau abzuknallen. Ach ja. Bevor ich es vergesse. Im Vorfeld habe ich zwei Killer niedergeschlagen und die Polizei sucht mich bestimmt wegen einer Entführung unter Vorhalt einer Schusswaffe. Den geklauten Rettungswagen lasse ich dabei mal unter den Tisch fallen.« Müde fuhr er sich mit beiden Händen über das Gesicht und sagte schließlich laut: »Die Sache ist etwas kompliziert.«

»Offensichtlich.« Siebert nickte, während er an den beiden Enden seiner Selbstgedrehten herumnestelte. »Nun, was auch immer mit dem Mädchen ist … was halten Sie von folgendem Vorschlag? Ich sehe mal nach, ob wir etwas über eine junge Frau mit dem Namen haben und ob es Ihnen weiterhelfen könnte. Ich könnte mich im Kollegenkreis schlaumachen. Dazu brauche ich ein paar Eckdaten. Was genau hat Ihnen Vicky über diese Operation gesagt? Vielleicht war es ein spezielles Krankheitsbild, welches uns zu den behandelnden Ärzten führt.«

Steiger zögerte. Dann nickte er langsam, bevor er aufstand. Er reichte Siebert die Hand. »Ich weiß Ihr Angebot zu schätzen, Herr Doktor. Vielleicht erlauben Sie mir, zu einem späteren Zeitpunkt darauf zurückzukommen. Momentan muss ich die Dinge erst einmal sortieren.«

»Was haben Sie vor, Herr Kettner?«

Steiger ließ die Hand des Mannes wieder los. »Ich werde da hingehen, wo ich vielleicht Antworten finde.«

KAPITEL 14

Steiger war auf eine gewisse Weise beeindruckt, wie sich eine Perspektive veränderte, wenn man den Standpunkt wechselte. Natürlich hatte er durch seinen alten Beruf eine andere, eine selektivere Wahrnehmung und schon immer mehr Penner und sonstige sozial Gestrandete wahrgenommen. Doch jetzt, wo er getarnt als Obdachloser über die Platte – dem Vorplatz zur Essener Innenstadt – schlurfte, fühlte er sich wie ein Leprakranker, der mit seiner hölzernen Klapper die Blicke der Menschen auf sich zog. Es war ein Wagnis. Sowohl Bundes- als auch Landespolizei hatten ihre Kontrollen rund um den Bahnhof und im Innenstadtbereich verstärkt. Man verzeichnete im gesamten Ruhrgebiet einen starken Anstieg an Taschendiebstählen und Rauschgiftdelikten. Ein Teil des Platzes wurde von den Überwachungskameras des Hauptbahnhofes erfasst. Er musste also jederzeit mit einer Überprüfung, schlimmstenfalls mit einer Festnahme rechnen. Anderseits würde die Polizei ihn inmitten dieser Szene sicher nicht vermuten. Aber dass sie ihn suchte, daran bestand für ihn kein Zweifel. Trotzdem. Obwohl seine Verkleidung gut war, fühlte er sich, als hätte er ein gelbes Rundumlicht auf dem Kopf.

»Wie lange machst du jetzt Platte?«, fragte er Thomas, dessen Alter schwer zu schätzen war. Sein verfilzter Vollbart war grau meliert und sein ungewöhnlich volles schulterlanges und graues Haar umrahmte seinen Kopf. Sein Gesicht schien vom Leben auf der Straße gezeichnet, war von tiefen Falten durchzogen und hatte eine unnatürliche Farbe, die zwischen Dunkelrot und Violett lag. Steiger hatte beobachtet, wie der Sicherheitsdienst den Berber aus dem Hauptbahnhof gescheucht und ihm respektlos seine drei Habseligkeiten nachgeschmissen hatte, die er in löchrigen Plastiktüten mit sich schleppte. Thomas wollte den Männern die Stirn bieten. Steiger kannte solche Situationen. Er würde aller Wahrscheinlichkeit in Polizeigewahrsam enden, wenn er dem Platzverweis nicht nachkam, sich sperrte oder Widerstand leistete. Also hatte er Thomas aus der Gefahrenzone gezogen. Das Letzte, was er sich wünschte, war das Auftauchen der staatlichen Ordnungsmacht. Erst wollte sich der Obdachlose nicht beruhigen lassen, aber als er ihm Bier versprach, zeigte er sich erstaunlich schnell einsichtig und zugänglich.

Zunächst war sein neuer Bekannter etwas wortkarg, was sich nach der zweiten Flasche legte. Es hatte sich offenbar lange niemand aufrichtig für ihn interessiert, und er schien es Steiger hoch anzurechnen, dass er sich mit ihm unterhielt.

»Keine Ahnung.« Er wischte sich mit dem Handrücken etwas Schaum aus seinem Bart, dessen Haarspitzen gelbstichig waren. »Schätze, so 15 Jahre.«

Steiger nickte beeindruckt. »Seitdem nie die Kurve gekriegt?«

»Ach!« Thomas winkte ab. Er warf einen kurzen Blick in einen Mülleimer, der an einer Laterne befestigt war, und griff hinein. »Als McDonald's noch nicht umgebaut war, wurdest du fast immer satt. Am Wochenende konntest du gar nicht so viel fressen, wie die weggeschmissen haben. Das Zeug war teilweise noch warm. Aber mittlerweile … so viel Penner aus Osteuropa … der Teufel soll sie holen!«

Thomas schmiss den leeren Pommeskarton wieder in den Abfallbehälter. Nochmals griff er hinein und zog die Reste einer Laugenbrezel hervor. Er klopfte damit gegen den Laternenpfahl, stellte fest, dass sie knochenhart war und warf sie in Richtung einiger Tauben, die sich wild flatternd darauf stürzten.

Steiger hatte von jeher Probleme mit Gerüchen. Er konnte alles sehen und in fast alles hineinfassen. Aber kaum etwas war ihm mehr zuwider als der Geruch ungewaschener Menschen. An den Gestank, der von vielen Obdachlosen ausging, diese Mischung aus altem Schweiß, Alkohol, schlimmstenfalls vermischt mit Pisse und Kotze hatte er sich nie gewöhnen können. Thomas hatte von allem etwas in seinem alten Mantel.

Abrupt wandte er sich Steiger zu und hob seinen Zeigefinger. »Für uns, mein Junge, gibt es keine Kurve.«

»Was ist passiert?«

Thomas sah Steiger abschätzend an, wobei er seinen Blick von unten nach oben gleiten ließ. »Du bist noch neu, was? Wirst dich schon noch dran gewöhnen.« Er nahm den letzten Schluck und steckte die leere Flasche in die Innentasche seines Mantels. Anschließend drehte er sich um und wankte in Richtung Kettwiger Straße. Er hinkte.

»Was ist mit deinem Bein?« Steiger hatte zum ihm aufgeschlossen.

»Hüfte. Bin froh, dass ich kein Schäferhund bin. Wahrscheinlich würde man mich einschläfern.«

»Es gibt doch so ein Ärztemobil. Warum gehst du da nicht mal hin?«

Thomas blieb stehen und drehte sich um. Beinahe wäre er mit einem Passanten zusammengestoßen, der gerade noch ausweichen und dabei seinen angewiderten Gesichtsausdruck nur leidlich unterdrücken konnte.

»Und was soll ich da?«

Steiger zuckte mit den Schultern. »Zumindest können sie sich das Ganze mal ansehen. Besser wird es nicht …«

»Pass mal auf. Ich erzähl … Wie heißt du eigentlich?«

»Kannst mich Steiger nennen.«

Thomas nickte und fuhr sich mit seinen dreckigen Fingern durchs Haar. »Gut, Steiger. Dann hör mir mal zu. Was glaubst du denn, wie weit du ohne Krankenversicherung kommst?«

Steiger hob die Hände. »Moment. Es gibt ja immer noch so etwas wie ein soziales Netz in diesem Land. Niemand …«

Thomas' abrupter Lachanfall stoppte ihn jäh. »Sach ma! Wo haben se dich denn ausgebuddelt?« Thomas zeigte mit dem Finger auf Steiger, während er seinen Lachanfall sichtlich genoss. »Der war gut, Mann. Wirklich. Der war richtig gut.«

Langsam setzte sich der Obdachlose wieder in Bewegung.

»Wir beide wandern gerade zwischen den Maschen, wenn ich dich daran erinnern darf.« Er sah Steiger nicht an, als er weiterredete. Als wäre er es nicht gewohnt, dass ihm jemand zuhörte. »Meinst du, die Weißkittel arbeiten umsonst? Und selbst wenn? Die wollen dich so schnell wie möglich wieder rausschmeißen. Keiner hat Lust auf einen stinkenden Penner. Und dann? Ab nach Hause? Die Beine hoch und schonen? Vergiss nicht, was unser Wohnzimmer ist.«

Thomas blieb stehen und breitete in einer fast dramatischen Art und Weise die Arme aus, während er sich langsam um die eigene Achse drehte.

»Das hier! Das ist unser Zuhause.« Kopfschüttelnd und noch immer sichtlich amüsiert, lief er weiter.

»Ich suche einen Kerl«, rief ihm Steiger hinterher.

Thomas stoppte und drehte sich um. Seine Gesichtszüge wirkten mit einem Mal ernst. Er zeigte warnend mit dem Finger auf Steiger. »Hör zu, Kumpel. Mir ist nicht zum Spaßen. Mach, was du willst. Interessiert mich nicht ... aber damit das klar ist: Mein Arsch bleibt Jungfrau!«

Nun war es Steiger, der lauthals lachte. »Keine Angst. Du bist nicht mein Typ.«

Das Misstrauen in Thomas' Zügen wich nicht.

»Es geht um ein Mädchen«, fuhr er fort.

Thomas' Miene verfinsterte sich noch mehr. »Was denn jetzt? Junge oder Mädchen? Kannst dich wohl nicht entscheiden? Du bist doch nicht etwa so ein Perverser?«

Steiger hob die Hände. »Bleib ruhig. Das Mädchen heißt Vicky. Du kennst sie nicht zufällig? Sie war in den letzten Tagen hier am Bahnhof. Wollte zum Arztmobil. Die erinnern sich aber nicht an sie.«

»Ich kenn kein Mädchen. Hab mit diesen Blagen nichts zu schaffen. Frech sind die ...«

»Ivan. Der Typ heißt Ivan«, unterbrach Steiger ihn.

»Ivan? Ich kenne keinen Ivan. Wer ist das? So ein scheiß Russe? Da heißt jeder Zweite Ivan. Die kontrollieren hier fast alles.« Thomas zeigte in Richtung des Hauptbahnhofes. »Auf den Lüftungsgittern. Wenn du da im Winter dein Lager aufschlagen willst, liegen da Dutzende Sergejs und Ivans. Hat man nur Theater mit. Saufen und hauen sich dann aufs Maul. Meinst du, die Bullen machen was? Einen Scheiß tun die.«

»Du meinst, die bleiben unter sich?«

»Hm«, knurrte Thomas. »Üble Burschen sind das. Die schlucken bei sich zu Hause sogar Rasierwasser, wusstest du das? Ist in Russland billiger als Fusel.«

»Wo find ich die Russen?«

»Mal hier, mal da …«

»Geht's auch etwas präziser?«

»Herrgott! Fragen über Fragen …«

Steiger griff in seine Hosentasche.

»Was ist das?«, fragte Thomas mit gerunzelter Stirn, während er den Geldschein betrachtete, den ihn der Fremde hinhielt.

»Für gewöhnlich nennt man das einen Fünfzigeuroschein«, erwiderte Steiger grinsend. »Lust auf einen Deal?«

Der Obdachlose antwortete nicht sofort. Seine Augen hingen nach wie vor an dem Geldschein. Trotzdem wog er ab, als befürchtete er, einen Deal mit dem Teufel einzugehen. »Kommt drauf an …«

Steiger zog den Schein zurück und riss ihn in der Mitte durch.

Er hielt Thomas eine Hälfte hin. »Krieg für mich raus, wo ich die Russen finde, und du bekommst die andere Hälfte. Findest du diesen Ivan, verdoppele ich den Betrag.«

Obwohl Thomas' Gesichtsausdruck Misstrauen ausstrahlte, hob sich seine rechte Hand nahezu automatisch. Steiger hielt das Papier fest, als er den Schein an sich nehmen wollte. »Du hast bis morgen früh 10 Uhr Zeit. Wir treffen uns exakt an dieser Stelle.«

Thomas sah in seine Augen. »Du bist kein Penner, hab ich recht?«

Steiger zuckte mit den Schultern. »Die einen sagen so, die anderen so. 10 Uhr.« Dann ließ er die halbe Banknote los.

KAPITEL 15

Steiger hatte sich in einem schäbigen Motel mit dem Namen Schwarzer Diamant im Essener Norden einquartiert. Ein richtiges Drecksloch, für das er eigentlich Geld hätte erhalten müssen, wenn er eine Nacht darin verbrachte. Er hatte bewusst vermieden, das Laken hochzuziehen und einen Blick auf die ausgelutschte Matratze zu werfen. Höchstwahrscheinlich war dieses Zimmer heute mehrfach von einer aus der Horizontalen frequentiert worden. Aber immer noch besser, als mit Thomas und seinen Freunden irgendwo auf einer dünnen Isomatte im Dreck zu liegen und billigen Kochwein aus einem Tetrapack zu saufen. Außerdem hatte diese miese und heruntergekommene Absteige den Vorteil, dass niemand Fragen stellte. Nicht mal einen Ausweis wollte man sehen. Und solange ein Gast keine Rechnung verlangte, war es völlig egal, was ihn dazu bewegte, sich hier einzuquartieren. Steiger hatte das Zimmer für zwei Tage gemietet, den völlig überzogenen Preis bar auf den Tresen gelegt und wortlos den Schlüssel erhalten. Der Polizei war klar, dass er irgendwo unterkommen musste. Und selbstverständlich klapperte sie auch das ein oder andere Hotel ab. Dass sie ihn fanden, hielt er trotz alledem für unwahrscheinlich. Das Ruhrgebiet war eines der am dichtesten besiedelten Ecken Europas. Im Grunde genommen eine einzige Stadt mit über fünf Millionen Einwohnern. Der ideale Ort, um unterzutauchen. Der Inhaber dieser Spelunke würde kein Interesse daran haben, dass die Bullen in seinen Räumlichkeiten für Unruhe sorgten. Zumal Steiger nicht einmal wusste, wie intensiv die Fahndung nach ihm betrieben wurde. Was Claudia betraf … Der Gedanke an sie war permanent präsent und fraß sich wie Säure in kurzen Intervallen durch sein Hirn. Sie wusste, dass er keine andere Möglichkeit gehabt hatte. Zumindest hoffte er das. Und Vicky? Es war nicht vorhersehbar gewesen. Selbst wenn … Er hatte keine Wahl gehabt. Das nahm ihm jedoch nicht das Gefühl, Schuld auf sich geladen zu haben, die ihn an den Rand eines Zusammenbruchs drängte. Diese Schuld würde ihm fortan auf den Fersen sein. Bei Tag mochte er ihr irgendwie entkommen können, doch nachts würde er ihr hilflos ausgeliefert sein. Und irgendwann würde sie ihn einholen und ihn zur Rechenschaft ziehen. Wieder übermannte ihn eine Woge völliger Ohnmacht. Formte in ihm den Wunsch aufzugeben. Es kostete ihn immense Kraft, nicht zum Telefon zu greifen und im Krankenhaus oder bei Welke anzurufen. Er musste sich zusammenreißen. Das Einzige, was seine Seele jetzt noch retten konnte, war, den- oder diejenigen zur Strecke zu bringen, die für all das verantwortlich waren. Auf seine Weise. Für einen winzigen Moment keimte in ihm der Gedanke, dass Selbstjustiz genau das war, was er unter allen Umständen Zeit seines Lebens abgelehnt hatte. Etwas, was ihn auf eine Stufe mit denen stellte, die er immer verachtete und früher eingebuchtet hatte.

»Drauf geschissen!«, knurrte er durch seine geschlossenen Zahnreihen. Er betrank sich eigentlich selten, doch heute verspürte er ein unbändiges Bedürfnis, sich in eine Kneipe zu setzen, seine geistige Festplatte zu formatieren und sich dem angenehmen Gefühl des Rausches hinzugeben, der jeden Gedanken in Watte packte.

Die Klospülung aus dem Nachbarzimmer riss ihn aus seinen Überlegungen und lenkte ihn von dem unerträglichen Gefühl in seiner Herzgegend ab. Erst jetzt bemerkte er, dass er die ganze Zeit rastlos hin- und hergelaufen war. Steiger trat zum Fenster und spähte durch die staubige Jalousie auf die Altenessener Straße. Um die Spuren zu seinem möglichen Aufenthaltsort zu verwischen, war er am gestrigen Abend mit der S-Bahn nach Bochum gefahren, hatte dort so viel Geld aus dem Auszahlungsautomaten gezogen, wie es ging, und sich mit etwas Wechselkleidung eingedeckt. Weiße T-Shirts, Unterwäsche, ein halbes Duzend schwarze Tennissocken, eine Jeans und ein paar Hygieneartikel. Einige Tage würde er zumindest durchhalten. Anschließend hatte er sich in einer Frittenschmiede eine knorpelige Curryfrikadelle mit lauwarmen Pommes reingezogen, um seinen Magen etwas zu beruhigen, der nicht geknurrt hatte – er hatte gebrüllt. Den schlaffen Salat hatte erst gar nicht angerührt.

Steiger reckte sich. Er spürte die vergangene, unruhige Nacht auf der durchgelegenen Matratze sprichwörtlich in allen Knochen und hätte er nicht noch schemenhafte Erinnerungsfetzen an seine wirren Träume, er wäre überzeugt davon gewesen, nicht eine Minute geschlafen zu haben. Er fühlte sich beschissen. Normalerweise kam er erst in die Gänge, wenn er mindestens zwei Pötte schwarzen Kaffees getrunken hatte. Jetzt hätte er sie dringender gebrauchen können als jemals zuvor. Doch das musste warten. Steiger hob das Beistelltischchen neben dem Bett an und versteckte die Automatik darunter. Er zog den Ärmel hoch und sah auf seine Uhr. Sie zeigte kurz vor 9 Uhr an. Noch eine knappe Stunde. Es war Zeit zu gehen.

KAPITEL 16

Langsam schlug er die Augen auf. Das helle Licht störte ihn, sodass er seine Lider reflexartig wieder schloss und zu schmalen Schlitzen verengte. Trotzdem reichten die gebündelten Strahlen, um einen heftigen Stich in seinem Sehnerv zu formen. Er nahm den Kopf zur Seite. So war es besser. Er fühlte sich sehr müde. Angenehm müde. Flüchtig nahm er eine Bewegung wahr. War da wirklich etwas? Die Antwort auf diese Frage gab ihm sein Körper selbst. Sein Puls begann zu rasen und eine Woge an Adrenalin schoss durch seine Adern. Binnen Sekunden katapultierten ihn seine Erinnerungen in die Realität zurück und er war schlagartig hellwach. Gleichzeitig schoss ein unerträglicher Kopfschmerz durch seinen Schädel und Übelkeit formte einen sauren Brei in seinem Magen, der seine Speiseröhre nach oben drängte.

»Wieso liegst du?«, fragte er sich. Steiger riss die Augen auf. Sein Blick traf auf die kalte Neonröhre über ihm. »Wo, verdammt noch mal, bin ich?«, fuhr es ihm durch den Kopf. Ruckartig wollte er sich aufsetzen, doch etwas um seinen Hals bremste seinen Schwung. Ein Seil hielt ihn fest und drückte schmerzhaft auf seinen Adamsapfel. Er hob den Kopf, soweit es ging, und sah auf seine Handgelenke, auf die Kunststoffseile, mit denen sie fixiert waren. Automatisch wanderten seine Augen zu seinen Beinen, doch konnte er sie nicht sehen. Er fühlte, man hatte ihm Schuhe und Socken ausgezogen. Seine Fußgelenke waren ebenfalls festgebunden. Instinktiv rüttelte er an den Fesseln, bäumte sich auf, musste jedoch feststellen, dass er sie nicht ohne Hilfe würde lösen können. Steiger kramte in seinen Erinnerungen. Er war zum Hauptbahnhof gefahren und hatte dort Thomas getroffen. Gemeinsam waren sie zu einem näher gelegenen Obdachlosenlager gegangen. Thomas hatte irgendetwas davon gesagt, dass dort dieser Ivan … An dieser Stelle riss sein Erinnerungsfaden. So sehr er sich konzentrierte, die danach folgende Zeit war aus seinem Gehirn verbannt. Wieder versuchte er sich durch ruckartige Bewegungen von seinen Fesseln zu befreien.

Plötzlich schlug eine flache Hand auf seinen Brustkorb und presste ihn nach unten. Zeitgleich erschien ein Gesicht in seinem Blickfeld. Ein Fremder. Steiger erschrak, hatte er die Anwesenheit des Mannes zuvor nicht bemerkt. Er hatte kurzes schwarzes Haar und war glatt rasiert. Ein dunkler Schatten um Kinn und Wangen verriet einen starken Bartwuchs. Obwohl der Raum nur durch die Deckenbeleuchtung erhellt wurde, trug der Mann eine Sonnenbrille, in dessen Gläsern sich Steiger spiegelte. Er sah unterhalb des linken Brillenglases eine halbkreisförmige Narbe. Sie war recht frisch und stach trotz des dunklen Teints hervor. Die Wundränder waren glatt. Steiger wusste, was eine solche Narbe in der Regel verursachte. Ein scharfer Schnitt. Die Kraft, mit welcher ihn die Hand nach unten drückte, passte zu der Gesamterscheinung des Mannes. Seine Ausstrahlung, seine Physis signalisierte, dass man einen schweren Fehler beging, sich mit ihm einzulassen. Wie bei vielen Südländern oder Männern aus dem arabischen Raum war auch das Alter dieses Kerls für ihn schwer zu schätzen. Er war eher jung, vielleicht 30 Jahre alt, was seine strahlend weißen Zähne verrieten, die er beim Grinsen entblößte. Steiger verharrte in seinen Bewegungen. Dann gab er dem Druck nach und blieb ruhig liegen. Der Fremde nahm seine Hand weg und griff in die Innentasche seiner Jacke. Er steckte sich eine Zigarette in den Mund, öffnete ein Streichholzbriefchen, riss eines der Hölzer ab und rieb den Zündkopf über die Kontaktfläche. Der Geruch des verbrannten Schwefelpulvers drang in Steigers Nase. Der Unbekannte inhalierte tief, legte seine Utensilien zur Seite und blies Rauchringe in Steigers Gesicht. Der Mann sah auf ihn herab, legte die linke Faust in die rechte Handfläche und ließ die Knöchel knacken.

Hinter sich hörte Steiger ein Geräusch. Eine Metalltür fiel zu. Unmittelbar darauf vernahm er langsame Schritte, die sich in seine Richtung bewegten. Der südländisch aussehende Kerl über ihm sah zur Seite, in Richtung der Person, die sich dort näherte. Sofort warf er die Zigarette auf den Boden, trat sie nervös aus und ging etwas zurück. Hektisch blickte sich Steiger um, versuchte, einen Blick auf denjenigen zu erhaschen, der sich ihm näherte. Die Schritte verstummten. Wieder ballte Steiger seine Hände zu Fäusten und rüttelte an seinen Fesseln. Plötzlich hörte er etwas von rechts. Er drehte den Kopf, so weit es ging, und sah einen fahrbaren Beistellwagen, den ein weiterer Fremder an ihm vorbeischob und in Höhe seiner Füße positionierte. Steiger blinzelte hektisch. Auf dem Tisch erkannte er ein technisches Gerät. Er wusste nicht, was es war. Er versuchte, den Kopf noch weiter zu heben, doch er konnte den Mann nicht mehr sehen. Deutlich hörte er ein ihm bekanntes Geräusch, konnte es jedoch nicht einordnen. Unerwartet ergriff jemand seinen rechten Fußknöchel. Steigers Bein zuckte automatisch, doch das Seil hielt seinen Fuß in Position. Nun konnte er das Geräusch zuordnen: Es war Klebeband. Jemand hatte Klebeband von einer Rolle gerissen und wickelte es um seinen großen Zeh. Noch etwas anderes spürte Steiger nun. Unter diesem Verband fühlte er einen Fremdkörper. Und er musste ihn nicht sehen, um zu ahnen, worum es sich handelte.

Er wusste, dass es sich bei der Person, die soeben den Raum betreten hatte, um einen Mann handelte. Er hörte es an der Schwere seiner Schritte. An der Art, wie er ging. Eine glatte Ledersohle, die etwas über den Untergrund verriet. Stumpf. Beton- oder Estrichboden. Und er wusste, dass die anderen nach seiner Pfeife tanzten. Dieser Mann, dessen Ankunft von dem südländischen Typen beinahe ehrfürchtig zur Kenntnis genommen worden war, trat jetzt in sein Blickfeld. Er führte sein Gesicht langsam, beinahe bedächtig nahe an das von Steiger. Betrachtete ihn kritisch wie ein Ausstellungsobjekt, von dessen Qualität er sich überzeugen wollte. Der Mann hatte einen erkennbar osteuropäischen Einschlag. Auffallend war die krumme Nase. Sie passte zu der Brutalität, die Steiger in den Augen seines Gegenübers erkannte. Eine beeindruckende, Angst machende Kälte lag darin.

Der Mann führte seinen Mund nun an Steigers rechte Kopfseite. Er sprach langsam, beinahe ruhig. »Fließender Strom ist bei Berührung für den Menschen gefährlich«, sagte er mit deutlichem osteuropäischen vielleicht auch slawischen Akzent. »Ab einer gewissen Stärke ist der Schmerz nahezu unerträglich. Das kann so weit gehen, dass dieser Schmerz einen Schock auslöst, der zum Tode führt. Aber die Wenigsten wissen, dass die größte Gefahr, die von einem Stromschlag ausgeht, die chemische Reaktion ist. Die Gewebeflüssigkeit wird vom Strom zersetzt, sodass gefährliche Gase und giftige Spaltprodukte entstehen.«

Der Fremde stellte sich wieder aufrecht hin, darauf bedacht, dass Steiger ihn weiter sehen konnte.

»Sobald Blut mit Luftsauerstoff in Kontakt kommt, gerinnt es. Ein natürlicher Vorgang, der dem Wundverschluss dient. Entsteht aber Sauerstoff durch Elektrolyse im Blut, so bilden sich im Blutkreislauf Klumpen, die zu Thrombosen und somit zum Tode führen können.«

Kurz sah er zur Seite, zu dem Mann, der zu Steigers Füßen stand. Innerhalb von Millisekunden schoss der Stromimpuls durch Steigers Körper. Er bäumte sich auf, die verkrampften Kiefermuskeln drohten die Zahnreihen zu sprengen. Sein Körper bog sich durch und aus seiner Kehle drang ein nahezu unmenschliches Geräusch. Speichel lief ihm aus Mund und Nase. So schnell, wie der Schmerz da war, verschwand er. Steigers Körper erschlaffte. Schwindel breitete sich aus und für einen Moment war er kurz davor, das Bewusstsein zu verlieren. Sein Atem ging stoßweise und der Schweiß schoss ihm aus allen Poren, begleitet von dem Gefühl, kotzen zu müssen. Er fühlte sein Herz im Hals hämmern und der Druck auf seine Schläfen war kaum auszuhalten. Seine gesamte Muskulatur zitterte und Teile seines Köpers kribbelten, als wären sie infolge von Mangeldurchblutung eingeschlafen.

Als er sich etwas beruhigt hatte, trat der Mann wieder in sein Gesichtsfeld. Es war nicht der Hauch von Mitgefühl in seinen Zügen erkennbar.

»Was hat Ihnen das Mädchen gesagt?«

Steigers Haar klebte feucht am Kopf. »Sie hat mir nur gesagt, dass sie verfolgt wird«, hechelte er. »Mehr nicht. Ich weiß nicht …«

Der Mann sah zur Seite und augenblicklich erfüllte ein Brüllen den Raum. Nachdem der Stromfluss unterbrochen wurde, schrumpfte Steigers Sehfeld auf einen nichtigen Bereich. Dunkle Flecken trübten seine Sicht. Jemand ohrfeigte ihn mehrfach, um zu gewährleisten, dass er bei Bewusstsein blieb. Der Druck auf seine Schläfen hatte beide Schädelhälften erfasst, und die Stimme des Mannes drang dumpf zu ihm durch.

»Mir liegt nichts an Ihrem Leben. Wir werden bei jedem weiteren Stromstoß die Stärke erhöhen. Ich habe keine Ahnung, wann Sie draufgehen. Doch ich bin überzeugt, es bedarf nicht mehr vieler Versuche. Was hat das Mädchen Ihnen gesagt?«

Steiger schüttelte erschöpft den Kopf. »Bitte … ich weiß nichts. Sie hat mir …«

Steiger fuhr ins Hohlkreuz. Seine Hände ballten sich zu Fäusten und die Fingernägel gruben sich in sein Fleisch. Wieder sackte er zusammen. »Keine … Luft …« Er machte schnappende Mundbewegungen, doch der Strom hatte seine Atemmuskulatur gelähmt. Langsam, unerträglich langsam nahm seine Lunge Sauerstoff auf. Das Gefühl des Erstickens entwickelte sich zur Panik. Eine Angst, wie er sie nie zuvor in seinem Leben gefühlt hatte. Es dauerte Minuten, bis sich die Beklemmung allmählich löste. Er drehte sich zur Seite. Suchte den Mann, doch er sah nichts. Als läge auf seinen Augen ein dunkles Tuch. In seiner Nase hing der Geruch verbrannten Fleisches. Seines Fleisches. Und er spürte die Verbrennung an seinem Fuß. Jemand tastete an seinem Hals nach seinem Puls.

»Ihr Herz rast. Was hat das Mädchen gesagt?« Die fremde Hand löste sich.

»Ich weiß nicht … nichts gesagt … keine Ahnung …«

»Erhöhe die Stärke«, hörte er den Mann sagen.

»Dann stirbt er«, antwortete der andere.

»Tu es. Jetzt!«

»Nein! Nein! Warten Sie …« Noch immer konnte Steiger kaum sprechen. »Flucht. Kenn die nicht … Operation …«

Der Mann kniete sich hin. Er befand sich nun auf gleicher Höhe. »Was für eine Operation? Was hat das Mädchen dir gesagt?«

Steiger schüttelte unkontrolliert den Kopf. »Nichts. Weiß nichts Genaues …«

Der Mann schnalzte mit der Zunge und schüttelte langsam den Kopf. »Schade. Ich dachte, wir wären auf einem guten Weg.« Der Mann erhob sich.

»Noch mal?«, fragte der Unbekannte zu Steigers Füßen.

Der Fremde neben Steiger sah einen Augenblick auf den Gefesselten vor sich. Er schürzte die Lippen und schien zu überlegen. Abzuwägen. Dann hob er eine Hand. »Geben wir ihm eine Pause, um darüber nachzudenken, was er mit seinem Leben anfangen will. Vielleicht erinnert er sich dann.«

Ohne ein weiteres Wort drehte sich der Mann um. Die anderen beiden folgten ihm und alle drei verschwanden aus Steigers Blickfeld. Er hörte, wie die Tür hinter ihm geöffnet wurde. Wenige Sekunden später fiel sie dumpf ins Schloss. Dann wurde es dunkel. Schlagartig. Die Männer hatten das Licht ausgeschaltet.

Steiger schreckte hoch, bis ihn die Fesseln bremsten. Für einen flüchtigen Moment war er orientierungslos, dann holten ihn seine Erinnerungen schlagartig ein. Offenbar hatte er das Bewusstsein verloren. Er fragte sich, wie lange er weggetreten war. Er hörte etwas. Hektisch versuchte er, den Kopf nach hinten zu drehen, lauschte, ob seine Peiniger sich ihm näherten. Etwas erhellte den noch immer dunklen Raum. Ein kalter Lichtstrahl. Schmal. Gebündelt. Nervös sprang er hin und her, traf ihn, schwenkte nach links und kehrte dann zu ihm zurück. Unmittelbar darauf hörte er Schritte. Leise gesetzt, kaum wahrnehmbar. Gummisohlen. Das Licht erlosch. Steigers Panik steigerte sich und sein Puls schnellte in die Höhe. Dann bemerkte er erneut eine Lichtquelle. Dieses Mal war sie gedämpft. Warm. Eine Helligkeit, wie er sie von einem Display her kannte. Jemand näherte sich mit einem Handy.

»Pst.«

Das Display erschien in seinem Sichtfeld. Er konnte die Person dahinter nicht erkennen.

»Bist du in Ordnung?«

Eine männliche Stimme. Jung. Er kannte sie, konnte sie jedoch nicht zuordnen. Das Smartphone senkte sich und der junge Mann zog die Kapuze seines Sweaters nach unten. Zeitgleich drehte er das Licht.

»Ratte?«

»Kannst du laufen?«

Steiger spürte, wie Ratte die Fessel an seinem rechten Handgelenk durchtrennte.

»Ich weiß nicht …«

Ratte lief zur anderen Seite und befreite sein linkes Handgelenk.

Mühsam richtete Steiger sich auf. Für einen Augenblick übermannte ihn Schwindel. Ratte ergriff ihn am Arm, sonst wäre er vom Tisch gefallen.

»Scheiße, Mann… Was haben die mit dir gemacht?« Ungläubig betrachtete der junge Mann Steigers Fuß. Er fing sich wieder und durchschnitt die letzten Fesseln.

Steiger löste den Klebestreifen und stellte sich hin. In dem Moment versagten seine Beine. Ratte fing ihn auf und stützte ihn. Er hob sein Handy an und suchte den Raum im schwachen Licht des Displays ab.

»Hier!«, hörte er jemanden zaghaft rufen. Sofort richtete Ratte den Schein des Telefons in dessen Richtung.

»Komm, ich helfe dir.«

Ratte legte Steigers Arm über seine Schultern.

»Warte. Gib mir das Teil.« Steiger griff nach dem Telefon. Er drehte sich im Kreis. »Meine Klamotten!«

»Alter! Bis du irre? Raus hier.«

In dem Moment sah er seine Sachen auf einen Stuhl, der neben dem Tisch stand, auf dem er zuvor gelegen hatte.

»Da.«

Ratte raffte die Sachen zusammen und hob seine Schuhe auf.

»Los jetzt!«, befahl der junge Mann.

»Meine Jacke!«

Ratte schob ihn weiter. »Scheiß drauf. Wir müssen uns verpissen.« Steigers Beine fühlten sich an wie aus Gummi. Er lief wie ein Volltrunkener und wäre er nicht gestützt worden, er hätte die wenigen Meter bis zu dem Fenster nicht geschafft, ohne zu stürzen. Es war dunkel, doch am Horizont erkannte er den ergrauenden Morgen. Das Licht reichte aus, um weit genug zu sehen.

»Kommt! Beeilt euch«, hörte er von draußen. Unmittelbar vor dem Fenster erschien Jan. Er streckte Steiger die Hand entgegen, der seinen Oberkörper nach vorn auf den Fensterrahmen legte, während Ratte seine Beine ergriff und ihn anhob. Steiger fiel mehr aus dem Fenster, als dass er kletterte.

»Kacke, bist du schwer«, hörte er Jan leise schimpfen.

Noch ehe er richtig stand, war Ratte bereits aus dem Gebäude geklettert. Beide stützten nun Steiger und zusammen entfernten sie sich von dem Gebäude, so schnell es ging.

Steiger konnte nicht viel erkennen. Sie befanden sich irgendwo in einem Industriegebiet. Er hatte keine Ahnung, wo genau. Die beiden Jungs schleppten ihn in Richtung eines Grüngürtels. Dünne Äste peitschten ihm ins Gesicht, während Brombeersträucher ihn versuchten festzuhalten. Wieder übermannte ihn Schwindel.

»Mach nicht schlapp. Wir haben es gleich geschafft«, hörte er Ratte flüstern. Unvermittelt tauchte ein Maschendrahtzaun auf.

»Bück dich«, befahl Jan. Steiger sah, dass einige der Maschen in Bodenhöhe aufgetrennt worden waren. Einer der Jungs legte eine Hand auf seinen Kopf und drückte ihn nach unten, während der andere den Zaun anhob. Das Gelände grenzte an eine Straße. Im selben Augenblick, in dem sie den Gehweg erreichten, startete ein Motor. Steiger sah, wie sich aus der Dunkelheit ein Fahrzeug näherte.

»Komm schon!«, forderte Jan ihn auf. Die beiden Jungs zogen ihn weiter. Eine uralte Karre bremste direkt neben ihnen. Ehe das Auto stand, zog Ratte die hintere Tür auf. Jan schubste Steiger mit dem Oberkörper voran auf die Rückbank und warf dessen Schuhe hinterher. Anschließend sprang er selbst in den Wagen, der sofort losfuhr und stark beschleunigte. Steiger erfasste den Haltegriff des Dachhimmels und zog sich hoch. Erschöpft sah er zur Seite. Er nickte dem jungen Mann neben sich zu. »Danke.«

Jan antwortete nicht. Nachdenklich wandte er sich von Steiger ab und sah nach vorn.

KAPITEL 17

Welke hatte nach dem Disput mit Reuter die Dienststelle verlassen und einem Impuls folgend den Weg zu seinem Hausarzt eingeschlagen, um sich krankschreiben zu lassen, sich dann jedoch entschlossen, davon abzusehen.

In dieser Form behandelt worden zu sein, war für einen Polizeibeamten seines Ranges eine Demütigung, die mit nichts vergleichbar war. Und er war sich sicher, dass es ausschließlich darum ging. Läppische sechs Jahre bis zur Pensionierung. Diese ganze Scheiße könnte ihm tatsächlich am Arsch vorbei gehen. Einen Krankenschein in die Runde zu werfen, entsprach trotzdem nicht seinen Prinzipien. Und eine Abkehr davon kam nicht infrage. Zudem war ihm klar, wenn er Steiger in dem eng begrenzten Rahmen, der ihm zur Verfügung stand, helfen wollte, so konnte er das nur, wenn er weiter Zugriff auf wichtige Informationen behielt und somit bereit war, über seinen Schatten zu springen. Es galt, in einen Anzug zu schlüpfen, den er nicht gern trug. Wenn ein Beamter aus dem Nichts heraus zum Dienstantritt in einem anderen Kommissariat verdonnert wurde, hatte das Gründe. Gründe, die genug Anlass für Spekulationen boten. Ob haltlos oder nachvollziehbar. Und die bei dem ein oder anderen Genugtuung auslösten, trotz all des aufrichtigen und größtenteils geheuchelten Verständnisses. Offiziell war er aus gesundheitlichen Gründen hier. Eine wenig glaubwürdige Tarnung. Insbesondere, da man in der Behörde wusste, dass er und Reuter sich auf den Tod nicht ausstehen konnten.

Welke verspürte, wie sich seine Kiefermuskeln verkrampften und Magensäure die Speiseröhre hinaufstieg. Wenn es eine Möglichkeit gab, Reuter zu packen … mit mäßigem Erfolg versuchte er seinen Zorn abzuschütteln. Alles zu seiner Zeit, dachte er.

Das Büro des Regionalkommissariats wurde offenbar seit Längerem nicht genutzt. Der Staub war sinnbildlich meterhoch. Welke hatte den Vormittag damit verbracht, seinen dienstlichen Kram, den er in zwei Kartons gezwängt hatte, im Raum zu verteilen, den Dienstrechner anzuschließen und bei der IT-Hotline die erforderlichen Berechtigungen für die verschiedensten Programme neu zu beantragen. Er versenkte die Hände in den Hosentaschen und sah durch das schmutzige Fenster nach draußen. Die Sonnenstrahlen, die schräg durch die Jalousie in den Raum fielen, blendeten ihn etwas. Ein Streifenwagen hielt vor dem Gebäude. Der Fahrer stieg aus. Er hatte Handschuhe an. Bei normalen Temperaturen ein sicheres Zeichen dafür, dass sich im Wagen ein Gast befand, der mit kommunikativen Mitteln schlecht zu erreichen war. Der Kollege umrundete das Auto und öffnete die hintere rechte Tür. Zeitgleich stieg auf der anderen Seite ein weiterer Kollege aus. Gemeinsam zogen sie einen Penner aus dem Wagen, der seinem Unmut lauthals Luft machte. Mit trägen und ungelenken Bewegungen versuchte er, nach einem Beamten zu treten. Dieser setzte einen Armdrehhebel an und drückte den Kopf des Mannes nach unten. Der andere Beamte öffnete den Kofferraum und holte die Habseligkeiten des Obdachlosen hervor. Wenige Tüten, in denen sich das ganze Leben dieses Menschen befand.

Welke wandte sich ab. Die Jungs auf der Straße hatten manchmal einen echt beschissenen Job. Das soziale Gefüge geriet immer mehr aus dem Gleichgewicht. Nie zuvor hatte er so viele gescheiterte Existenzen beobachtet. Eine Tatsache, die nicht an seinem zunehmend dünner werdenden Fell lag.

Er setzte sich und startete den Computer erneut in der vagen Hoffnung, dass die Programme nun installiert worden waren. Währenddessen klopfte es, die Tür wurde geöffnet und ein Kollege streckte den Kopf hinein.

»Hast du gerade Zeit?«

Welkes Antwort bestand aus einem gleichgültigen Achselzucken.

»Du könntest uns zur Hand gehen. Die Kollegen haben gerade …«

»Der Penner?«, unterbrach ihn Welke.

Der Kollege nickte. »Hat in der Nähe Theater gemacht. Bei der Durchsuchung haben die Uniformierten Personalpapiere einer Frau gefunden. Die Ausweisnummern sind nicht ausgeschrieben. Wahrscheinlich gerade erst geklaut.«

Welke machte ein genervtes Gesicht. »Kann sich sicher nicht erklären, wie die Papiere in seine Klamotten gelangt sind.«

Der andere grinste. »Doch. Er sagt, er hat sie von einem Freund. Der wäre aber entführt worden.«

»Entführt … is klar. Jetzt sag nur noch von Außerirdischen. Ist der Typ voll?«

»Nein. Hat irgendwas um die 0,5 Promille gepustet. Also vernehmungsfähig.«

Welke atmete hörbar aus und fuhr sich über seinen Bart. »Bringt den Vogel rein.«

Die Tür wurde weiter geöffnet und er sah, wie der Kollege eine winkende Handbewegung machte. Unmittelbar darauf war das Geräusch schwerer Schuhe zu hören. Als Erstes betrat der Geruch des Penners den Raum. Es folgte ein Kollege, bepackt mit den Sachen des Mannes, dahinter der Beschuldigte und ein weiterer Polizist, der den Obdachlosen an den Handschellen hielt. Unsanft drückte er den Mann auf einen Stuhl. Es fielen einige mahnende Worte, dass er sich benehmen solle, dann würde alles gut werden, schließlich könne man auch anders. Die übliche Besänftigungsformel, bevor ihm die Handfesseln abgenommen wurden.

Welke sah den Mann an, der ihm gegenübersaß und sich die Handgelenke rieb. Er hielt Welkes Blick stand. Das Leben auf der Straße hatte ihn schwer gezeichnet, ihm eine dunkle, leicht violette Gesichtshaut verpasst, die zäh und derb wie altes Leder wirkte, dazu die typische aderige dicke Säufernase und langes graues Haar, das nahtlos in den ungepflegten und ebenso grauen Vollbart überging.

Einer der Beamten zog seine Handschuhe aus und griff in seine Innentasche.

»Die haben wir bei ihm gefunden«, sagte er, während er Welke eine Brieftasche hinhielt. »Haben sie gecheckt. Liegen nicht ein.«

Welke zog die Dokumente zu sich und warf einen lustlosen Blick darauf, als sich augenblicklich seine Eingeweide zusammenzogen. Er stand auf, zog seinen Stuhl näher an den Mann und setzte sich wieder. »Mein Name ist Welke. Und ich habe jede Menge Fragen an Sie.«

*

Es sah beinahe so aus, als blickte Thomas teilnahmslose ins Leere. Vielleicht war er es auch einfach nicht mehr gewohnt, nachzudenken. Einmal öffnete er den Mund und es wirkte, als wollte er etwas sagen. Doch es dauerte eine Weile, bis er sich schließlich zu Welke umdrehte.

»Hier«, sagte er entschlossen.

Welke verschränkte die Arme vor der Brust. »Sicher?«

»Der Schlag soll mich treffen!« Der Obdachlose setzte sich in Bewegung. Der Hauptkommissar folgte ihm über den unbefestigten Parkplatz der Hachestraße in Richtung der Gleise. Abrupt blieb Thomas stehen. »Genau hier.«

Welke sah sich um. Anschließend betrachtete er den Tippelbruder mit hochgezogener Braue.

»Na, du musst schon unter die Brücke«, sagte dieser und zeigte auf einen schmalen Trampelpfad, der sich zwischen knöchelhohen Gräsern und einigen Brennnesseln in Richtung der Gleise erstreckte. Welke kannte die Gegend aus früheren Zeiten. Als der Essener Straßenstrich sich noch um den Bereich der Hauptpost an der Hachestraße befand. Schon damals war hier Sperrbezirk gewesen, aber mit der Verdrängung hatte man es erst genauer genommen, als die Zustände für die Geschäftsleute und die Einkaufsgäste unerträglich geworden waren. Größtenteils hatte es sich bei den Prostituierten um heroinabhängige Frauen gehandelt. Das hatte gleichzeitig unzählige Dealer und andere kriminelle und zwielichtige Gestalten angezogen, die wie Heerscharen von Fliegen in jedem Winkel des Hauptbahnhofes und der groß angelegten U-Bahnstation ihr Unwesen trieben. Und mit ihrem Auftauchten waren weitere Junkies gefolgt.

Wieder ging Thomas mit unsicheren Schritten voran. Die Lage war, abgesehen von dem Lärm der Hans-Böckler-Straße über ihnen, ein idealer Ort. Wenige Minuten zum Hauptbahnhof und zur Innenstadt. Darüber hinaus ein Katzensprung zur Maxstraße, wo viele Nichtsesshafte eine postalische Anschrift hatten. Ein paar Meter weiter, in der Hoffnungstraße, befand sich eine Einrichtung der Suchthilfe inklusive Fixerstube, in der Abhängige mit hygienischem Fixbesteck ausgestattet wurden und unter medizinischer Kontrolle ihre Drogen konsumierten. Welke folgte Thomas einige Meter, bis dieser direkt unter der Unterführung stand. Über ihnen rollten die Fahrzeuge über die Nahtstellen der Brücke. Bei jedem Wagen war ein ohrenbetäubendes Donnern zu vernehmen und Welke blickte skeptisch nach oben, als wäre er sich nicht sicher, dass das Bauwerk den Belastungen standhielt.

Der Kriminalbeamte tat einige Schritte. Vor sich fand er ein typisches Obdachlosenlager. Eine Feuerstelle mit kalter Asche und einigen angekohlten Ästen. Er sah einen umgestürzten Plastikstuhl, hell, mit einem dunklen Belag aus Dreck und Algen. Dahinter lagen einige Pappkartons inmitten von jeder Menge Müll und leeren Einwegflaschen, einer verdreckten Matratze und den Resten eines alten Zeltes. Immerhin war es hier trocken.

»Jetzt erzähl noch mal. Wer hat deinen Kumpel, diesen … Steiger … wie entführt?«

Thomas öffnete den Mund und machte einige geräuschlose Kaubewegungen, als müsste er erst seinen Kiefer einrenken. Dann rieb er sich nachdenklich den Nacken. »Wie gesagt … wir wollten zu den Russen.«

»Was wolltet ihr von denen?«

Thomas verzog das Gesicht und schüttelte den Kopf. Auch diese Bewegung wirkte bei ihm wie in Zeitlupe.

»Nicht ich. Der Steiger wollte die treffen. Er hat Ivan gesucht.«

Welke wusste, es erforderte Geduld, von einem Alkohol- oder Drogenkranken brauchbare Informationen zu erhalten. Selten, dass aus denen mal etwas heraussprudelte.

»Okay. Ihr habt Ivan gesucht. Was wolltet ihr … wollte dein Kumpel von Ivan?«

Der Obdachlose sah aus, als ärgerte er sich über die permanenten Fragen des Polizisten. Entweder empfand er es als anstrengend, sich zu konzentrieren, oder sein Körper forderte Alkohol. Wohl beides, dachte Welke.

»Keine Ahnung.«

Welke trat etwas näher an seinen Begleiter. Er tat dies in gewissen Situationen, da er wusste, dass seine Körpergröße auf die meisten Gesprächspartner zumindest unbewusst beeindruckend wirkte. In seiner typischen Art verschränkte er die Arme und strich sich über seinen Vollbart. »Hör zu, Freundchen. Ich darf dich daran erinnern, dass wir deiner Entlastung noch nicht einen Schritt näher gekommen sind. Bis zu diesem Zeitpunkt bist du mit eineinhalb Beinen in Polizeigewahrsam. Du kannst dir jetzt also überlegen, ob du mir antwortest und gleich ein Bier kriegst, oder ob du 'ne Nacht bei uns pennen willst.«

»Ist ja gut.« Thomas' Antwort klang beleidigt. »Er wollte ihn etwas fragen.«

Welke pustete lang gezogen aus. »Dass er nicht mit ihm Flamenco tanzen wollte, ist mir klar. Geht's auch etwas genauer?«

»Wegen dieses Mädchens. Dieser … Vicky. Aber mehr weiß ich wirklich nicht.«

Welke rieb sich mit geschlossenen Augen die Nasenwurzel. »Und? Habt ihr ihn gefunden?«

Die Antwort war ein Achselzucken. »Ich bin gegangen.«

»Ich dachte, er war dein Kumpel?«

»Ja … ehrlich gesagt, hatte ich kein gutes Gefühl bei der Sache.« Der Gesichtsausdruck des Obdachlosen wirkte plötzlich gequält. Als hätte er ein schlechtes Gewissen. »Sind seltsame Typen, wenn du verstehst …«, sagte er, während er mit glanzlosen Augen vor sich hin starrte.

»Verstehe. Du hast dich also vom Acker gemacht. Woher weißt du, dass dein Kumpel entführt wurde?«

»Weil ich es gesehen habe.«

»Erzähl. Und tu mir einen Gefallen. Lass dir nicht jedes verdammte Wort aus deiner verrotzten Nase ziehen«, fügte Welke mit Nachdruck hinzu.

»Ich bin auf die Brücke.« Thomas nickte nach oben. »Von da aus hab ich es gesehen.«

Welke hob beide Hände und übte sich in einer beschwichtigenden Bewegung. Er hatte viele Stärken. Geduld war eine ewige Baustelle. »Das ist jetzt enorm wichtig, dass du mir alles ganz genau erzählst. Du warst also oben auf der Brücke und hast hinuntergesehen?«

Thomas nickte.

»Was passierte? Gib dir Mühe, verdammt noch mal.«

Thomas rieb sich nachdenklich das Kinn. »Da war so ein Lulatsch. So ein dünnes Luftkotelett. Der war noch ganz schön jung, soweit ich das sehen konnte. Der hatte 'ne Pulle in der Hand und sprang hier auf dem Parkplatz rum.«

»Wo war dieser Steiger?«

Thomas zog die Mundwinkel nach unten. »Den konnte ich erst mal nicht sehen. Der war ja noch unter der Brücke. Aber der Dünne hat immer um die Ecke geguckt. Dann wurde er plötzlich ganz hektisch. Hat die Kanne ins Gebüsch geschmissen und in Richtung Straße gewinkt. Dann kam das Auto.«

»Was für ein Auto?«

»Kenn mich damit nicht so aus. War so ein Transporter. Jedenfalls hielt der neben dem Dünnen. Die Tür ging auf und zwei oder drei Typen sprangen raus. Üble Burschen, wenn du mich fragst.« Thomas kratzte sich seinen zotteligen Bart. »Wenn du die siehst, weißte sofort, dass die was im Schilde führen.«

»Und dann haben sie deinen Kumpel entführt?«, fragte Welke seinen kauzigen Begleiter.

»Zumindest sah das nicht so aus, als ob er freiwillig mitgegangen wäre. Zwei Kerle verschwanden unter der Brücke und kamen dann mit ihm zurück. Sie haben ihn an den Klamotten gezogen. Er hat sich gewehrt. Erst dachte ich, er könnte abhauen. Hat sich aus seiner Jacke gewunden. Aber dann ist er einfach so zusammengesackt. Als wenn die ihm was verpasst hätten. Du weißt, was ich meine … so 'ne K.-o.-Scheiße. Hört man doch immer wieder von. Jedenfalls haben sie ihn in den Wagen geschmissen und sind weg.«

»Zeig mir die Stelle.«

Wieder zuckte Thomas mit den Schultern. Er wandte sich ab und trottete den Weg zurück. Auf dem Parkplatz blieb er stehen und drehte sich um. »Von da kam der Wagen.« Der Obdachlose zeigte zur Straße. »Der Dünne stand ungefähr hier.« Thomas machte einige Schritte zur Seite und blieb dann kerzengerade und im Rahmen seiner Möglichkeiten fast regungslos stehen.

Welke trat näher heran und ließ den Platz auf sich wirken. »Wo hast du die Papiere gefunden? Ich meine den Ausweis von der Frau?«

Thomas zeigte mit dem Finger auf eine Stelle wenige Meter vor ihnen. »Ich sagte ja … der hat sich aus der Jacke gewunden. Die Männer haben sie aufgehoben und in die Karre geschmissen. Schätze, sie sind rausgefallen. Ehrlich, Herr Kommissar. Ich wollte sie nur aufbewahren. Ich mein, was soll ich denn …«

»Schon gut.« Welke stoppte den plötzlichen Redefluss mit einer Handbewegung.

»Ich glaub dir ja. Wo hat der eine Kerl seine Flasche reingeworfen?«

»Der Hering? Der Schmiere gestanden hat? Da. Ungefähr.« Er zeigte auf ein Gebüsch.

Welke ging zu der Stelle und machte mit seinem Fuß wischende Bewegungen durch das Gras davor. »Hat er sie weit reingeschmissen?«

»Wat weiß denn ich?« Thomas kratzte sich am Hinterkopf. Welke wusste nicht, ob das eine Verlegenheitsgeste war oder ob ihn Ungeziefer plagte. »Zwei oder drei Meter vielleicht«, fügte Thomas unsicher hinzu.

Welke bückte sich und nahm die Hände zu Hilfe.

»Bisken weiter«, hörte er von hinten. »Jetzt mehr links!«

Welke zog den Kopf ein und beugte sich vor. Sofort erinnerten ihn seine Bandscheiben daran, dass sie nicht gewillt waren, sich dieser Belastung klaglos zu fügen. In einem zeitlich fein abgestimmten Rahmen öffneten sich gleichzeitig schleusenartig seine Schweißporen. Er wirkte wie ein tapsiger Braunbär, der versuchte, sich in einen Kaninchenbau zu zwängen. Hektisch tastete seine linke Hand den Bereich der Jackentasche ab. Ungeduldig suchten seine Finger darin, bis er zwei hellblaue Einweghandschuhe hervorzog, die er sich unter größter Anstrengung überstreifte. Er bückte sich, hob etwas auf und ging langsam rückwärts.

Vorsichtig, als traue er der Knochenstruktur seiner Wirbelsäule nur bedingt, richtete sich der Kriminalbeamte auf. In der Hand hielt er eine bläuliche Flasche.

»Das ist die Kanne von dem Kerl!« In dem faltigen Gesicht des Obdachlosen zeichnete sich ein Lächeln ab, als hätte Welke einen Schatz gehoben.

Dieser klopfte sich lose Pflanzenteile von seiner Hose, hob die Flasche an, hielt sie gegen das Licht und betrachtete sie. Sie war restlos leer. »Bist du dir da sicher?«

Thomas nickte für seine Verhältnisse relativ hektisch. »Die Jugend säuft doch nur noch diese gepanschte Brühe. Kannste zehn Kannen von saufen, ohne dass es knallt. Musste nur von pinkeln, von der Suppe.«

Der Kriminalbeamte ging zum Auto, öffnete den Kofferraum, entnahm eine Papiertüte und packte die Flasche hinein.

»Was hast du sonst noch gesehen?«, fragte er, während er den Kofferraumdeckel etwas zu fest zuschlug.

Der Obdachlose legte die Stirn in Falten. »Nichts. Die haben die Tür zugemacht und sind weggefahren.«

Welke zog die Handschuhe aus und ließ sie in seiner Jackentasche verschwinden.

»Sonst noch was? Vielleicht das Nummernschild?«

Thomas schüttelte den Kopf. »Muss ich jetzt in die Kiste?«

Welke winkte ab. »Wir fahren rein, ich schreib die Grütze auf und du setzt deinen Wilhelm darunter. Dann kannst du gehen, einverstanden?«

Thomas' Miene erhellte sich.

Nochmals sah Welke sich um. Seine Sorge wuchs. Er

hegte nicht den geringsten Zweifel an der Aussage des Penners. Alle Details fügten sich ineinander, ohne ihm jedoch eine Richtung, einen Anhaltspunkt aufzuzeigen, wo er suchen konnte. Er wusste nur eins: Zeit war etwas, was er nicht hatte. Und genau das machte ihm Angst.

KAPITEL 18

»Oh, mein Gott! Was ist denn mit Ihnen passiert?« Siebert brauchte einen Augenblick, dann löste er die Sicherheitskette und öffnete die Tür. »Bringt ihn rein!«

Er ging vor. Jan und Ratte folgten ihm und schleppten Steiger in ein hinteres Zimmer.

»Hier! Legt ihn hierauf.« Gemeinsam stützten sie ihn und halfen ihm auf eine Liege.

»Lassen Sie mich mal sehen.« Siebert betrachtete die Brandverletzung. »Jan. Bring mir den Verbandkasten. In meinem Büro.« Einen Augenblick sah er dem jungen Mann nach.

»Sie sehen echt fertig aus. Was ist passiert?«

»Ich stand ein bisschen unter Strom«, antwortete Steiger und richtete sich mühsam auf. Noch immer wollte das Taubheitsgefühl in seinem Fuß nicht weichen. Da, wo es etwas nachließ, machte es einem unerträglichen Kribbeln Platz. Tausende Insekten, die an seiner Haut nagten. Nach wie vor kam es zu willkürlichen Muskeltics in den Oberschenkeln. Zumindest sein Kreislauf hatte sich wieder einigermaßen stabilisiert. Steiger war erschöpft, fühlte sich okay, bis auf das Rauschen in seinen Ohren.

»Woher kennen Sie die Jungs?«, fragte er Steiger, als Jan das Zimmer wieder betreten und den Verbandkasten überreicht hatte.

Siebert antwortete nicht sofort. Er sah die jungen Männer an. »Ist schon okay, Jungs. Ich kümmere mich um unseren Gast«, sagte er knapp.

Ratte tippte sich an die Schläfe. »Man sieht sich«, sagte er und drehte sich um.

Als Jan und Ratte den Raum verlassen und die Tür hinter sich geschlossen hatten, wandte sich Siebert wieder Steiger zu. Er öffnete den Erste-Hilfe-Kasten und entnahm eine sterile Mullbinde.

»Kennen ist der falsche Ausdruck.« Er sah seinen Gast nicht an, konzentrierte sich auf den Verband. »Nachdem Sie gestern bei mir gewesen waren, habe ich einige Erkundigungen eingeholt.« Siebert nahm eine abgerundete Verbandschere und durchtrennte den Stoff. »Über Sie.« Er fixierte den Verband mit einem Heftpflaster. »Das sollte sich zeitnah ein Arzt ansehen. Kommen Sie damit in Ihren Stiefel?«

Er half Steiger, sich aufzusetzen, und wartete, bis dieser sich seine Schuhe angezogen hatte.

»Wissen Sie, Herr Kettner ... da taucht bei mir ein völlig unbekannter Kerl auf, der angeblich Privatdetektiv ist und der mir eine abenteuerliche und wenig glaubhafte Geschichte über eine junge Frau auftischt. Gleichzeitig weist diese Erzählung einen Bezug zu einem ehemaligen Mitarbeiter auf, der im Gefängnis sitzt. Wesentliche Details werden nicht preisgegeben. Welchen Grund sollte ich also haben, Ihnen zu glauben? Warum sollte ich Ihnen vertrauen?«

Siebert wartete einen kurzen Moment. Er schien keine Antwort zu erwarten.

»Um es vorwegzunehmen ... ich kenne in der Tat ein junges Mädchen, welches sich Victoria nennt. Tobias

Albrecht hatte sie betreut. Und genau diese Victoria ist seit einigen Tagen wie vom Erdboden verschwunden. Es spricht also vieles dafür, dass es sich bei ihr um diese Vicky handelt, hinter der Sie her sind. Ich habe mir nach Ihrem Besuch die Akte des Mädchens vorgenommen. Darin fand ich auch Kontaktpersonen, die wir teilweise ebenfalls betreuen. Ich habe mich anschließend mit einigen aus ihrer Clique in Verbindung gesetzt. Und? Was soll ich Ihnen sagen? Man kannte Sie, Herr Kettner. Nur dass die Erzählungen über Sie wenig Positives enthielten. Man könnte auch behaupten, dass Sie mich angelogen haben. Ich weiß, dass Sie von der Polizei gesucht werden.«

»Wollen Sie mich verpfeifen?«

»Ich habe keinen Grund, es nicht zu tun. Wenn es stimmt, was die Jungs sagen, dann ist dieses Mädchen nicht mehr am Leben. Und Sie haben unbestritten etwas damit zu tun. Ich denke, ich kann eine Erklärung verlangen. Es sei denn, wir sparen uns das und ich informiere sofort die Polizei.«

Müde fuhr sich Steiger mit beiden Händen über sein Gesicht. »Wie viel wissen Sie?«

Sieberts Miene zeigte keine Regung. »Sie sagten bei unserer ersten Begegnung, dass Vicky offenbar ein Geheimnis hatte. Es ging um eine Operation. Habe ich recht?«

Auf Steigers Lippen bildete sich ein sarkastisches Lächeln.

Siebert lehnte sich zurück und schlug die Beine übereinander. »Vicky erzählte etwas von einer anonymen Klinik«, begann Steiger. »So etwas in der Art, wenn ich das richtig verstanden habe. Sie behauptete, dass man sie gegen ihren Willen operiert habe. Die Glaubwürdigkeit der Aussage war durch eine Operationsnarbe unterstrichen worden, die sie zumindest einigen ihrer Kameraden gezeigt hatte.«

Steiger zuckte mit den Schultern. »Was wirklich war und was sie sich möglicherweise eingebildet hatte … das muss alles nichts heißen.«

Siebert betrachtete Steiger einige Sekunden. »Das Gleiche hat man mir auch berichtet. Darüber hinaus sagte man mir, dass, seit Vickys Flucht aus dieser Klinik, unbekannte Männer hinter ihr her gewesen waren. Ist das richtig?«

Steiger nickte, wirkte erschöpft.

Siebert starrte ihn lange an. »Und zufälligerweise wird der Mann, der ihr offenbar das Leben gerettet hat, Zeuge ihrer Ermordung, kurze Zeit später verschleppt und gefoltert und befindet sich nun hier bei mir im Büro.«

Siebert beugte sich nach vorn und legte für einen Moment seine Hand auf Steigers Knie.

»Was hat Sie Ihnen gesagt, Herr Kettner? Ich meine … ein junges Mädchen … unter einem solchen Druck stehend. Sie wird ein tiefes Bedürfnis gehabt haben, sich diesen Ballast von der Seele zu reden.« Er lehnte sich wieder zurück. »Etwas, was sicher auch für Sie gilt.«

Steiger atmete tief aus. »Sie hat mir nichts gesagt. Bisher sind das alles Vermutungen. Es könnte genauso gut sein, dass man aus einem völlig anderen Grund hinter ihr her gewesen war. Drogen … vielleicht hatte sie etwas geklaut … etwas gesehen, was sie besser hätte nicht sehen sollen … Ich habe keine Ahnung.« Steiger sah Siebert in die Augen. »Ich musste mit ansehen, wie man sie erschoss. Haben Sie ansatzweise 'ne Vorstellung davon, was das bedeutet?«

Der Sozialarbeiter hielt seinem Blick stand. »Wer

garantiert mir, dass das alles stimmt? Vielleicht gibt es diese Unbekannten gar nicht …«

Steiger hob die breiten Schultern und ließ sie wieder fallen. »Würde Ihnen mein Verhalten in diesem Fall nicht merkwürdig erscheinen?«

»Warum sind Sie nicht …?«

»Zur Polizei?«, fuhr Steiger ihm dazwischen. »Und womit? Sie hatten das Mädchen mitgenommen. Was soll ich sagen? Dass man sie vor meinen Augen erschossen hatte? Keine Ahnung von wem? Ich habe nichts, was diese – wie Sie vorhin so schön sagten – abenteuerliche Geschichte beweisen könnte. Was bleibt, ist die Tatsache, dass man mir die Entführung einer jungen Frau aus einem Krankenhaus unterstellt, die weiterhin verschwunden bleiben wird.«

Ein erneuter Schmerzimpuls bündelte sich in seinem Fuß, sodass Steiger einige Augenblicke brauchte, um sich zu sammeln.

»Der einzige Hinweis, den ich habe … hatte, war dieser Tobias und den Namen eines Typen: Ivan. Wobei ich keinen blassen Schimmer habe, in welchem Zusammenhang Letzterer zu sehen ist.«

Siebert starrte den Mann vor sich einen weiteren Moment an. Er taxierte ihn erneut, schätzte offenbar ab, für wie glaubwürdig er ihn halten konnte. »Ich denke, Sie sagen mir nur die halbe Wahrheit, Herr Kettner. Wenn es sich tatsächlich so zugetragen hat, dann wird die junge Frau Ihnen mehr erzählt haben. Was hat sie über die Operation berichtet? Konnte sie etwas über die Ärzte sagen, sie beschreiben? Sie war offenbar geflohen. Wo befindet sich diese Klinik? Denken Sie nach. Sie können diese Fragen aber auch gern der Polizei beantworten.«

Steiger schüttelte den Kopf. »Ich werde der Polizei

ebenso wenig erzählen können wie Ihnen. Weil ich keinen blassen Schimmer habe, worum es in dieser Sache geht. Noch mal: Vicky hat mir nichts gesagt. Nichts, was mich in dieser verdammten Scheiße weiterbringen könnte.«

Siebert legte beide Unterarme auf seine Oberschenkel und faltete die Hände. Eine Zeit lang sah er zu Boden. »Ich glaube Ihnen«, sagte er schließlich, nachdem er den Kopf wieder angehoben hatte. »Aber darum geht es hier nicht. Das ist eine Nummer zu groß. Das gehört in die Hände der Polizei. Und das sollten Sie besser wissen als ich. Streng genommen dürfte ich mich nicht einmal mit Ihnen unterhalten. Der einzige Grund ist, dass die Jungs mich gebeten haben, die Polizei rauszuhalten. Ein verständlicher Wunsch, dem ich nur eine begrenzte Zeit nachgeben kann. Ich denke, Sie verstehen.«

Steiger antwortete nicht. Siebert hatte recht mit dem, was er sagte.

»In unserem Beruf, Herr Kettner, ist Vertrauen das höchste Gut. Und das ist der Grund, warum ich mit Ihnen hier sitze und nicht längst zum Telefon gegriffen habe. Auf der einen Seite muss ich befürchten, dass alle in Vickys Umfeld in höchster Gefahr schweben. Eine Gefahr, die wir nicht einschätzen können und der wir beide nicht gewachsen sind. Auf der anderen Seite weiß ich, dass das Einschalten der Polizei einen schweren Vertrauensbruch darstellt, der mich befürchten lässt, dass die Jungs und Mädels untertauchen. Das ist das Letzte, was ich mir wünsche. In unserem Land gibt es keine Schutzhaft, mit der man sie dauerhaft aus der Schusslinie nehmen könnte.«

Steiger nickte. »Sie haben recht, Herr Siebert. Mit allem, was Sie sagen. Aber vergessen Sie nicht, wir haben keine Beweise. Nicht den allerkleinsten Anhaltspunkt. Die Polizei wird mir – wenn überhaupt – nur bedingt glauben. In erster Linie werde ich für sie ein Tatverdächtiger sein. Und Ihre Streuner werden mit den Bullen nicht zusammenarbeiten. Auch in diesem Punkt stimme ich mit Ihnen überein. Somit bin ich der Einzige, der was tun kann.«

Um Sieberts Mundwinkel bildete sich so etwas wie ein Schmunzeln. »Ich will Ihnen ja nicht zu nahe treten, aber bisher machen Sie auf mich nicht den Eindruck, dass es so läuft, wie Sie es sich vorgestellt haben.«

Steiger erwiderte Sieberts Grinsen. »Sie wären ein guter Vernehmungsbeamter geworden.«

»Danke. Aus dem Mund eines Ex-Polizisten darf ich das wohl als Kompliment betrachten.«

»Durchaus …«

»Okay, Herr Kettner. Zeit für 'ne Bilanz. Was haben wir?«

Siebert hob die linke Hand und streckte alle Finger aus. Mit dem Zeigefinger der rechten Hand tippte er auf den ausgestreckten Daumen der linken. »Wir haben Vicky, die von Unbekannten erschossen wurde.« Siebert tippte auf den linken Zeigefinger. »Wir haben ein Motiv. Die illegale Operation. Spekulativ, aber gehen wir zunächst davon aus.« Siebert berührte seinen Mittelfinger und tippte einige Male auf die Kuppe. »Der oder die Unbekannten scheinen unter allen Umständen jeglichen Mitwisser beseitigen zu wollen. Daher hat man Sie ins Visier genommen und Ihre Frau als Lockvogel benutzt.«

Siebert sah seinen Gesprächspartner an, wartete auf eine Reaktion. Doch mit einem Mal veränderte sich Steigers Gesichtsausdruck.

Siebert legte den Kopf schief. »Stimmt etwas nicht, Herr Kettner? Geht es Ihnen nicht gut?«

Steigers Augen verengten sich zu Schlitzen. »Was für ein Spiel treiben Sie, Siebert?«

»Ich verstehe nicht …?«

»Ich habe zu keinem Zeitpunkt erwähnt, dass man meine Frau gekidnappt hatte.«

*

Der Ton der Klingel fuhr ihm durch Mark und Bein. Ungeduldig lauschte Welke auf Geräusche hinter der Tür. Wieder legte er seinen großen Daumen auf den Klingelknopf. Dieses Mal etwas länger und fester. Einige Augenblicke später hörte er Schritte, nicht übermäßig schnell, und das metallene Klirren einen Schlüsselbundes.

»Moment!«, blökte eine erkennbar gereizte Männerstimme. »Ein alter Mann ist kein D-Zug!«

Unmittelbar darauf wurde das Schiebefenster mittig des Türblattes geöffnet und ein kritisches Augenpaar lugte über eine Brille, für die der Begriff Glasbausteine der passende war. Ein Blick, den man durchaus als personifizierten Vorwurf deuten konnte.

»Haste ’nen nervösen Daumen? Glaubste, ich hab nichts anderes zu tun, als aufzuspringen und loszurennen, weil hier einer nicht warten kann? Ich arbeite hier, zur Erinnerung.«

Welke beugte sich nach vorn und blickte durch die Öffnung, die für seine Verhältnisse eindeutig zu tief war. »Moin, Pidder. Ich brauch deine Hilfe.«

»Meine Hilfe? Der Herr braucht meine Hilfe. Ihr stellt euch das immer so einfach vor. Sitz ja nur hier und schaukle mir die Eier!«

Welke setzte ein grimmiges Gesicht auf. »Jetzt mach

doch erst einmal deinen Zwinger auf, Herrgott noch mal!«

Lautstark schlug Peter Stein das Schiebefenster zu. Wieder hörte Welke das Rasseln eines Schlüsselbundes. Die Tür öffnete sich.

»Grüß dich, Hermann.« Peter schüttelte Welkes Hand, als galt es, Eisen kalt zu verformen.

Welke überragte den Leiter der Personenfeststellung um mehr als einen Kopf, wobei man ihn nicht als zierlich bezeichnen konnte, was sich unter anderem in dem Druck seiner kräftigen Hände widerspiegelte. Die Beine waren etwas zu kurz, sonst wäre er mit Welke höchstwahrscheinlich fast auf Augenhöhe. Peter drehte sich um und ging den langen Flur in Richtung des Raumes, in dem die erkennungsdienstlichen Maßnahmen getroffen wurden. Er schien es gar nicht in Erwägung zu ziehen, dass sein ungebetener Gast ihm nicht folgen könnte. Generell waren ihm alle Gäste ungebeten und manch sensible Gestalt atmete mit Sicherheit einige Male tief durch, bevor sie die Klingel drückte. Diejenigen, die das Vergnügen hatten, unter ihm dienen zu dürfen, nannten ihn schlichtweg »Schleifer«. Darüber hinaus grassierten andere Liebkosungen wie »Knurrhahn« oder »Pitbull«.

Peter Stein war ein Schutzmann alter Garde mit ausgeprägtem Korpsgeist, dabei äußerst kritisch und loyal. Er hatte ein Faible für Computer, aber so mancher seiner Klienten hatte in der Vergangenheit den Fehler begangen und aus Steins Alter und Körpergröße die falschen Schlüsse gezogen. So behutsam er auch mit filigraner Technik umging, wenn es sein musste, konnten seine Hände Holzscheite spalten. Soweit sich Welke erinnerte, war es nicht mehr lang bis zu dessen Pensionierung. Eine Tatsache, auf die er jeden, der es hören wollte oder auch nicht, hinwies. Und mit diesem alten Hauptkommissar würde auch dessen beispielloses Wissen über diesen Bereich für immer verloren gehen.

Peter ging schnurstracks durch den Raum, in dem die erkennungsdienstlichen Behandlungen durchgeführten wurden, und trat in sein Büro, das direkt daran anschloss.

»Du kannst dir nicht vorstellen, was hier los ist. Die spinnen doch alle!«, meckerte er vor sich hin.

Mit einer Handbewegung deutete er Welke an, Platz zu nehmen.

»Das ist doch alles nicht mehr normal. Hauptsache, die Zahlen stimmen. Das scheint in dieser Pfeifenbehörde das Allerwichtigste zu sein. Ich schwör dir, hier wird alles gerollt, was nicht bei drei auf den Bäumen ist. Rechtsgrundlagen? Drauf geschissen, sag ich dir! Da krieg ich echt einen Kackreiz.«

Peter ließ sich auf seinen Bürostuhl fallen.

»Wir können wirklich froh sein, dass sich keiner von unseren Kunden beschwert. Die Rechtsanwälte würden vor Lachen nicht in den Schlaf kommen. Das alles ist nur noch ein schlechter Witz. Nicht mehr meine Polizei …«

Welke hatte aufrichtiges Verständnis für den Unmut seines Kollegen, trotzdem kostete es ihn immense Überwindung, ihn ausreden zu lassen. Die Zeit lief ihm davon. Doch Peter, oder auch »Peterle«, wie er von seinen Sympathisanten genannt wurde, musste man bauchpinseln, wenn man etwas von ihm wollte. Und dazu gehörte, ihm in jedem Kritikpunkt uneingeschränkt recht zu geben.

Stein schlug mit seinem Holzlineal auf seinen Oberschenkel, dass es knallte. »Aber was interessiert mich das? Kann mir am Arsch vorbeigehen. Noch 356 Tage. Brutto, wohlgemerkt.«

Welke legte einen Umschlag auf den Tisch und öffnete ihn. Er zog eine weiße Karte hervor, über die eine durchsichtige Folie geklebt war. Peter Stein erkannte sofort, dass es sich um eine Spurensicherungskarte handelte. »Ich brauch deine Hilfe, Pidder.« Welke schob ihm die Karte hin. Deutlich war ein Fingerabdruck zu erkennen.

»Kannst du für mich rauskriegen, wem dieser Finger gehört?«

Peter Stein lehnte sich zurück, überschlug die Beine und betrachtete die Fingerspur, in dem er die Karte einige Male in unterschiedlichen Abständen vor seine Augen hielt, bis er die richtige Entfernung gefunden hatte. »Da bist du hier falsch, Hermann. Das machen die Daktyloskopen …«

»Weiß ich, Peter«, fuhr ihm Welke dazwischen und sah ihn auffordernd an. »Ich frage dich persönlich.«

Der ED-Fachmann nahm eine Standlupe, unter der er die feinen Papillarlinien begutachtete. »Auswertbar ist der Finger«, sagte er nach einer Weile. »Woher stammt er?«

Welke zog den Stuhl etwas näher an den Tisch, auf dem ein Radio leise vor sich hin spielte. »Von einer Bierflasche. Könntest du …«

»Man könnte den Abdruck theoretisch einscannen und mittels Fast-ID online mit dem Datenbestand des BKA abgleichen. Aber dafür müsste man wissen, welcher Finger das ist. Immer vorausgesetzt, die Person wurde schon einmal erkennungsdienstlich behandelt.«

»Würdest du das für mich tun?«

Welke erntete ein strafendes Gesicht. »Wie stellst du dir das vor?« Peters Stimme gewann wieder an Volumen.

»Ich kann nicht einfach einen Finger zum BKA schicken und sagen, seht zu, was ihr daraus macht. So einfach ist das nicht. Es gibt bestimmte Verfahrensweisen, sonst bekommst du nicht mal 'ne Antwort von denen.«

Welke nahm die Brille ab und knetete sich seine Augen. »Pidder. Es eilt.«

»Es eilt! Es eilt. Bei jedem eilt es. Weißt du überhaupt, was hier los ist? Ich hab …«

»Peter!«, unterbrach Welke dessen Redefluss, wobei er von seiner Stimmgewaltigkeit Gebrauch machte. »Ich will versuchen, einem vom höheren Dienst ans Bein zu pissen.«

Schlagartig wich Peters gespielte Empörung und seine Mundwinkel umspielte so etwas wie Erheiterung, die sich binnen Sekundenbruchteilen zu einem diabolischen Grinsen wandelte. »Okay«, sagte er, wobei er das Wort betont dehnte. »Warum sagst du das nicht gleich?« Auf einmal wirkte er in vortrefflicher Stimmung.

»Geht doch«, murmelte Welke und holte eine Digitalkamera aus seiner Außentasche. Das Gerät erwachte mit einem Signalton. »Hier.« Welke erhob sich und trat um den Schreibtisch. Peter justierte seine Brille und betrachtete die Aufnahme einer dunkelblauen Bierflasche.

»Ich zoome mal etwas ran.« Welke betätigte einen Knopf.

»Wenn wir unterstellen, dass derjenige Rechtshänder ist, dann müsste der Abdruck vom Daumen stammen. Was meinst du, Peter?«

Dieser wirkte skeptisch. »Schwer zu sagen. Die Pulle ist voller Abdrücke. Das hier oben könnten in der Tat die übrigen Finger sein. Wenn man sie normal hält und so umfasst …« Er tippte mit der Spitze eines Kulis auf den entsprechenden Bereich.

»Dann lass uns mal gucken«, sagte Stein und schob seinen Bürostuhl mit Schwung beiseite. Er bediente die Computertastatur und einige Augenblicke später erwachte der Drucker zum Leben. Welke zog ein Blatt aus dem Gerät. Es war ein Fingerabdruckbogen.

»Gib mir die Karte«, sagte Stein. Er nahm eine Schere und schnitt die gesicherte Spur aus, die er mit einem Klebestift auf ein entsprechendes Feld des Formulars befestigte. Anschließend stand er auf und ging wortlos in den ED-Raum. Dort rief er an einem speziellen Live-Scangerät ein Programm auf und legte den Fingerbogen auf einen Scanner.«

»Wie lange dauert das?«, fragte Welke, der ihm interessiert über die Schulter schaute.

Der Fingerprint läuft jetzt gegen die Datenbank des BKA. Wenn dort eine Übereinstimmung angezeigt wird, wird der Fingerabdruck durch zwei ausgebildete Daktyloskopen zusätzlich bewertet. Erst wenn beide zu dem Ergebnis kommen, dass die individuellen Muster zu dem angezeigten Treffer passen, bekommen wir eine Nachricht.«

»Das heißt?«

»Stein drehte sich um und sah seinen Gast an. »Zwischen ein und drei Minuten. Selten länger.«

Bereits zwei Minuten später ertönte ein Hinweiston. Wieder bediente der ED-Mann die Tastatur, bis sich ein neues Fenster öffnete.

»Na gucke mal! Wir kennen ihn.«

Welke trat näher heran. »Und? Sag schon!«, forderte er ungeduldig.

»Gemach, der Herr. Gemach.« Stein notierte sich eine blau hinterlegte Nummer. Er stand auf und ging wieder in sein Büro. Dort gab er die Nummer in eine Maske ein.

»Voilà!«, sagte er und drehte den Bildschirm zu Welke.

Dieser betrachtete den Datensatz, als ihm zeitgleich alle Gesichtszüge entglitten.

»Das kann nicht sein«, entfuhr es ihm fassungslos. »Das darf nicht wahr sein.«

*

Die beiden Männer starrten sich an.

»Ich denke, Sie irren sich, Herr Kettner. Sie haben in den letzten Stunden offenbar viel durchgemacht.« Siebert war um eine mitfühlende Betonung bemüht.

Wie in Zeitlupe schüttelte Steiger den Kopf. »Hier ist etwas gewaltig faul, Siebert. Ich frage Sie nur ein einziges Mal. Was haben Sie damit zu tun?«

Siebert rang sich ein gespieltes Lächeln ab. Es entglitt ihm. »Sie werden es mir gesagt haben. Woher sollte ich es sonst …?«

Unvermittelt sprang Steiger auf und fuhr herum. Noch in der Drehung ergriff er den Stuhl, auf dem er zuvor gesessen hatte, und klemmte die Lehne unter die Klinke. Zeitgleich hörte er hinter sich ein Poltern. Schon kam Siebert um den Schreibtisch und lief in drohender Haltung auf ihn zu. Auch wenn Steiger nach wie vor angeschlagen war, so war doch Siebert ein Mann, der von einer körperlichen Auseinandersetzung keinen blassen Schimmer hatte. Mit der Schere in der Hand holte er viel zu weit aus. Und noch ehe er Steiger damit zu nahe kam, trafen ihn dessen Knöchel an der Kinnspitze. Er taumelte rückwärts. Steiger setzte nach und seine Faust traf Sieberts Körpermitte. Eine kurze Bewegung, die alle Kraft des Schlages auf den nicht mal handtellergroßen Bereich zwischen den

Rippenbögen fokussierte. Augenblicklich brach Siebert zusammen. Er lag gekrümmt auf dem Boden, allein mit dem panischen Gefühl des Erstickens.

»Was ist da los?« Blitzschnell drehte sich Steiger zur Tür. Schwindel packte ihn. Wie durch einen Schleier sah er, wie jemand von außen versuchte, die Klinke herunterzudrücken.

»Verfluchte Scheiße. Aufmachen!«

Die Stimme war männlich. Kraftvoll. Sie gehörte zu keinem der jungen Männer, die ihn hierher gebracht hatten. Und wer sich auch immer hinter dieser Tür befand, war definitiv kein Sozialarbeiter.

Hektisch sah Steiger sich um. Er fühlte sich völlig ausgelaugt. Wie nach einer sportlichen Höchstleistung, als wäre er über seine Grenzen gegangen.

Poltern.

Jemand schlug gegen die Tür. Der Stuhl würde jeden Moment nachgeben. Steiger wusste nicht, wer sich dahinter befand. Möglicherweise einer der Männer, die ihn entführt hatten. Siebert selbst war trotz Steigers körperlicher Verfassung kein ernsthafter Gegner gewesen. Aber wenn sich hinter dieser Tür tatsächlich einer der Entführer befand, so musste er davon ausgehen, dass er diesem in seinem Zustand wahrscheinlich nicht gewachsen war.

Noch einmal ließ er seinen Blick durch den Raum gleiten. Siebert lag weiterhin um Luft ringend auf dem Boden. Steiger ergriff die Schere und rammte sie flach unter die Tür, um sie zusätzlich zu blockieren. Dann hastete er zum gegenüberliegenden Fenster, öffnete es, sah nach unten und sprang in die Tiefe.

KAPITEL 19

»Ups. Da hatte aber jemandem im wahrsten Sinne des Wortes das Herz geblutet«, sagte Frank Tetzlaf.

Heimke trat durch den zersplitterten Türrahmen, umrundete das Türblatt, was vor ihm auf dem Boden lag, und trat näher heran. »Tetzlaf. Ich will dir ja nicht zu nahe treten, aber du bist ein pietätloses Arschloch.«

Frank Tetzlaf sah seinen Kollegen Matthias Heimke mit hochgezogener Braue an und überlegte offenbar, ob er auf dessen Worte etwas erwidern sollte. Schließlich entschied er sich für ein bloßes Achselzucken, zog sich den Mundschutz hoch und wandte sich wieder dem Toten zu.

»Der kommt mir irgendwie bekannt vor. Wie heißt der Typ?«

»Siebert«, antwortete Heimke. »Martin Siebert. Doktor. Sagt zumindest die Putzfrau, die ihn gefunden hat. Ist … war wohl Chef von dem Verein.«

Tetzlaf drehte sich zu seinem Kollegen. Er machte wie immer einen völlig unpassend entspannten Eindruck. »Das war doch der Chef von …«

»Tobias Albrecht«, fuhr Heimke fort.

»Zufall?« Frank Tetzlaf zog eine Braue hoch.

»Ich glaube nie an Zufälle. Sie liefern in der Regel selten brauchbare Erfolge. Ich ziehe Beweise vor. Aber ich gebe dir recht, Frank. Das ist mehr als merkwürdig.«

Siebert saß aufrecht auf dem Stuhl hinter seinem Schreibtisch. Der Kopf ruhte auf der Brust. Seine geöffneten Augen zeigten nach rechts. Der Mund war leicht geöffnet. Tetzlaf kniete sich neben den Toten.

»Sieht aus wie ein Besoffener, der auf den Bus wartet.«

Langsam näherte sich Tetzlafs Gesicht dem linken Brustbereich und begutachtete den dunkelroten Fleck auf dem beigen T-Shirt, unmittelbar in der Herzgegend. Seine Augen wanderten zur Stuhllehne. Mit einer Stab-LED leuchtete er dahinter. »Das Projektil ist nicht durchgegangen. Wenn wir Glück haben, steckt es noch in dem Kerl oder in der Lehne.«

»Wer, um alles in der Welt, bringt einen Sozialarbeiter um?«, fragte Heimke mit irritiertem Unterton.

Tetzlaf erhob sich wieder und kratzte sich im Schritt. Anscheinend saß seine Jeans etwas zu eng. »Ich muss dich enttäuschen. Auch den Guten passiert so was. Man hat schon vor 2.000 Jahren Christen an die Löwen verfüttert. 'ne absolute Sauerei, wenn du mich fragst. Die armen Löwen. Und? Hat es was gebracht? Nein. Katholiken gibt's immer noch.«

»Frank? Tu mir einen Gefallen: Verschone mich bitte mit deinen Gehirnblähungen.«

Tetzlaf strich sich mit flacher Hand über seinen akkurat gezogenen Seitenscheitel und betrachtete seinen Kollegen. Er vermutete hinter Heimkes Hemd ein Konfirmationsgeschenk.

»Bleib locker, Heimchen, und gib mir mal 'ne Bakteriette.«

Heimke reichte seinem Kollegen ein Plastikröhrchen. Er schraubte es auf und zog ein Wattestäbchen heraus. Vorsichtig tupfte er damit im Bereich des Blutflecks. Prüfend betrachtete er die rot eingefärbte Spitze, wobei er nachdenklich auf der Unterlippe kaute.

»Ist noch nicht lange her. Restwärme hat unser Freund jede Menge. Und das Blut ist noch nicht mal richtig trocken.« Tetzlaf berührte mit dem Zeigefinger die Wattespitze und sah die feuchte Anhaftung auf dem Latex. Anschließend griff er das Handgelenk des Toten und hob den Arm an. »Siehst du? Leichenstarre nicht mal im Ansatz spürbar.«

»Okay, Tetzlaf. Einigen wir uns darauf, dass er tot ist. Noch nicht lange. Und von mir aus auch darauf, dass er sich nicht selbst umgelegt hat.«

Tetzlaf drehte sich zu seinem Kollegen. »Du lernst allmählich von mir. Ich meine … es dauert. Aber immerhin.«

»Scheiß drauf, du Schlaumeier. Aber wenn wir einen Hinweis auf den Täter finden wollen, würde es aus meiner Sicht Sinn machen, den Rückwärtsgang einzulegen und auf die KTU zu warten. Oder hoffst du auf 'ne Auferstehung?«

Tetzlaf ließ den Arm des Toten los und sah sich erneut im Zimmer um. Mit langsamen Schritten ging er zum Fenster. Es war nur angelehnt. Mit einem Kuli öffnete er es. Er zog seinen Mundschutz herunter, lehnte sich vorsichtig über die Brüstung und sah nach unten.

»Hier ist der Mörder wohl raus«, erklärte Tetzlaf, der noch immer hinausblickte.

»Warum sollte er das tun? Ich meine, aus dem Fenster springen. Er hätte doch wieder durch die Tür …«

»Nein.« Tetzlaf hob eine Hand. »Er ist durch das Fenster. Da wette ich mein linkes Ei drauf. Und das ist das produktivere.«

Heimke zog eine Braue hoch. »Was macht dich da so sicher?«

»Sagen mir die Frauen …«

»Idiot! Warum sollte der Täter da raus sein?«

Tetzlaf verschränkte die Arme vor der Brust. »Ich weiß es einfach.«

Heimke atmete laut aus und ließ demonstrativ die Schulter hängen. »Kommt da jetzt noch was, Frank, oder willst du mich doof sterben lassen?«

Dieser schüttelte den Kopf. »Das werde nicht mal ich verhindern können«, sagte er mit ernster Miene. »Der Täter hat was zurückgelassen.«

»Frank! Ich hab da echt keinen Bock drauf. Mach es nicht so spannend.«

Als Antwort erhielt Matthias Heimke ein Kopfnicken in Richtung des Fensters.

Tetzlaf machte einen kleinen Schritt zur Seite, als sein Kollege genervt näher kam und nach einem kurzen Zögern aus dem Fenster blickte. Sie befanden sich im Erdgeschoss. Es war nicht tief, vielleicht eineinhalb Meter. Einen Augenblick betrachtete Heimke das, was sein Kollege bemerkt hatte.

»Okay«, sagte Heimke und nickte seinem Kollegen zu. »Warte du auf die Spusi. Ich gehe raus und sehe mir das mal an.«

*

Steiger schloss die Tür des Hotelzimmers hinter sich und ließ sich rücklings auf das Bett fallen, das unter seinem Gewicht ächzte. Im Raum roch es muffig, obwohl das Fenster die ganze Zeit über gekippt gewesen war. Der Geruch kam wahrscheinlich von dem alten Teppich. Steiger war mit seinen Kräften völlig am Ende. Nur mit Mühe widerstand er dem Drang, die Augen zu schließen. Er war sich sicher, sofort in einen tiefen Schlaf zu fallen. Einen Schlaf, den er so dringend benötigte. Ein paar Mal atmete er tief ein und aus. Anschließend rollte er sich schwerfällig zur Seite und richtete sich mühsam auf. Die kurze Flucht aus Sieberts Büro hatte alle seine noch vorhandenen Reserven aufgebraucht. Er gähnte, aber auch das schaffte keinen Druckausgleich in seinen Ohren. Jetzt, da sein geschundener Köper zur Ruhe kam, kehrten auch die Schmerzen in seinem Fuß zurück. Noch immer litt er unter einem starken Taubheitsgefühl in seinem rechten Bein. Langsam zog er seinen Stiefel aus. Der provisorische Verband hatte sich gelöst. Vorsichtig wickelte er den dünnen Gazestreifen ab. Die Haut darunter war verbrannt. Fetzen lösten sich und der gesamte Bereich wies Brandblasen auf, die mit Gewebsflüssigkeit prall gefüllt waren.

Während er die Wunde anstarrte, analysierte er seine Lage. Der ganze bisherige Aufwand war, wie Perlen vor die Säue zu werfen.

»Du steckst mächtig in der Scheiße«, sagte er zu sich. »Du hast auf deine Frau geschossen. Die Polizei sucht dich. Wegen der Entführung eines Mädchens, dessen Tod du mitverschuldet hast. Unbekannte Killer sind dir auf den Fersen und du bist verletzt. Dazu eine Wunde, die dringend ärztlicher Behandlung bedarf. Mal ganz davon abgesehen, was deine Pumpe von der unfreiwilligen Stromkur abbekommen hat. All deine Kohle steckt in deiner Jacke, die du ebenfalls nicht mehr hast. Und du hast nicht den geringsten Schimmer davon, was los ist. Keine Ahnung, wo du ansetzen könntest. Keine Vorstellung, wie es weiter geht. Du bist im Arsch, Steiger«, murmelte er vor sich hin. Er hielt die Augen für einen Moment geschlossen, kämpfte gegen Übelkeit und Schwindel an. Tief bohrten sich seine Fäuste in die Matratze, als er sich abstützte, um aufzustehen. »Mächtig im Arsch«, flüsterte er mit zusammengebissenen Zähnen und er fragte sich, wie er in diese Geschichte hineingeraten konnte. Humpelnd schleppte er sich ins Bad, holte zwei T-Shirts aus der Verpackung und zog ein Paar Socken auseinander, sodass der dünne Plastikfaden riss, mit denen es zusammengehalten wurde. Er schaltete die Dusche ein und stellte sich darunter. Steiger stützte sich mit einer Hand an den Fliesen ab. Unbewusst nahm der den schwarzen Schimmel zwischen den Fugen wahr. Er regulierte die Temperatur herunter und allmählich begann das herabrinnende Wasser die Reste seiner Lebensgeister zu wecken. Darauf bedacht, nicht auszurutschen, verließ er die Dusche. Er setzte sich auf den Toilettendeckel, während er sich abtrocknete. Mit schmerzverzerrtem Gesicht tupfte er vorsichtig seine Brandverletzung ab und betrachtete einen Moment die gelblich braune Anhaftung an dem Handtuch. Steiger nahm die Socken und das Shirt und ging wieder zum Bett. Er schaltete das Licht an. Eine Tischlampe ohne Schirm, aus der eine alte 40-Watt-Glühbirne ragte, deren eingebrannte Staubschicht wie Zement auf dem Glaskolben haftete.

Behutsam wickelte er den feuchten Verband um die Wunde und stülpte einen Socken darüber. Es war an der Zeit, eine Entscheidung zu treffen. Er wusste, er hatte nur eine vernünftige Alternative: Steiger würde Welke anrufen und sich stellen. Langsam schlüpfte er mit einem Bein nach dem anderen in seine Jeans, stand auf und zog die Hose hoch. Er schloss den Gürtel, griff in die Taschen und glättete den Stoff darin, als seine linke Hand etwas berührte.

Steiger zog den Inhalt hervor. Nachdenklich betrachtete er das Streichholzbriefchen, womit sich einer seiner Peiniger eine Zigarette angezündet und das Ratte in der Lagerhalle mit seinen anderen Sachen eingesammelt hatte. Er drehte es um und las den Werbeaufdruck des Hotels auf der Rückseite der Pappe. Ein zynisches Lächeln breitete sich auf seinen Lippen aus. Steiger hob das Nachttischchen an und zog die Automatik hervor, die er darunter versteckt hatte. Er kontrollierte das Magazin und schob es wieder in den Griff. Dann lud er die Waffe durch.

»Planänderung«, knurrte er und verließ das Zimmer.

*

Einem Automatismus folgend hob Steiger seine linke Hand und wollte die Uhrzeit ablesen. Er würde sicher einige Tage brauchen, bis sich sein Hirn daran gewöhnt hatte, dass dort keine Uhr mehr zu finden war. Er hatte den schmierigen Portier richtig eingeschätzt. Dieser hatte sich über eine Markenuhr gefreut, die er für schätzungsweise 20 Prozent des Ladenverkaufspreises erstanden hatte. Aber immerhin. Steiger war somit wieder flüssig und mobil, auch was seinen Onlinestatus betraf. Gehackte SIM-Karten gab es am Bahnhof jede Menge.

Einen Teil des Verkaufserlöses hatte er in eine billige Jacke eines Klamottendiscounters investiert. Eine gute Anschaffung. Er zog den Reißverschluss hoch bis zum Kinn und knetete seine klammen Hände. Ihm war arschkalt und er gähnte im Fünfminutentakt. Darüber hinaus hatte er eine Brandsalbe, frisches Verbandzeug und Schmerztabletten gekauft, wovon er sich drei eingeschmissen hatte. Das Mittel zeigte Wirkung, trotzdem pochte sein Fuß höllisch. Schließlich wanderte sein Blick hoch zu der Bahnhofsuhr, die ihm mitteilte, dass erst wenige Minuten vergangen waren, seit er das letzte Mal hinaufgeschaut hatte.

Das Stadtgebiet Essens war in eine Handvoll nicht bezahlbarer, guter, weniger guter und absolut beschissener Bereiche aufgeteilt. Karnap, in das er sich befand, nahe der Grenze zu Gelsenkirchen, gehörte irgendwo zu den beiden letzteren. Tendenz zum letzten. Wobei es auf die Sichtweise des Betrachters ankam. Zum Untertauchen gehörte die Ecke sicher in die gute Kategorie. Für alle anderen war es ein Teil dieser Großstadt, in dem der Wandel noch nicht angekommen war. Und aller Wahrscheinlichkeit auch nie ankommen würde. Das Hotel lag direkt an der Hauptstraße und war als solches nur zu erkennen, wenn man wusste, wo es sich befand. Lediglich ein kleines Schild über der Eingangstür wies darauf hin. Das Gebäude reihte sich ein in eine triste, schmutzig graue geschlossene Häuserzeile, in denen das Geschirr in den Regalen tanzte, wenn die Straßenbahn vorbeifuhr. Die Fassade versprach ein schmuddeliges Inneres. Steiger hatte sich an der Haltestelle der Bahn positioniert. Von dort aus hatte er freie Sicht auf den Schuppen, gleichzeitig fiel er hier zwischen den wartenden Fahrgästen zumindest eine geraume Zeit nicht auf. Die Sheriffs würden ihm hier sicher keine Beachtung schenken. Wenn sie überhaupt hier vorbeifuhren. Schon zu seiner aktiven Zeit waren durchschnittlich zwei, wenn es gut lief auch Mal drei grüne Minnas auf hunderttausend Einwohner gekommen. Und das war einige Jahre her. Heute sah es nicht besser aus. Selbst wenn auf dem Papier die Zahlen in andere Richtungen geschönt wurden. Wie damals auch schon.

Es roch nach Regen. Und in der Tat bauten sich dunkle Wolken am Himmel auf. Steiger betrachtete eine junge Frau mit Korsett, grell geschminkten Lippen und großen Plastikohrringen, die ihr um den Kopf baumelten. Sie blickte kurz auf den Fahrplan, dann auf ihre Uhr. Sie fluchte etwas auf Türkisch, lief an ihm vorbei und stellte sich an das linke, äußere Ende des Bahnsteiges. Es dauerte geraume Zeit, bis Steiger nicht mehr den Geruch ihres billigen Parfüms in der Nase hatte. Während sie eine Kippe rauchte, tippte sie mit der anderen Hand auf ihrem Smartphone herum. Steiger streifte sich mit den Zähnen seinen Kaugummi über die Zunge und formte eine Blase. Doch sie fiel in sich zusammen, bevor er mit ihrer Größe zufrieden war. Er spuckte den Gummi auf die Gleise, fummelte das Streichholzbriefchen aus seiner Hosentasche und drehte es in Gedanken versunken zwischen seinen Fingern. Natürlich konnte der Typ aus der Lagerhalle ganz woanders hausen. Oder mittlerweile. Vielleicht hatte er nie in dieser Absteige gewohnt und war durch Zufall an die Streichhölzer gekommen. Aber es war der einzige Ansatzpunkt. Wieder fiel sein Blick auf das Hotel, wanderte von dort aus, wie schon unzählige Male zuvor, zu dem kleinen Büdchen, wo sich ein Paar Alkis Bier und Hörnertee aus dem Hause Jägermeister gönnten. Steiger zuckte kurz zusammen. Doch das Martinshorn, welches sich schnell aus Richtung Innenstadt näherte, gehörte einem Rettungswagen. Trotzdem zeigte es ihm eindringlich, dass er so etwas wie waidwund war. Viel war in den letzten zwei Stunden nicht passiert und so langsam wurde er ungeduldig. Es gehörte zu seinem Job, zu warten. Eigentlich war genau das sein Job. Größtenteils wartete er darauf, einen Ehepartner dabei zu fotografieren, wie er sich anderweitig amüsierte. Den Rest der Zeit verbrachte er damit, sich durch die Republik zu telefonieren, um bei verschiedenen Meldeämtern einen Hinweis auf einen Vermissten zu erhalten. Aber das hier war anders. Drei Männer waren eingekehrt. Mit Sporttaschen. Höchstwahrscheinlich einige Litauer oder Georgier, die auf dem Gebrauchtwagenmarkt am Autokino einige Schrottkarren ankauften, auf Schrott-Lkw verfrachteten und Richtung Heimat transportierten. Seit Jahren bekamen Ordnungsamt und Polizei Europas größten Umschlagsplatz für Gebrauchtfahrzeuge aller Art nicht in den Griff. Ein rechtsfreier Raum und jeder, der dorthin ging, um Geschäfte zu machen, erwartete, beschissen zu werden. Oder beschiss selbst. Das war die eigentliche Währung.

Von Weitem näherte sich die nächste Straßenbahn aus Richtung Gelsenkirchen. Die Stahlreifen ratterten über die Verbundstellen der Schienen und unmittelbar vor der Einfahrt ertönte das typische Klingeln. Der Zug hielt mit erbärmlich quietschenden Bremsen, wie man es von einer Bahn erwartete. Die Ingenieure würden das wohl nie in den Griff bekommen. Egal, wie neu ein Modell auch war. Die Türen öffneten sich mit einem zischenden Geräusch und einige Fahrgäste drängten zusammen mit abgestandener Luft aus dem Wagen. Schon schlossen sich die Türen wieder. Steiger richtete seinen Blick erneut auf das Hotel, welches von der Bahn teilweise verdeckt wurde. Ein Mann rannte auf die Straßenbahn zu und schlug mit seiner Hand auf den Türöffner. Plötzlich durchfuhr Steiger ein Ruck. Die Türen öffneten sich und der Mann trat ein.

Für einen Sekundenbruchteil zögerte Steiger. Dann sprang er auf und folgte der Person.

»Fahrkartenkontrolle«, hörte er hinter sich. Steiger drehte sich um und sah zwei Kontrolleure, wenige Meter entfernt. »Kacke«, knurrte er. Er hatte keinen gültigen Schein gezogen.

*

»Sieh an. Der MK-Leiter! Was verschafft mir die Ehre, und warum habt ihr mir keine Schnittblumen mitgebracht?«

Welke stand auf, ging um seinen Schreibtisch, wobei er fast über einen leeren Umzugskarton gestolpert wäre, und streckte Tetzlaf die Hand zur Begrüßung hin.

»Verarschen kann ich mich allein, Chef.« Tetzlaf ergriff Welkes Pranke und deutete auf Heimke. »Darf ich vorstellen? Meine Schreibkraft.« Er bohrte Heimke einen Finger in die Seite und grinste ihn belustigt an.

Heimke wich etwas aus, schlug die Hand weg und streckte als Antwort den rechten Mittelfinger aus.

»Prinzessin.« Welke zwinkerte Matthias Heimke zu. Der hob die linke Hand und zeigte den anderen Mittelfinger. Zur Belohnung erntete er von beiden erheiterte Grimassen.

»Setzt euch, Mädels.« Welke lief erneut um seinen Schreibtisch, wobei der den Karton zur Seite trat, nahm Platz und fummelte einige Momente an der Höhenverstellung des Stuhls herum, bis sich die Sitzfläche endlich senkte.

»Was ist das für 'ne jämmerliche Abstellkammer?« Tetzlaf verzog angewidert das Gesicht. »Das riecht, als wäre hier einer gestorben.«

Welke guckte, als hätte man ihm ein Kompliment

gemacht. »Ihr wisst doch. Unser Innenminister tut alles für seine Beamten. Seit Stunden versuche ich diese Computerscheiße zum Laufen zu bekommen. Egal.« Er winkte ab. »'nen Kaffee kann ich euch leider nicht anbieten. Hatte noch keine Zeit, mich heimisch einzurichten. Und Heimchen? Wie ist er so als Boss?«

Heimke sah seinen Mitstreiter grantig an. »Das gleiche Arschloch wie sonst auch.«

Tetzlaf grinste.

»Sehr gut«, erwiderte der bärtige Hauptkommissar. »Hab schon befürchtet, der Ruhm würde ihm zu Kopf steigen.«

»Und? Wie geht es dir, Chef?«, fragte Tetzlaf.

»Gut«, sagte Welke sichtlich erheitert. »Ich könnte gar nicht so viel fressen, wie ich kotzen möchte. Aber sonst … gut. Sehr gut. Aber mal im Ernst. Was verschlägt euch hierher?«

Tetzlafs Grinsen fiel in sich zusammen und er rutschte nervös auf dem Stuhl hin und her.

»Es gibt da ein Problem«, sagte er schließlich nach kurzer Funkstille.

Welke zog die Mundwinkel nach unten. »So ist das, wenn man Chef ist.«

Sein Gegenüber schüttelte langsam den Kopf. Kurz sah er Heimke an, dann wandte er sich wieder Welke zu. »Die Kacke ist am Dampfen. Und zwar mächtig.«

Welke lehnte sich zurück und faltete seine Hände unter seinem mächtigen Bauchansatz, sagte aber nichts.

Tetzlaf durchfuhr ein Ruck und er setzte sich gerade hin. »Am besten fang ich mal von vorn an.« Er zögerte erneut, erhielt das offenbar erwartete Kopfnicken und fuhr fort.

»Heute Morgen wurde ein Toter gefunden. Der Mann wurde erschossen. Er heißt … hieß Dr. Martin Siebert.«

»Moment!« Welke setzte sich auf und hob die Hand. »Ist das nicht dieser …?«

»Ja«, unterbrach ihn Tetzlaf. »Exakt der.«

»Weiter!« Welke lehnt sich wieder zurück.

»Siebert war, wie wir ja alle wissen, ehemaliger Chef von Tobias Albrecht, der – wie wir ebenfalls alle wissen – sicher verwahrt auf seinen Prozess wartet.«

Welke strich sich über seinen Bart. »Dann kann der es schon mal nicht gewesen sein. Weiter.«

»Der Täter ist vorn in dessen Büro rein, aber durch ein Fenster wieder raus. Vielleicht, weil er gestört wurde. Bisher Spekulation. Aber was jetzt kommt, wird dir den Kitt aus der Brille hauen.«

»Mach es nicht so spannend, Frank!«

»Auf seiner Flucht hat der Täter etwas verloren. Um genau zu sein, zwei Dinge.«

Nochmals gönnte sich Tetzlaf eine Pause und starrte dabei seinen Vorgesetzten an, als gelte es, ihm den Beweis zu liefern, dass die Erde eine Scheibe war.

»Er hat eine Akte verloren, die er offenbar aus Sieberts Büro entwendet hat. Und jetzt halte dich fest. Die Akte ist ausgestellt auf eine Victoria Kretschmann. Und jetzt darfst du dreimal raten, wie ihr Spitzname lautet.«

Welke atmete tief und hörbar aus. »Was war das Zweite?«

Tetzlaf lächelte. Mehr sarkastisch als amüsiert. »Eine Jacke, Hermann. Und darin befand sich ein Kontoauszug. Ausgestellt auf … Robert Kettner.«

*

Angriff ist die beste Verteidigung, dachte sich Steiger und drängte sich an einer spindeldürren Alten vorbei. Er marschierte durch die bleischwere Alkoholfahne eines Typen, der sich wankend an einer Haltestange festkrallte und sein Resthirn mit irgendeiner Heavy-Metal-Musik beschallte, die lautstark aus seinen Kopfhörern dröhnte. Steiger trat an die zwei Kontrolleure heran, die an einem Viersitzer zwei Teenager auf Korn genommen hatten. Normalerweise waren die Typen zu dritt unterwegs. Aus gutem Grund. Mittlerweile mussten sie sogar damit rechnen, von Kindern angegangen zu werden.

»Pst.« Der Mann, der ihm am nächsten stand, ein grauhaariger Kerl Mitte 50, mit hohen Schläfen und einem Kragen voller Schuppen, reagierte. Steiger winkte ihn geheimnisvoll mit dem Finger heran. Dieser tippte kurz einen Kollegen auf die Schulter, der sich ebenfalls in Steigers Richtung drehte. Gemeinsam kamen sie auf ihn zu. Misstrauen schien ihnen ins Gesicht gemeißelt.

»Tach, die Herren. Ich bin von der Polizei. Ich brauche eure Hilfe. Seht ihr den Kerl da vorne? Den Araber?«

Die beiden Männer sahen in die Richtung.

»Passt auf! Ich kann mich nicht umdrehen, weil er mich sonst erkennt.«

»Können Sie sich auch ausweisen? Ich meine, kann ja jeder …« Die Männer betrachteten ihn weiter prüfend und abwägend.

»Klar«, unterbrach Steiger den Grauhaarigen. »Ich kann auch direkt mit ’ner Fahne winken oder in ein Horn blasen.«

Steiger kam etwas näher. »Wir gehen davon aus … Wartet mal.« Er griff in seine Innentasche, zog sein Smartphone heraus und hielt es sich ans Ohr. Steiger flüsterte, achtete jedoch darauf, dass die beiden Kontrolleure genug mitbekamen. »Ja, ich bin dran. Hab die Zielperson im Blick. Wir sind in einer Bahn. Richtung Innenstadt. Ja, die U 11. Ich melde mich gleich. Zieht ihr mit den Fahrzeugen nach.«

Schnell ließ er das Gerät wieder in der Jacke verschwinden. Die Augen der beiden Männer hafteten nun an der Person. So wie es aussah, ging sein Bluff auf.

»Ich muss wissen, wer das ist. Könnt ihr checken, ob er einen Fahrausweis hat? Wenn nicht, notiert seine Personalien, aber lasst ihn laufen. Ich rufe dann bei der EVAG-Leitstelle an. Wenn er einen Schein hat, tut so, als ob alles in Ordnung wäre. Kriegt ihr das hin?«, fragte er und sah die beiden gerade so ehrlich an, wie es sich für einen Ex-Bullen schickte.

Die beiden Kontrolleure nickten ihm entschlossen zu, die Augen weiter in Richtung des schwarzhaarigen Kerls.

»Er darf aber auf keinen Fall Lunte riechen. Geht ihn also nicht direkt an. Wenn er vorher aussteigt, ist das egal, okay?« Steiger schob sich an den Männern vorbei und setzte sich auf einen freien Platz am Ende des Wagens. Er beobachtete seine beiden neu gewonnenen Komplizen, die sich erstaunlich geschickt anstellten. Unauffällig näherten sie sich dem Typen, ließen sich von anderen Fahrgästen die Karten zeigen, bis sie schließlich bei ihm waren. Als sie ihn ansprachen, sah er zu ihnen auf. Jetzt, wo Steiger ihn in Ruhe mustern konnte, wich jeder Zweifel. Er war jung. Eher Mitte 20 als 30. Obwohl er auf den ersten Blick schmal wirkte, entgingen Steiger nicht das breite Kreuz und die kräftigen Schultern. Es war der Kerl aus der Lagerhalle. Eindeutig. Zu seiner Überraschung zeigte er den Kontrolleuren einen Fahrschein. Einer der beiden drehte sich unauffällig in Steigers Richtung und zuckte kaum merklich mit den Schultern. Steiger hob einen Daumen. Der Mann zwinkerte zurück.

An der nächsten Haltestelle stiegen die Mitarbeiter des Verkehrsdienstes aus. Als die Bahn an ihnen vorbeifuhr, tippte sich Steiger zum Dank an die Schläfe. Der Fremde sah währenddessen auf sein Smartphone. Er fühlte sich offenbar sicher. Er sah nicht auf, blickte sich nicht um. Vielleicht war es auch einfach nur Überheblichkeit, dachte Steiger. Diese alterstypische Unantastbarkeit junger, vor Testosteron strotzender Männer. Steiger hatte die Erfahrung gemacht, dass Südländer und Araber davon besonders betroffen schienen. Zumindest im Ruhrpott.

An der Altenessener Straße verließ der Mann die Bahn. Steiger folge ihm in gebührendem Abstand auf der anderen Straßenseite. Der Kerl ging ins Allee-Center, dem selbst ernannten Einkaufsparadies dieses Stadtteils. In dem zweistöckigen Gebäude war die Hölle los. Es war Monatsanfang und die Leute warfen das Geld mit vollen Händen raus. Steiger kam der Trubel gelegen. Der Typ fuhr mit einer Rolltreppe in die erste Etage. Er setzte sich in ein italienisches Café, trank einen Cappuccino, wobei er permanent telefonierte.

Steiger tingelte von Schaufenster zu Schaufenster und nutzte die Glasfronten als Spiegel. Die Luft in solchen Verkaufshallen hatte ihn schon immer in kürzester Zeit müde gemacht, und die Musik, die aus schlechten Boxen drang und sich hallend in dem großen Gebäude verlor, ging ihm auf die Nerven. Der Schmerz in seinem Fuß pochte nicht, er hämmerte und Steiger fühlte, dass die

Wunde nässte. Offenbar wartete der Kerl auf jemanden. Oder auf etwas. Steiger starrte über einen Kleiderständer mit typischen Altherrenwesten in Beige und betrachtete die Armada an Kunden, die an ihm vorbeieilte. Er achtete darauf, ob jemand auffällig langsam lief und ob jemand mit suchenden Blick die Menschen taxierte. Er würde ungern einem Komplizen des Mannes in die Arme laufen. Nach einer halben Stunde wurde der Typ angerufen. Das Gespräch war kurz, nur wenige Sekunden lang. Er bezahlte, indem er einfach einen Geldschein auf den Tisch legte, stand auf und ging nahe an Steiger vorbei, der sich abgewandt und sein Gesicht in dem Kleiderständer vergraben hatte. Der Araber verließ das Center und marschierte nun Richtung Essen-Vogelheim. Die Vogelheimer Straße war nicht belebt, sodass er einen größeren Abstand einhalten musste. Der Mann ging schnell, mit großen Schritten und kräftig federndem Gang. Steiger hatte Mühe, den Abstand zu halten.

Kurz vor der Gladbecker Straße verlangsamte der Araber sein Tempo, um anschließend in einem Hauseingang zu verschwinden. Steiger war zu weit weg, um Genaueres erkennen zu können. Humpelnd beschleunigte er seine Schritte. Er kam zu spät. Der Mann war bereits im Haus verschwunden. Als Steiger die Fassade hochblickte, sah er die leichte Bewegung einer Gardine in der zweiten Etage. Langsam zog er sich etwas zurück. Er holte das Röhrchen mit den Schmerztabletten hervor und legte sich eine der Pillen auf die Zunge. »Hier habt ihr Ratten also euer Nest«, murmelte er, während er unbewusst seine rechte Hand auf den Griff der Automatik legte.

*

»Und ihr schlussfolgert nun daraus, dass Steiger ihm eine Kugel verpasst hat.«

Tetzlaf guckte irritiert. So, als hätte er eine andere Reaktion erwartet.

Welke griff in seine Außentasche und holte ein Salbeibonbon hervor. »Nicht euer Ernst, oder?«

Kurz sah Tetzlaf zu Heimke, der die Beine übereinandergeschlagen hatte und sich einen Flusen von seiner Stoffhose fummelte, als ginge ihn die ganze Sache nichts an.

»Chef … noch mal. Wir haben seine Jacke, wir haben …«

»Hey!«, unterbrach ihn Welke. »Ich bin nicht blöd. Ich hab dich schon verstanden.« Seelenruhig lehnte er sich zurück und wickelte das Bonbon aus dem Papier. Er formte eine Kugel und warf sie in Richtung Mülleimer. Sie flog einen halben Meter am Ziel vorbei.

»Was willst du denn dann noch, Hermann?«

»Wie wäre es mit einem Motiv, Jungs?« Welke schmatzte einige Male, bevor er fortfuhr.

»Jetzt mal Butter bei die Fische. Von wem sprechen wir hier? Punkt eins: Steiger ein Mörder? Der eiskalt jemandem 'ne Wumme auf die Brust setzt und abdrückt? Ich bitte euch!«

Tetzlaf schnaufte leicht verächtlich aus. »Hast du uns nicht immer eingebläut, dass man jedem nur vor die Rübe gucken kann?«

Welke rollte das Bonbon in seinem Mund einige Male von der linken zur rechten Seite. »Ja. Hab ich. Punkt zwei: Ein Ex-Polizist, nebenbei gemerkt, einer der besten, die ich kenne, dem so eklatante Fehler unterlaufen? Der Beweismittel beinahe arrangiert? Jetzt sagt mir bitte nicht, dass ihr an so 'ne Nummer glaubt?«

Tetzlaf setzte sich aufrecht hin. »Okay, Chef. Zugegeben. Es wirkt gestellt. Aber wir können erst einmal nur mit dem arbeiten, was wir vorfinden.«

»Ihr könnt darüber hinaus nachdenken«, polterte Welke. »Herrgott noch mal …« Er schob seine Brille mit zwei Fingern nach oben und rieb sich die Nasenwurzel. »Weiß Reuter schon von der Sache?«

Tetzlaf schüttelte den Kopf.

»Gut.« Welke erfasste die Brille am Steg und brachte sie wieder in die richtige Position. »Man will unserem Robert ein faules Ei unterjubeln. Das sieht ein blinder mit 'nem Krückstock. Die Frage ist, warum?«

Tetzlaf verdrehte theatralisch die Augen. »Gut, Chef. Das zu deiner Theorie. Dann wirst du uns sicher auch 'ne Antwort auf diese Frage präsentieren können.«

Welke grinste. »Kann ich.« Er breitete die Arme weit aus und grinste über das ganze Gesicht. »Weil ich ein gottverdammtes Genie bin! Es gibt da nämlich etwas, was ihr Hosenscheißer noch nicht wisst.«

Er lehnte sich in seinem Sessel zurück und war offenbar vergnügt über seine Aussage. Abwechselnd betrachtete er laut schmatzend seine Kollegen, wobei sein freudiger Ausdruck zunahm.

»Etwas, was meiner Meinung nach nicht nur den Fall klärt. Eine Tatsache, die geeignet ist, unserem lieben Reuter einen Einlauf zu verpassen, dass ihm seine Rosette tagelang brennen wird. Ich verpasse ihm ein Klistier. Stumpf und trocken, versteht sich. Nicht mal Spucke kommt drauf. Damit es auch Spaß macht.« Welke beugte sich vor und schwieg einen Augenblick. Er zog eine Schublade heraus und beförderte ein Schriftstück hervor, das er so auf den Schreibtisch legte, dass Tetzlaf es lesen konnte. »Aber dafür brauche ich eure Hilfe.«

KAPITEL 20

Der Gesichtsausdruck des uniformierten Kollegen sprach Bände. Er hatte den Auftrag, niemanden ins Krankenzimmer zu lassen. Grundsätzlich war Welke froh, dass man vor Claudias Zimmer eine Ehrenwache positioniert hatte. Allerdings gab es keine Rechtsgrundlage, ihm persönlich den Zutritt zu verwehren. Welke hegte keinen Zweifel daran, dass Reuter seine Finger im Spiel hatte. Claudia war keine Beschuldigte. Sie war nicht festgenommen. Sie war Zeugin. Und ihre Bewachung diente ausschließlich ihrem Schutz. Streng genommen konnte sie, ohne um Erlaubnis zu fragen, das Krankenhaus jederzeit verlassen. Welke hatte den kurzen Disput mit den beiden jungen Kollegen relativ schnell beendet. Ihre Unerfahrenheit verbunden mit der durchaus ernst gemeinten Androhung, rechtliche Schritte gegen sie einzuleiten, wenn sie ihm als familiären Freund nicht augenblicklich zu Claudia durchlassen würden, hatten ihre Unsicherheit noch verstärkt.

»Aber nur in unserem Beisein«, äußerte einer der Beamten, nachdem er sich mit seinem Vorgesetzten telefonisch ausgetauscht hatte. Es war nicht so, dass Welke nicht Verständnis für die jungen Burschen hatte. Am Ende der Nahrungskette stehend mussten sie das umsetzen, was von ihnen verlangt wurde. Trotzdem lastete das Erlebte der vergangenen Tage und Stunden auf Welkes Gemüt und er hatte schlichtweg keine Lust dazu, mit den beiden Anfängern eine sinn- und inhaltslose Diskussion zu führen. Wie hatte sein alter Dienstgruppenleiter immer gesagt, als er noch ein junger Hauptwachtmeister gewesen war: »Im Einsatz wird nicht diskutiert.« Eine Einstellung, die er mit jedem Jahr mehr vertrat.

Zaghaft klopfte der Beamte, bevor er die Klinke hinunterdrückte. Der junge Polizist trat langsam in den Raum. Welke sah, dass der Fernseher lief. Flüchtig nahm er wahr, dass am unteren Rand des Bildschirmes irgendetwas von einer Shoppingqueen stand. Die Frau auf dem Bildausschnitt kam ihm bekannt vor, doch fiel ihm ihr Name nicht ein. Irgendeine C-Prominenz, die sich in einer Boutique ein Kleid vor dem zugegebenermaßen gut gebauten Körper hielt.

Claudia hatte einen Kopfhörer auf. Sie erschrak nicht direkt, wirkte von dem Eintreten der beiden Männer zumindest überrascht.

»Der Kollege Welke möchte Sie kurz sprechen«, sagte der Beamte.

»Ob ich sie *kurz* sprechen will, entscheide ich allein«, knurrte Welke mit grimmiger Miene etwas lauter als beabsichtigt.

Claudia wirkte irritiert, dann lächelte sie und schaltete den Fernseher aus. Sie war froh, ihn zu sehen.

»Hermann! Schön, dass du gekommen bist.« Sie streckte ihm den gesunden Arm hin. Welke ergriff ihre Hand und hielt sie fest. »Geht es dir besser? Hast du Schmerzen?«

Sie schüttelte den Kopf. »Ich habe etwas zur Beruhigung bekommen. Irgend so Scheißegal-Tropfen. Kann ich dir nur empfehlen.«

Welke erwiderte ihr Lächeln. »Hör zu, Prinzessin. Wegen vorgestern … ich …«

Claudia zog ihre Hand zurück, um sie wie bei einer Abwehrbewegung hochzuhalten. »Nein, Hermann. Ich habe mich wie eine Idiotin aufgeführt. Tut mir leid.«

»Ist schon gut. Du sollst nur wissen, dass ich als Freund hier bin, okay?«

»Das weiß ich doch. Außerdem … Tetzlaf war hier.«

Welke presste die Lippen aufeinander. »Ich weiß. Wir haben darüber gesprochen.«

Sie nickte. »Er hat es mir erzählt. Man hat dich auf dem Kieker, wie's aussieht, oder?«

Welke sah instinktiv zu dem Beamten. Eine Reaktion, die Claudia nicht entging.

Sie nahm den Kopf etwas zur Seite, als könnte sie so besser um Welkes stattliche Erscheinung herumblicken. »Würden Sie uns bitte allein lassen?«

Der Beamte blickte überrascht. »Ich habe die Order …«

»Private Gespräche mitzuhören?« Kurz lag in ihren Zügen die altbekannte Bissigkeit.

»Nein. Natürlich nicht«, stammelte der junge Polizist.

»In welcher Etage befindet sich dieses Zimmer?«

Der Grünschnabel überlegte. »In der dritten Etage. Glaube ich«, antwortete er unsicher.

»Dann dürfen wir davon ausgehen, dass die Wahrscheinlichkeit, dass jemand durch dieses geschlossene Fenster eindringt, als relativ gering erachten. Sie werden Ihrer Aufgabe somit auch gerecht, wenn Sie vor dem Zimmer Position beziehen. Ich danke Ihnen für Ihr Verständnis.«

Welke sah seinem Kollegen nach, wie er die schwere Tür schloss. Klassischer Rausschmiss, wenn auch höflich umschrieben. Er würde darüber hinwegkommen.

Welke hob einen Stuhl an und stellte ihn neben das Bett.

Noch einmal sah er in Richtung Tür, vergewisserte sich, dass sie geschlossen war. Dann nahm er erneut ihre Hand.

»Hör zu, Claudia. Ich denke, ich weiß jetzt, was gespielt wird. Aber um Steiger zu helfen, brauche ich deine Hilfe.«

*

Steiger hatte es sich in einer Pommesbude direkt gegenüber dem Haus bequem gemacht. Hier fiel er am wenigsten auf. Es war nicht viel los in dem Schuppen und er fand auf Anhieb einen Platz an der Fensterfront. Obwohl er tierischen Kohldampf hatte, hatte er sich lediglich ein Pils bestellt, welches er sofort bezahlt hatte. Inklusive großzügigen Trinkgeldes. Die Bedienung würde sicher geraume Zeit damit klarkommen, dass er nur Flüssiges verzehrte. Der erfrischende Geschmack des Bieres weckte seine Lebensgeister. Steiger holte sein Smartphone hervor und sah auf die Uhr. Es waren mittlerweile gut 20 Minuten vergangen, seit der Araber das Haus betreten hatte. Seitdem hatte sich nichts mehr getan.

Er hatte die gecrackte Karte vom Hauptbahnhof nur kurz getestet. Telefonieren konnte man damit und auch die Internetverbindung baute sich auf. Die Frage war, wie lange. Und so erschrak er beinahe, als das Gerät ihm mit einem Signalton den Eingang einer E-Mail anzeigte.

Stirnrunzelnd öffnete er die App. Der Absender war ihm unbekannt. Doch als er einen Blick auf die Betreffzeile warf, beschleunigte sich sein Puls. Die Nachricht war von Claudia.

KAPITEL 21

»Na, Ratte? Wie geht's?«

»Scheiße, Mann!« Ratte versuchte, sich loszureißen, doch Steiger hielt ihn an der Schulter fest und zog ihn zurück. Er nahm leichten Schweißgeruch wahr.

»Was ist los mit dir?«

»Was los ist?« Noch immer wollte sich der junge Mann aus dem Griff zu befreien. »Lass mich in Ruhe, Alter!«

»Okay! Okay …« Steiger drückte Ratte an die Wand und ließ ihn los. Mahnend hob er die Hand und streckte den Zeigefinger aus. »Wenn du versuchst abzuhauen, versohl ich dir den Arsch. Was ist dein Problem?«

»Was mein Problem ist? Ich weiß Bescheid, Alter.«

Ratte probierte, seitlich zu entkommen. Er erhielt einen Schubs, der ihn wieder in Position stellte. Anschließend stieß Steiger ihm vor die Brust, sodass er erneut gegen die Hauswand prallte. »Kotz dich aus. Was weißt du?«

»Ich weiß, was abgegangen ist. Dieser Sozialfuzzi. Du hast ihm eine verpasst.« Ratte formte mit den Fingern eine Pistole und hielt sie sich vor den Oberkörper. »Peng … Du hast ihn erledigt.« Er schaute aufmüpfig, als müsste er Steiger irgendwie beeindrucken. Dieser runzelte die Stirn. Kurz sah er nach allen Richtungen, um sich zu vergewissern, dass noch niemand auf ihn aufmerksam geworden war. Eine Hand ruhte zur Sicherheit auf der Brust des jungen Mannes und presste ihn nach hinten. »Wie kommst du denn auf das schmale Brett?«

»Er wollte dir nur helfen. Und was hast du Wichser gemacht?«

»Womit, Ratte?«

»Wie?«

»Womit soll ich ihn … peng«, Steiger formte ebenfalls eine Pistole mit der Hand, »abgeknallt haben? Das wolltest du doch andeuten, oder?«

Ratte, der sich zunehmend unbehaglicher fühlte, wirkte irritiert. Steiger ließ ihn los. »Ich mein … du warst dabei. Wer hat denn in der Lagerhalle meine Klamotten zusammengesucht? Glaubst du, ich hatte 'ne Kanone in meinem Arsch? Daran gemessen, wo ihr mich rausgeholt habt, ist das wohl die einzige Möglichkeit, oder?«

Ratte zog sich die Jacke zurecht. »Du kannst mir viel erzählen.«

»Du meinst, ich will dich verscheißern? Dann denk mal nach. Als ihr mich aus der Halle geholt habt, war ich nicht mal in der Lage, allein zu laufen. Noch mal! Als du meine Klamotten in der Halle eingesammelt hast, hast du da zufällig auch 'ne Kanone eingepackt?«

Steiger klopfte Ratte gegen die Brust.

»Warte. Ich sag dir, wie das war. Die Typen nehmen mir sämtlichen Krempel ab, aber einen Schießprügel lassen sie in meinem Hosenbund. Die Frage, die ich mir stelle, ist doch, woher wusstet ihr, wo ich war? Wer sagt mir, dass ihr nicht mit in dieser Scheiße hängt? Dass du nicht da mit drin hängst.«

Steiger richtete Ratte den Kragen und tätschelte ihm anschließend die Wange.

»Schon komisch, findest du nicht auch?«

»Dummes Zeug …«

»Find ich nicht«, erwiderte Steiger. »Ist für mich ziemlich schlüssig.«

»Der Sozialheini hat mit Jan gequatscht.«

»Und woher kannte er ihn?«

Ratte zuckte mit den Schultern. »Keine Ahnung. Jedenfalls hat er von dir erzählt. Dass du bei ihm gewesen bist und nach Vicky gefragt hast.«

»Was hat er noch gesagt?«

»Was weiß ich? Ich hab keinen Plan.«

Steiger sah den Burschen vor sich vorwurfsvoll an. »Jetzt mal Hand aufs Herz, du Knilch. Woher wusste der Sozialfritze, wo die mich hingebracht haben? Woher? Soll ich es dir sagen? Weil er mit drinhing. Und das ist auch der Grund, warum man ihn kaltgestellt hat. Und soll ich dir noch etwas verraten? Ich weiß auch, warum. Die Frage ist, ob du auch einer von ihnen bist.«

Ratte hob abwehrend beide Hände. »Vergiss es, Alter. Du erzählst Kacke.«

Ansatzlos verpasste Steiger ihm eine leichte Ohrfeige. »Hör mir zu, Schwachkopf! Siebert ist tot. Und warum? Weil er zu viel wusste. Genauso wie Vicky. Auch sie wusste zu viel. Mich haben sie auch gefunden. Und jetzt denk nach.«

Steiger ergriff sein Kinn und zwang ihn, ihn anzusehen.

»Verdammt noch mal! Vollkommen scheißegal, ob du da drin hängst oder nicht. Sie werden euch alle kriegen. Dich. Jan. Peitsche und die anderen Versager. Weil sie jeden aus dem Weg räumen werden, der was wissen könnte. Geht das in deinen hohlen Schädel?«

Für einen Wimpernschlag zuckte Ratte zusammen und

machte sich kleiner. Er fürchtete wohl, Steiger würde ihn erneut schlagen. »Na und? Und wenn schon? Die finden uns schon nicht.«

Spöttisch pustete Steiger aus. »Stimmt, war unheimlich schwer, dich zu finden.«

Er ließ Ratte los und stieß ihn leicht von sich, bedrängte ihn aber immer noch.

»Es gibt da aber etwas.« Wieder fixierten seine Augen die von Ratte.

»Und was soll das sein?«

Steiger grinste, doch sein Blick war ernst. »Etwas, womit wir sie an den Eiern kriegen können. Bring mich zu den anderen. Dann klär ich euch auf.«

*

Sie gingen die Viehofer Straße hinunter Richtung Viehofer Platz. Vorbei an einigen rumänischen Bettlern und zwielichtigen Gestalten, die sich um die wie Pilze aus dem Boden schießenden Internet-Cafés, Dönerbuden und An- und Verkaufsläden positioniert hatten. Mit jedem Meter weiter nach Norden verlor die Innenstadt merklich an Attraktivität. Hier fand sich nichts von dem Zauber einer Ruhrmetropole.

Ratte lief weiter voran. Er war erstaunlich schnell unterwegs und mehr als einmal musste Steiger ihn auffordern, langsamer zu gehen. Sie bogen nach links ab, in die Kreuzeskirchstraße und schlängelten sich in Richtung Rheinischer Platz. Immer wieder blieb Ratte für einen Moment stehen und sah sich in alle Richtungen um. Das in Fleisch und Blut übergegangene Verhalten eines Menschen, der permanent auf der Flucht war. Auch Steiger drehte sich ein ums andere Mal um. Für einen Augenblick verweilten seine Augen auf zwei Männern, die im Laufschritt über die mehrspurige Friedrich-Ebert-Straße eilten, sich dann aber entfernten.

Mit Unverständnis widerspiegelndem Gesichtsausdruck nahm Ratte zur Kenntnis, dass Steiger in der Straßenbahn zwei Tickets kaufte. Er hatte schlichtweg keine Lust, ein weiteres Mal in eine Kontrolle zu geraten.

Die Fahrt verlief ohne ein Gespräch zwischen den beiden. Bereits sechs Minuten später stiegen sie an der Kreuzung Altendorfer Straße, Ecke Helenenstraße wieder aus. Steiger mochte die Gegend nicht. Das einzige Geschäft, das es schon seit Jahren gab, war ein Laden für Radio- und Fernsehtechnik. Und genauso bunt wie die Schriftzüge links und rechts der belebten Hauptstraße waren auch die Einwohner dieses Stadtteils. Menschen aus allen Teilen dieser Welt prägten das Straßenbild. In der Presse las man allerdings weniger von der kulturellen Vielfalt, sondern eher von den Problemen. Und davon gab es reichlich. Hier bluteten Nasen deutlich schneller als anderswo.

»Warte hier«, sagte Ratte knapp. »Ich komm gleich wieder.«

Ohne auf eine Antwort zu warten, steckte Ratte beide Hände in die Hosentaschen, drehte sich um und ging die Helenenstraße hinunter. Steiger sah ihm nach, bis er links in einer Seitenstraße verschwand. Er hoffte, dass es dem Burschen gelang, die anderen davon zu überzeugen, mit ihm zu reden.

Während er wartete, beobachtete er die Umgebung. Betrachtete einige Poser, die mit ihren aufgemotzten Oberklassekarren die Hauptstraße rauf- und runterfuhren. Selbstverständlich mit heruntergelassenen Scheiben und aufgedrehter Musik. Steiger stellte sich nicht mehr die Frage, wie die meist jungen Fahrer, die offensichtlich keiner beruflichen Tätigkeit nachgingen, sich diese Fahrzeuge leisten konnten. Als Ex-Polizist kannte er die Antwort. Und auch die Gründe, warum das so war. Es ging ihm am Arsch vorbei. Das war nicht mehr seine Baustelle.

Er lehnte sich mit den Rücken an eine Hauswand. Sein Fuß schmerzte höllisch. Die Wunde nässte noch immer. Der Fußweg hatte offenbar einige der Brandblasen aufplatzen lassen. Wenigstens war das Taubheitsgefühl gewichen.

Von irgendwoher wehte der Geruch eines China-Imbisses zu ihm herüber und ließ seinen Magen sich lautstark auf sich aufmerksam machen. Der Verkehr war dicht, ohrenbetäubender Lärm prasselte aus allen Richtungen auf ihn ein. Ein litauischer Lkw, dessen Verkehrssicherheit man schon auf einen Kilometer Entfernung infrage stellen konnte, hielt an der Ampel direkt neben ihm. In der Luft hing schwerer Dieselruß, der ihn im Hals kratzte.

Die Hektik des Stadtteils hatte ihn abgelenkt. Erst im letzten Moment, als Ratte bereits auf einen Meter an ihn herangetreten war, bemerkte er ihn.

»Komm mit«, sagte dieser kurz und drehte sich um.

Steiger war nicht überrascht, dass sie einen anderen Weg einschlugen. Die Burschen waren schlau genug, ihn nicht zu ihrem neuen Versteck zu führen.

Zunächst ging es die Helenenstraße wieder hinunter. Dann wechselten sie die Straßenseite und Ratte bog nach rechts auf einen Trampelpfad ab, an dessen Ende sie sich gebückt durch mannshohes Buschwerk kämpften. Als Steiger sich wieder aufrichtete, blickte er auf das riesige

Gelände des neu errichteten Kruppparks, der mit seinen annähernd 140.000 Quadratmetern zur Erholung des dicht bebauten Stadtteils beitrug und die Hoffnung der Städteplaner nährte, die Gegend damit aufwerten zu können.

Ratte sagte nichts und führte Steiger zur Skateranlage. Sie setzten sich auf eine Mauer unterhalb einer annähernd drei Meter hohen Gabionenwand. Niemand war zu sehen.

»Ich will ja nicht quengeln …«, begann Steiger.

Ratte blickte nach oben. Steiger tat es ihm gleich. Auf der Gabionenwand erkannte er Jan, der eine Kippe im Mundwinkel hatte, Peitsche, der einen Schluck aus einer Bierflasche nahm und der mit gespielter Lässigkeit auf ihn herabsah. Dazu vier weitere Jungs, von denen er nur einen vom Sehen her kannte. Steiger zollte der Truppe Respekt. Der Ort war hervorragend gewählt. Man konnte Hunderte Meter weit sehen, ob sich jemand näherte, war aber gleichzeitig sichtgeschützt. Darüber hinaus bot der Park unzählige Fluchtmöglichkeiten. Jan und Peitsche verschwanden aus seinem Sichtfeld. Die anderen Jungs blieben oben, standen Schmiere und beobachteten die Gegend. Wenige Augenblicke später tauchten sie auf. Peitsche hatte einen Finger im Flaschenhals und schwang sein Bier beim Gehen hin und her.

Die beiden nickten Steiger wortlos zu. In ihren Gesichtern spiegelte sich Misstrauen.

Steiger begann ohne Umschweife: »Ich weiß jetzt, was los ist. Und ich weiß, dass ihr alle in großer Gefahr schwebt. Und bevor mir jetzt einer aus eurem albernen Verein wieder mit der Wir-können-auf-uns-allein-aufpassen-Nummer kommt, solltet ihr mir zuhören.«

»Ratte sagte, du hast was gegen diese Kerle in der Hand?«, konstatierte Jan.

»Setzt euch«, forderte Steiger die beiden auf.

»Die Sache ist von einer solchen Tragweite, wie ich sie nicht für möglich gehalten hätte. Als Vicky mir vor die Karre gelaufen ist, war sie auf der Flucht. Das ist Fakt. Das, was sie euch gesagt habe, ist die Wahrheit. Sie ist tatsächlich gegen ihren Willen verschleppt und operiert worden. Das Ganze war offenbar ein medizinisches Experiment. Ich bin davon überzeugt, dass sie abhauen konnte und dass darin der Grund lag, warum man hinter ihr her war.«

»Hat dir Siebert dieses Märchen erzählt?«, fragte Jan. Er betrachtete ihn mit feindseliger Miene.

»Wart's ab, Schlaumeier. Als ihr mich aus dieser Lagerhalle geholt und zu Siebert gebracht habt, hat der sich verplappert. Er hing da mit drin. Um vorwegzugreifen ... Ja. Ich hab ihm aufs Maul gehauen. Nachdem er versucht hat, mich anzugreifen. Aber ich habe ihm keine Kugel verpasst. Womit auch? Als ich aus seinem Büro floh, war er putzmunter. Na ja ... zumindest lebendig. Auf seinem Schreibtisch lag eine Akte. Eine Akte, die zufälligerweise nun in meinem Besitz ist.«

Jans Misstrauen wich nicht. »Was steht da drin?«

Steiger grinste. »Es ist nicht irgendeine Akte. Es ist ein komplettes Gedächtnisprotokoll der Geschichte mit genauen Daten und Fakten. Offenbar war Vicky nicht die Einzige, die man für diese Experimente benutzte. So wie ich das verstehe, geht es um Implantate. Ich meine ... so 'ne Nummer macht ja durchaus Sinn. Wenn ich Personen suche, also Leute, die ich gegebenenfalls ... aus welchen Gründen auch immer ... verschwinden lassen möchte, dann sind so Straßenköter wie ihr die richtigen. Wer fragt da schon nach, wenn einer fehlt? Und wenn ich einen Sozialarbeiter mit ins Boot hole … Er kennt die bevorzugten Treffs, die sozialen Netzwerke und ist in der Lage, Legenden aufzubauen, die ein Verschwinden wasserdicht machen. Die perfekte Tarnung. Und natürlich ein hervorragendes Motiv für einen Mord. Möglicherweise sogar für mehrere Morde.«

Ratte warf den anderen einen kritischen Blick zu. »Was hast du vor?«

»Die Akte ist umfangreich. Sehr ausführlich. Und sie nennt Ross und Reiter. Ich vermute, Siebert hat sie zu seiner eigenen Absicherung angelegt. Vielleicht hat er die Informationen auch für einen Erpressungsversuch nutzen wollen. Vielleicht wurde er deshalb zum Schweigen gebracht. Vielleicht war er auch nur ein unnütz gewordener Partner, der ein zu großes Risiko dargestellte. Wer weiß?«

»Was hast du damit vor?«, fragte Ratte, dessen Mimik verriet, dass er weiter nach einem Haken suchte.

»Ich werde die Papiere in Ruhe durcharbeiten und entscheiden, was ich damit mache. Wenn ich sie den Bullen präsentiere, dann will ich sicher sein. Aber eins ist klar: Wer auch immer dahintersteckt, wird alles daran setzen, die Dokumente in die Finger zu bekommen.«

»Du willst die Akte den Bullen geben?«, fragte Jan.

»Natürlich. Oder hast du 'ne bessere Idee? Ich muss vorher noch einiges überprüfen. So lange ist sie bei mir sicher verwahrt.«

Ratte kratzte sich nachdenklich am Hinterkopf. »Und wenn sie dich kriegen?«

»Für den Fall habe ich natürlich vorgesorgt. Wenn mir was passiert, wird jemand die Akte den Bullen zukommen lassen. Jemand, der weiß, wo ich sie habe. Aber das ist nicht der Grund, warum ich euch sprechen wollte. Ich fühlte mich euch gegenüber verpflichtet, euch aufzuklären. Und ich möchte euch bitten, auf euch aufzupassen.«

KAPITEL 22

Der Mann war von drahtiger Gestalt. Würde er eng anliegende Kleidung tragen, hätten sich darunter seine Muskeln deutlich abgezeichnet. So aber fehlten diese Konturen, der eindeutige Hinweis auf seine außergewöhnliche Fitness. Ein geübtes Auge hätte seine katzenartige, beinahe lautlose Art sich zu bewegen erkannt. Bei genauerer Betrachtung schien der Mann osteuropäischer Abstammung zu sein. Etwas, was im Ruhrgebiet nicht weiter auffiel. Der einzige Makel seines unauffälligen Äußeren war die unnatürliche Form seiner Nase in seinem glatt rasierten Gesicht. Aber hier, im Nordteil der Stadt, in denen die meisten Menschen mit sich selbst zu tun hatten, nahm man solche Dinge nicht wahr. Und so schenkten die wenigen Fußgänger ihm in diesen Abendstunden keine Beachtung und bemerkten auch nicht die Tatsache, dass er bei diesen relativ milden Temperaturen feine Lederhandschuhe trug.

Zielstrebig ging er auf den Eingang des Motels Schwarzer Diamant zu, nahm die vier Stufen zur Tür und drückte sie auf. Einen flüchtigen Moment zögerte er, um sich zu vergewissern, dass sich kein Portier in dem kleinen Empfangsraum befand. Anschließend lief er entschlossen an dem Rezeptionstresen vorbei in Richtung des Treppenaufgangs. Der alte und bei genauerem Hinsehen dreckige Teppich der Stufen dämpfte seine Tritte. Nur das leise

Knarzen der hölzernen Trittfläche darunter verriet, dass jemand nach oben schritt. Wenige Momente später stand er in der zweiten Etage. Er verharrte einen Augenblick und lauschte in den Flur. Von irgendwoher vernahm er eine männliche Stimme, die in einer fremden Sprache redete. Da er keine zweite Person ausmachen konnte, schloss er daraus, dass der Mann telefonierte. Er spähte ohne wahrnehmbare Erregung um die Ecke und blickte auf eine Milchglastür, auf der die Zimmernummern angebracht waren, die man dahinter erreichte. Wieder zögerte er, vertraute auf seine Ohren und trat dann lautlos um die Ecke. Vorsichtig drückte er die Klinke hinunter, schlüpfte durch den Spalt und schloss die Tür sorgfältig hinter sich.

Mit langsamen Schritten lief er eng an der rechten Flurseite entlang, da die alten Bohlen in der Mitte eher zu verräterischen Geräuschen neigten. Während seine Augen durch das diffuse Licht des engen und muffig riechenden Ganges drangen, nahm sein sensibles Gehör all das wahr, was sich in den Türen rechts und links von ihm abspielte.

Der Mann blieb vor einer Tür stehen und vergewisserte sich, dass sie mit der Nummer gekennzeichnet war, die er suchte. Ein hektischer Blick nach allen Seiten, dann öffnete er seine Jacke und holte ein Stethoskop hervor, welches mit einem MP4-Player verbunden war. Der Mann steckte sich einen der In-Ear-Kopfhörer des Players in das linke Ohr, schaltete das Gerät an und legte die feine Messmembran des medizinischen Instrumentes an das Türblatt.

Wenige Sekunden später ließ er das Abhörgerät wieder in seiner Jacke verschwinden. Der Mann zog einen Bund feiner Drähte hervor, von denen er einen in den Schließzylinder einführte. Kurz darauf war ein leises Geräusch zu hören. Der Mann zog den Draht aus dem Schloss, wartete, bis das Licht im Flur erlosch, drehte an dem Knauf und drückte die Tür einige Zentimeter auf. Gleichzeitig glitt seine andere Hand unter seine Jacke. Seine Finger umschlossen den Griff der Automatik, zogen sie heraus und führten die metallene Verlängerung des Schalldämpfers durch die Öffnung. Vorsichtig zwängte er sich in das Hotelzimmer und schloss die Tür hinter sich. Er verharrte einige Augenblicke, damit sich seine Augen an die Dunkelheit gewöhnen konnten. Der Eindringling konzentrierte sich auf die Atmung der Person im Zimmer. Das leise Schnarchen, welches im gleichmäßigen Rhythmus den Raum erfüllte.

Das bisschen Licht, welches unter dem Rollo durchdrang, hüllte die spärliche Einrichtung in Grautöne. Er sah ein schmales Doppelbett an der rechten Längswand, höchstens 140 Zentimeter breit, links und rechts davon befanden sich billige Beistelltische. An der linken Wand erkannte er einen Tisch mit zwei Stühlen. Über einen hatte jemand Kleidung geworfen. Obwohl seine Augen fast nur Konturen wahrnahmen, reichte das, um den Mann auf der Matratze auszumachen, der auf der Seite liegend die Decke bis zum Hals hochgezogen hatte.

Lautlos trat der Fremde an den Schlafenden heran, hob die Hand, richtete die Waffe auf den Hinterkopf und zog den Abzug durch. Obwohl der Schalldämpfer das Schussgeräusch deutlich dämpfte, kam es dem Mann verräterisch laut vor. Er hielt den Atem an und lauschte in die Stille. Erst als sein Atemreflex sich zunehmend bemerkbar machte, gestatte er sich, seine Lungen zu füllen. Der Geruch der Treibladung drang in seine Nase und legte sich bitter auf seine Zunge.

Nach einer Weile war er sich sicher, dass niemand den Schuss gehört hatte. Er entspannte sich und wandte sich von seinem Opfer ab, ohne es nochmals eines Blickes zu würdigen. Der Mann schaltete eine kleine Taschenlampe an, die er sich zwischen die Zähne klemmte und sah sich im Zimmer um. Er trat an den Tisch und leuchte auf die Dokumente, die dort ausgebreitet worden waren. Als hätte er alle Zeit der Welt, betrachtete er jede einzelne Seite gewissenhaft. Dann lächelte er und nickte anerkennend. In gewisser Weise zollte er seinem Opfer Respekt. Es hatte sich als verdammt harter Hund herausgestellt und beinahe bedauerte er es, ihm keinen ehrenhafteren Tod ermöglicht zu haben.

Aber der Mann war zu einem unkalkulierbaren Risiko geworden, und das, was hier auf dem Tisch seines Motelzimmers lag, unterstrich die Gefährlichkeit, die von ihm ausgegangen war.

Der Unbekannte raffte die Dokumente zusammen, legte sie in den Aktenkarton und klemmte sie sich unter den Arm. Er zog sein Mobiltelefon hervor und drückte kurz die Wahlwiederholung. Nach dem dritten Freizeichen legte er auf und sah auf seine Uhr. In exakt einer Minute würde der Portier erneut abgelenkt werden und seinen Platz hinter dem Rezeptionstresen verlassen. Der beleuchtete Sekundenzeiger seines Chronografen vollführte eine komplette Drehung auf dem Ziffernblatt. Der Mann öffnete behutsam die Tür, vergewisserte sich, dass sich niemand auf dem Gang befand, und schritt anschließend ins Erdgeschoss. Kurz presste er sich mit dem Rücken an die Wand, spähte ums Eck, sah den leeren Rezeptionsplatz und verließ das Motel.

*

Der Mann, der soeben aus dem schäbigen Motel getreten war und nun die Altenessener Straße in Richtung Norden ging, war durch die Windschutzscheibe nicht exakt zu erkennen. Es hatte mittlerweile aufgehört zu regnen, aber das Glas war noch übersät von kleinen Wasserperlen. Den Scheibenwischer zu bedienen, hätte einem aufmerksamen Passanten jedoch ein verräterisches Detail geliefert. Er war ein Profi, der solche Fehler nicht beging. Doch das war auch nicht erforderlich. Es bestand kein Zweifel daran, dass es sich um die Zielperson handelte. Dieselbe Silhouette, die gleiche Art zu gehen, wie beim Betreten des Hauses. Er drehte sich nicht um, lief schnurstracks den Gehweg entlang. Nichts an seinem Verhalten war ungewöhnlich. Er lief erhobenen Hauptes, verbarg nicht sein Gesicht. Seine unauffällige, grau-schwarze Kleidung wurde von der Dunkelheit geradezu verschluckt. Nur wenn er in den Lichtkegel einer Straßenlaterne schritt, war er erkennbar. Doch selbst wenn jemand um diese Uhrzeit auf ihn getroffen wäre, hätte er sich später nicht an den Mann erinnert. Hier, im Essener Norden, wechselte man die Straßenseite, wenn jemand um diese Zeit entgegenkam. Man sah sich selten an, grüßte sich nur, wenn man sich kannte.

Der Beamte hinter dem Lenkrad hob sein Telefon ans Ohr, während er auf seine Uhr schaute. »Zielperson verlässt das Objekt in nördliche Richtung.« Er beendete das Gespräch, hob sein lichtstarkes Fernglas an und sah dem Mann nach. Es war nicht notwendig, ihm zu folgen. Der Polizist drückte mit seinem Zeigefinger den Hörer seines Sprechgeschirrs an sein Ohr. »Dunkles Fahrzeug, Typ BMW, 7er Modell, aus Fahrtrichtung Innenstadt«, hörte er. Wenige Augenblicke später sah er einen hellen

Lichtkegel, der sich zügig vergrößerte, um sich anschließend in zwei einzelne Scheinwerferstrahlen aufzuteilen.

Der Beamte hob seine digitale Videokamera vom Beifahrersitz, richtete sie aus und bediente den Auslöser. Er beobachtete durch den Sucher, wie der Wagen unmittelbar neben der Zielperson zu stehen kam. Der Mann öffnete die Tür und stieg ein. Der BMW beschleunigte, wendete abrupt und fuhr in die Richtung, aus der er gekommen war.

Der Beamte führte erneut das Handy an sein Ohr. »Zielperson ist in einen dunklen 7er BMW eingestiegen. Fährt in südliche Richtung.«

»Ich hab ihn«, vernahm er am anderen Ende der Leitung.

Der Beamte wartete, bis das Fahrzeug außer Sicht war. »Wir ziehen nach«, sprach er in sein Sprechgeschirr und startete den Motor.

*

Welke sagte nichts und trommelte mit den Fingern auf die Tischplatte, während er auf den kleinen Monitor schaute, dessen grünes Bild leicht flackerte. Die Stärke dieser Geräte lag darin, selbst bei den minimalsten Lichtverhältnissen gute und in der Regel auswertbare Ergebnisse zu liefern. Welke erhob seinen behäbigen Körper und streckte sich. Er hatte viel Überzeugungsarbeit leisten müssen, und es war in der Geschichte der Zusammenarbeit zwischen Staatsanwaltschaft und Polizei wohl das erste Mal, dass ein Kriminalbeamter und ein Oberstaatsanwalt in einer Kneipe nach Feierabend ein gemeinsames Vorgehen im sprichwörtlichen Sinne zusammengeschustert hatten. Die Story war so irrwitzig, dass er mehrmals auf sein Gedächtnisprotokoll hatte schauen müssen, um die Bruchstücke zu einem Ganzen zusammenzufügen und halbwegs verständlich präsentieren zu können. Oberstaatsanwalt Beising und Welke kannten sich nun annähernd seit 20 Jahren. So manche Schlacht gegen das Verbrechen hatten sie gemeinsam ausgefochten. Obwohl oft unterschiedlicher Meinung und geprägt von heftigen Streitgesprächen war ihre Beziehung von gegenseitigem Respekt geprägt, und keiner der beiden hegte den geringsten Zweifel an der Integrität des anderen. Es lag in dem Wesen der beiden Männer, sich auf professioneller Ebene zu begegnen. Eine Einstellung, die jegliche private Vertrautheit ausschloss. Zum persönlichen Du zu wechseln, hätte für beide bedeutet, ein Stück dieser Professionalität aufzugeben. Beising hatte gewusst, wenn Welke ihn außerhalb seiner Dienst- oder Bereitschaftszeiten um einen persönlichen Gefallen bat, etwas, was er in all den Jahren niemals getan hatte, dann hatte das Gewicht und einen triftigen Grund.

Welke hatte Beising leidlich überzeugen können, ahnte, dass der Oberstaatsanwalt sich wegen ihrer langjährigen beruflichen Freundschaft auf dieses Abenteuer eingelassen hatte. Doch er wusste, dass er sich auf verdammt dünnem Eis bewegte. Wenn dieser Plan, wenn dieses Wagnis, dieser Wahnsinn in die Hose ging, musste er dafür geradestehen.

Frank Tetzlaf und der Rest seiner alten Truppe hatten es tatsächlich geschafft, all das innerhalb kürzester Zeit auf die Beine zu stellen. Frank war manchmal nachlässig, manchmal schlichtweg faul und manchmal trotz seiner 40 Jahre mitunter auch kindisch. Aber wenn es wirklich darauf ankam, konnte man auf ihn zählen. Das, was er und Heimke hier geleistet hatten, beeindruckte ihn über die Maßen. Welke wartete in Anbetracht dieses Risikos geradezu auf das Gefühl von Aufregung. Von grenzenlosem Lampenfieber. Erstaunlicherweise machten ihn die Gedanken an die Konsequenzen, die er zu tragen hätte, nicht nervös. Lediglich die Tatsache, dass sich bisher nichts getan hatte, beunruhigte ihn in etwas, da Geduld nicht unbedingt zu seinen persönlichen Stärken zählte.

»Mein verfluchtes Kreuz bringt mich um.« Welke drückte den Rücken durch und setzte sich in Bewegung. Er ging im Raum auf und ab und hatte die Hände in typischer Manier auf dem Rücken ineinandergelegt. Er schaute, als dachte er über ein schwieriges Problem nach. Beising hatte die Arme vor der Brust verschränkt und blieb weiter vor dem Tisch mit dem Monitor stehen. Er betrachtete das Bild mit der Geduld eines Anglers, der auf seinen Schwimmer starrte in der Hoffnung, den Fang seines Lebens zu machen.

Hermann Welke trat ans Fenster und schob die Jalousie mit der Linken etwas beiseite. Er sah nach draußen, während seine rechte Hand in der Hosentasche zwischen einem Schlüsselbund und einigen Münzen nach einem Salbeibonbon suchte. Er hatte die Angewohnheit, immer einige dieser Zuckerbomben bei sich zu haben, obwohl er sie im Grunde genommen nicht mochte. Ein psychologischer Trick. Er hatte immer Heißhunger auf Süßkram. Mit den Bonbons vermied er es, sich maßlos daran zu vergehen, weil er sie im Grunde genommen schrecklich fand.

Welke wandte sich wieder dem Oberstaatsanwalt zu, der in diesem Moment seinen Blick erwiderte. Die Skepsis in dessen eng stehenden Augen war unübersehbar.

Dieser Vorbehalt lag nicht darin begründet, dass er die Vermutungen des Hauptkommissars für abstrus hielt. Er hätte sich nicht auf eine solche Aktion eingelassen, wenn er nicht von Welkes Sachverstand, seiner rationalen Bewertung und Vorgehensweise überzeugt gewesen wäre. Um aber das umzusetzen, worum Welke ihn gebeten hatte, bedurfte es eines handfesten und vor allen Dingen rechtlich haltsamen Beweises. Dieses Indiz zu erhalten, darin lagen seine Bedenken.

Der Beamte, der mit einem Kopfhörer vor dem Monitor saß, hob die Hand. Er presste den linken Zeigefinger gegen den Hörer und drehte sich zu den beiden Anwesenden, sah sie aber nicht an. Er konzentrierte sich ganz auf das, was er offenbar hörte. »Ein Kerl hat das Motel betreten.« Er runzelte die Stirn. »Er kommt wieder raus. Der Portier ist bei ihm.« Sofort war Welke bei dem Kollegen, ließ sich auf den Stuhl fallen und rollte näher heran.

»Sie gehen um die Ecke. Sind jetzt außer Sicht.«

Welke sah Beising an. Die Spannung war ihm im Gesicht abzulesen.

Beising stutzte. »Vielleicht vertickt er ihm was?«, flüsterte er.

Welke zuckte mit den Schultern.

»Wartet!« Wieder hob der Kollege die Hand. »Ein zweiter Typ geht auf das Motel zu. Er geht rein.«

»Was ist mit dem Empfangsheini?« Welke rutschte noch etwas weiter ran.

Der Beamte schüttelte den Kopf. »Noch nicht zurück.« Er drehte seinen Bürostuhl und sah wieder auf den Monitor.

»Portier noch immer außer Sicht.«

Welke sprang auf. »Der wird abgelenkt. Die haben den rausgelockt!«

Die Aufmerksamkeit der drei Männer galt jetzt ganz dem Monitor. Die versteckte Kamera zeigte aus einer erhöhten Perspektive das Bett und den Tisch, der an der linken Wand stand. Das wenige Licht der Straßenbeleuchtung, das unter das Rollo des Zimmers drang, reichte aus, damit die Überwachungskamera genügend Details aufnehmen konnte.

»Der Portier kehrt zurück. Betritt jetzt das Gebäude«, erklärte der Beamte.

»Wo ist der andere Kerl? Mit dem er gesprochen hat?«, drängte Welke.

»Jetzt wird es spannend«, wurde er von seinem Kollegen unterbrochen, der auf den Monitor zeigte, obwohl ohnehin jeder im Raum darauf starrte. Langsam öffnete sich die Zimmertür. Ein Mann betrat den Raum und schloss die Tür hinter sich.

Beising runzelte die Stirn »Was hat der da in der Hand? Ist das 'ne Waffe?«

»Hm«, brummte Welke. »Sieht für mich wie ein Schalldämpfer aus.«

Einige Momente verharrte der Fremde im Bereich der Tür. Dann ging er drei Schritte auf die Person im Bett zu.

»Er wird dich wohl nicht …?«, entfuhr es Welke.

Der Unbekannte hob die Schusshand, zielte einen flüchtigen Augenblick und drückte ab. Die Mündungsstichflamme überbelichtete die Kamera für einen Sekundenbruchteil, bevor sie wieder gestochen scharf aufnahm.

Welke tat verblüfft. »Jetzt hat der doch glatt unseren Steiger …« Er blickte zu Beising, der ihn ebenfalls ansah und setzte ein erstauntes Gesicht auf. »Reicht Ihnen das?«

Der Oberstaatsanwalt verkniff sich ein Lächeln. »Ich bin im Boot!«

Die Männer beobachteten weiter das Bild, sahen, wie der Fremde sich dem Tisch zuwandte und seelenruhig die Papiere darauf begutachtete.

»Komm schon!«, entfuhr es Welke ungeduldig. »Nun mach …«

»Da!« Beising zeigte auf den Monitor. »Er packt die Unterlagen ein.«

Welke nickte.

»Der Kerl hat Nerven. Telefoniert seelenruhig …« Beising schüttelte ungläubig den Kopf und fuhr sich mit der Hand über den Nacken.

»Der zweite Kerl taucht wieder auf«, sagte Welkes Kollege mit dem Kopfhörer. »Er geht ins Motel.«

»Unser Mann hat seinen Helfer angerufen. Ich wette, der kommt jeden Augenblick mit dem Rezeptionsheini wieder raus.«

Welkes Kollege konzentrierte sich wieder auf die Informationen, die ihn die Beamten vor Ort übermittelten. Unmittelbar drehte er sich dem Hauptkommissar zu und hob den Daumen. Bevor Welke etwas erwidern konnte, legte er den Zeigefinger an die Lippen. »Unser Mann verlässt das Motel. Geht die Altenessener Straße in nördliche Richtung. Ein Wagen hält neben ihm. Er steigt jetzt in einen dunklen 7er BMW. Die Kollegen fragen, ob es Planabweichungen gibt und was mit dem zweiten Typ geschehen soll, der den Portier abgelenkt hat.«

Welke schüttelte den Kopf. »Wie gehabt. Dranbleiben. Kein Risiko. Wir dürfen auf keinen Fall aufkippen. Den anderen Vogel laufen lassen. Ein Team hinterher. Nochmals! Lieber laufen lassen, wenn die Gefahr besteht, dass wir auffliegen.«

Welke wandte sich zu Beising. »Haben Sie in dieser Nacht schon was vor?«

Beising überlegte kurz. »Nein. Und in meinem Alter wird Schlaf ohnehin überbewertet.«

»Ich hole uns einen Kaffee.« Welke grinste und tätschelte ihm die Schulter, als er an ihm vorbeilief.

»Ich liebe es, wenn ein Plan funktioniert«, murmelte er, als er den Raum verließ.

*

Welke stand angespannt mit seinem dampfenden Kaffeebecher vor der großen Stadtkarte Essens und markierte Positionen mit farbigen Nadeln. Der Zivilwagen befand sich in einem deutlichen Abstand hinter dem Zielfahrzeug. Er wusste, die Schwierigkeit lag in der Tageszeit begründet. Jetzt, in der vorangeschrittenen Nacht, war das Verkehrsaufkommen selbst für innerstädtische Verhältnisse entspannt. Wenige Berufstätige, einige Lkw und Taxis, denen man begegnete. Der Fahrer des vorausfahrenden BMW war offenbar ein Profi und verhielt sich so, wie es sich ein observierender Polizist als Letztes wünschte. Mal beschleunigte er rasant, mal bremste er ab und reduzierte die Geschwindigkeit. Dazu kamen plötzliche Richtungswechsel, manchmal ging es durch schmale Nebenstraßen. Nahm der Verfolger ebenfalls Fahrt auf, fiel er auf. Und reduzierte er das Tempo, anstatt zu überholen, machte er ebenfalls auf sich aufmerksam. Welke wusste, ließ man sich als Verfolger auf solche Spielchen ein, war man innerhalb weniger Minuten verbrannt, denn es genügte ein kurzer Blick in den Rückspiegel, um zu wissen, was Sache war.

Und genau ein solches Verhalten legte der Fahrer aufs Parkett. Doch Welke war sich bei dem Zielort absolut sicher. Und eine solche Erkenntnis war Gold wert. So hatten die Frauen und Männer des Mobilen Einsatzkommandos an bestimmten, neuralgischen Punkten Position bezogen. Wurde das Zielfahrzeug per Funk angekündigt, setzten sie sich in Bewegung, bevor es eintraf. Welcher Hase rechnete schon damit, dass der Fuchs vor ihm lief?

Und so drehte der erste Verfolger nach wenigen hundert Metern ab, gab die Fahrtrichtung des Hasen per Funk durch, während sich die anderen Füchse in Bewegung setzten oder ihre Positionen veränderten. Das Bewegungsmuster war nicht geradlinig, aber es zeigte die Richtung an, von der Welke überzeugt war. Die Täter hielten an der nächsten Ampel neben einem Geländemotorrad, während sich hundert Meter weiter das nächste Zivilfahrzeug vor den BMW setzte. Die Daten liefen in der mobilen Befehlsstelle zusammen, die man in Welkes Büro aufgebaut hatte. Jeder Beamte gab die Informationen an den Hauptkommissar weiter, der sie mit einer weiteren Nadel vermerkte. Er trat etwas zurück und betrachtete die Wandkarte aus der Entfernung wie ein Kunstgemälde, dessen Aussagekraft sich erst aus einer gewissen Distanz auftat. Nein. Es gab keinen Zweifel.

Welke griff zu seinem Telefon, drückte eine Kurzwahlkombination und wartete angespannt darauf, dass das Gespräch angenommen wurde. Nach dem zweiten Freiton nahm der andere ab.

»Hermann hier«, begann Welke. »Zielfahrzeug offenbar wenige Minuten vor Eintreffen. Bleibt also wachsam.

Wir ziehen die Observationskräfte jetzt ab, damit auf den letzten Metern nicht noch irgendeine Kacke passiert.« Grußlos, wie er das Telefonat begann, beendete er es.

»Abbruch der Bewegungsobservation«, erklärte er dem Kollegen.

»Wir warten, bis das Päckchen übergeben wurde.«

*

Einige Kilometer weiter schaute Frank Tetzlaf durch das abgedunkelte Glas des Seitenfensters eines unscheinbaren Lieferwagens. Obwohl seine Aufgabe nur darin bestand, durch diese Scheibe zu blicken und die Ankunft des Zielfahrzeuges zu bestätigen, spürte er das Adrenalin in seinem Blut, sein Herz bis zum Hals pochen und ein angenehmes flattriges Gefühl in seiner Magengegend. Jene urzeitlichen und anregenden körperlichen Symptome eines Jägers, die ihn ganz auf die Beute fokussieren ließen.

Die Nacht war ruhig. Aber das war sie in dieser noblen Gegend immer. Lediglich der auffrischende Wind, der in dem schallisolierten Fahrzeug nur zu erahnen war, versetzte den alten Baumbestand der angrenzenden Grundstücke in Bewegung und trieb die kompakte und tief hängende Wolkendecke zügig Richtung Osten. Die Kamera, die von außen nicht erkennbar in einer kleinen Reklamefigur auf dem Dach des vermeintlichen Handwerkerwagens eingebaut war, war exakt auf das Gebäude ausgerichtet, welches ihrer Aufmerksamkeit galt. Matthias Heimke sah angespannt auf den Monitor, zoomte das Bild mit der Computertastatur wiederholt heran, als befürchtete er, im richtigen Moment die Technik nicht bedienen zu können. Plötzlich erhellten zwei Lichtpunkte den Monitor. Heimke drehte den Kopf. Sein Blick traf den seines Kollegen. »Es geht los«, sagte er ernst, während er sich wieder dem Bildschirm zuwandte.

*

Vor dem Hotel auf der Altenessener Straße hielten ein Streifenwagen und ein Zivilwagen mit blinkendem Blaulicht.

Die Männer der Kriminalpolizei stiegen aus, betraten das Hotel, während die uniformierten Beamten den Gehweg absperrten. Es hatte zu nieseln begonnen. Im Nu fanden sich einige Gaffer ein, die zufällig mitten in der Nacht vorbeikamen oder gerade ihren Hund ausführten. Da es nahezu nichts zu sehen gab, verließen die meisten nach kurzer Zeit wieder die Örtlichkeit. Einige wenige blieben, darunter auch ein arabischstämmiger Mann mit einer Narbe auf der Wange.

Nach einer Weile fuhr ein Leichenwagen vor. Die Männer des Bestattungsunternehmens öffneten die Heckklappe und holten eine zusammengeklappte metallene Liege hervor, die sie in Position brachten und vor dem Treppenaufgang des Hotels abstellten. Sie verschwanden in dem Gebäude. Wenige Minuten später trugen sie einen grauen Transportsack heraus. Er wog schwer und man konnte darunter die Konturen eines Menschen erkennen. Sie legten den Sack auf die Liege, schoben sie zum Leichenwagen und verfrachteten alles im Heck des Autos. Anschließend starteten sie den Pkw, wendeten und fuhren in Richtung Innenstadt. Der Mann mit der Narbe schoss einige Fotos mit seinem Smartphone, telefonierte anschließend und entfernte sich. Er wirkte zufrieden.

KAPITEL 23

Der Mann lief auf dem Gehweg, die Hände in der Tasche, vorbei an einer Toreinfahrt, entlang der geschlossenen, schmutzig grauen Häuserzeile. Von vorn näherten sich ihm zwei Autos. Unauffällig. Wie die beiden Wagen, die von hinten heranfuhren. Unmittelbar vor dem Mann heulte der Motor des ersten Wagens auf, der Fahrer gab Gas und fuhr auf den Gehweg. Der Mann stoppte, drehte sich blitzschnell und beschleunigte in die andere Richtung. Schon raste einer der hinteren Wagen auf ihn zu. Der Mann schlug einen Haken, richtete sich auf die Straße aus. Gleichzeitig fuhr seine Hand unter seine Jacke. Doch auf der Fahrbahn waren bereits die beiden weiteren Fahrzeuge zum Stehen gekommen. Türen flogen auf. Vermummte Männer sprangen heraus, ihre Waffen mit fester Hand im Anschlag. Befehle wurden gebrüllt. Abrupt verharrte der Mann in der Bewegung. Für einen winzigen Moment lag ein Zögern in seinem Blick. Er schien die Situation zu analysieren. In Zeitlupe zog er seine Hand unter der Jacke hervor und hob die Hände hoch, die er hinter seinem Kopf verschränkte. Zeitgleich stürmten die Beamten von beiden Seiten auf ihn zu, rissen ihn zu Boden und drehten seine Arme auf den Rücken. Stählerne Fesseln schlangen sich um seine kräftigen Handgelenke. Sein Gesicht verschwand unter einer Sturmhaube, während er von starken Armen hochgehoben wurde. Weitere Polizeiwagen näherten sich mit eingeschaltetem Blaulicht, sperrten die Straße in beide Richtungen. Der Oberkörper des Mannes wurde auf eine Motorhaube gepresst, Hände tasteten seinen Körper ab, glitten in seine Jackentaschen, zogen die Automatik aus dem Holster. Unvermittelt wurde er zur Seite gerissen. Eine Hand drückte seinen Kopf nach unten, während eine andere die Handfesseln nach oben zog. Er erhielt einen Stoß, der ihn nach vorn stolpern ließ, er spürte das Polster des Fahrzeugsitzes, in das man ihn drängte. Im Wagen drückte jemand seinen Kopf nach unten, sodass seine Stirn fast die Knie berührten. Die Türen wurden zugeschlagen und der Wagen fuhr davon.

Die Männer auf der Straße stiegen in ihre zivilen Einsatzwagen, die Streifenbeamten hoben die Straßensperre auf und binnen weniger Minuten wies nichts auf die gerade stattgefundene Aktion hin.

*

Der Mann saß auf dem Holzstuhl, vor dem Schreibtisch, und hatte die gefesselten Hände in den Schoß gelegt. Er schaute auf die Schürfwunden seiner Fingerknöchel, als gehörten sie jemand anderem. Die Augen in seinem ausdruckslosen Gesicht, zwischen denen sich die Nase in einer deutlichen S-Kurve Richtung Oberlippe schlängelte, waren hellwach. Er hob den Kopf und stierte, als wäre er in Gedanken versunken, nach vorn und betrachtete das Muster der schmutzigen Raufaser an der gegenüberliegenden Wand, vielleicht auch nur den leeren Raum bis dorthin. Es war keine Angst in seinem Blick erkennbar. Nicht einmal Unsicherheit. Selbst die Stille in diesem

Büro, die Tatsache, dass niemand ein Wort sagte, schien ihn nicht zu belasten. Er wirkte in sich ruhend. Der Mann schenkte den drei uniformierten Polizeibeamten, die sich um ihn herum so aufgebaut hatten, dass jeglicher Fluchtweg versperrt war, keine Beachtung. Nur flüchtig hatte er sie taxiert, als sie ihn in dieses Büro geführt hatten. Unter anderen Umständen hätten sie ihm nicht viel entgegenzusetzen gehabt. Aber mit Handschellen, dazu in einem Gebäude, in dem er sich nicht auskannte, dessen Fenster aus gesichertem Glas bestanden und deren Griffe abgeschlossen waren, wäre Gegenwehr schlichtweg unklug gewesen. Sie wussten, wenn sich eine Chance für ihn ergab, würde er sie erkennen und ohne zu zögern nutzen.

Die Tür ging auf. Der Mann drehte sich nicht um. Er blickte lediglich zur Seite, in die Richtung, aus der er die Schritte des Ersten Kriminalhauptkommissars Hermann Welke hörte, der soeben das Büro betreten hatte. Als Welke in das Blickfeld des Mannes trat, hob dieser seinen Kopf leicht und neigte ihn etwas zur Seite. Welke setzte sich ihm gegenüber und lehnte sich gemächlich zurück. Der Anflug eines Lächelns breitete sich auf dem Gesicht des Mannes aus, während er den Blick des großen Polizisten erwiderte. Das Lächeln des Festgenommenen wirkte nicht überheblich. Es strahlte Selbstsicherheit und Unantastbarkeit aus.

Welke faltete die Hände unter seinem mächtigen Bauch und erwiderte das Lächeln. Doch anders als bei dem Mann war seine Mimik erkennbar von einer gewissen Heiterkeit geprägt.

Nach einiger Zeit des Schweigens rollte Welke den Drehstuhl näher an den Schreibtisch, schob den mitgebrachten Laptop und einige Akten beiseite und legte beide Unterarme auf die Tischplatte, wobei er seine linke Hand auf der rechten positionierte.

»Ich gehe mal davon aus, dass ich Ihnen jede Antwort auf meine Fragen aus der Nase ziehen muss. Aber abgesehen von der Tatsache, dass ich Sie an den Hammelbeinen habe, gibt es etwas, was Sie nicht wissen. Und ich bin überzeugt, dass Sie diese Argumente aus der Reserve locken werden.«

Die Brauen des Mannes wanderten fragend in die Höhe, während sich das Lächeln in seinem Gesicht unverändert zeigte. Er brachte damit keine Frage zum Ausdruck. Es war eine wortlos formulierte Herausforderung.

Welke nickte selbstsicher. Er schlug den Pappdeckel der Akte auf und öffnete einen eingehefteten Umschlag. Seine Finger fischten ein Ausweisdokument hervor und er betrachtete die Daten und das Lichtbild. »Das Teil ist nicht echt. Gut gemacht, zugegeben. Da ich wohl davon ausgehen darf, dass Sie Ihren richtigen Namen nicht verraten werden, benutze ich der Einfachheit halber die falschen Personalien. Branko Milosevic«, las er laut ab. Welke packte den Ausweis wieder in den Umschlag. »Okay, Herr ... Milosevic. Ich vermute, dass dieser Name in Serbien vergleichbar wie in Deutschland mit Meier, Müller, Schulz ist. Wie auch immer. Ich erwarte nicht, dass Ihre Mitarbeit ... wie soll ich sagen? Freiwillig hilfreich ist. Ich glaube ... nein, ich bin mir sicher, dass Sie schlau genug sind zu erkennen, dass nicht ich es bin, der etwas will.« Der Kommissar deutete mit dem Zeigefinger auf den Mann, um anschließend eine einladende Geste mit seinen Händen zu formen. »Sie wollen etwas von mir. Und daher werden Sie mitarbeiten. Davon bin ich persönlich überzeugt. Ansonsten werden so enge Räume wie dieser hier für eine lange … eine sehr lange Zeit das Einzige sein, was Sie sehen werden.«

Der Mann überschlug die Beine und legte seine gefesselten Hände auf sein Knie. »Und wie kommen Sie zu dieser Annahme?« Sein Tonfall war monoton, seine Stimme klang leise.

»Weil ich ein kausalitätssüchtiger Kriminalbeamter bin. Mord. Möglicherweise in mehreren Fällen. Mordversuch. Freiheitsberaubung in Tateinheit mit gefährlicher Körperverletzung, wobei man die Folter mit Strom durchaus auch in den Bereich eines versuchten Tötungsdeliktes rücken kann. Also ganz schöne Kaliber. Dazu noch andere Kleinigkeiten, die das Herz eines jeden Staatsanwalts höher schlagen lassen.«

Der Mann zeigte keine Regung. Lediglich seine Augen verengten sich kaum merklich.

»Natürlich werden Sie zunächst weiter Widerstand leisten, aber, dessen bin ich mir sicher, schnell klein beigeben. Weil das Folgende Sie zur Einsicht bringen wird. Ansonsten wäre ich von Ihrem Intellekt aufrichtig enttäuscht.«

Welke klappte den Laptop auf. Er rollte mit dem Drehstuhl samt Computer etwas um den Tisch. Seine wulstigen Finger glitten über das Touchpad. Der Mediaplayer öffnete sich.

Welke zeigte auf die Aufnahme. »Schauen Sie mal.« Er drehte das Gerät so, dass sein Gesprächspartner auf den Bildschirm sehen konnte. »Das Hotelzimmer ist Ihnen ja bekannt.«

Diesmal war eine Regung in den Augen des Mannes zu erkennen.

»Erkennen Sie sich?«, legte Welke nach. »Der Oberstaatsanwalt, der die Aufnahme in Echtzeit mit angesehen hat, war von der hohen Detailgenauigkeit beeindruckt. Sie werden mir da sicher recht geben. Was jetzt kommt, war … wie soll ich sagen? Na ja. Sie wissen es ja selbst.«

Milosevic sah auf die Szene. Seine Gesichtsfarbe wechselte schlagartig ins Blasse.

»Damit haben wir zugegebenermaßen nicht gerechnet. Ich wette, dass die Spuren des sichergestellten Projektils mit den Individualspuren aus der Waffe, die wir bei Ihrer Festnahme gefunden haben, übereinstimmen.«

Welke lehnte sich zurück und verschränkte die Arme hinter dem Kopf, während der Film weiterlief.

»Ihr Motiv liegt ganz offenbar in diesen Dokumenten. Um die ging es. Habe ich recht?« Welke sah zur Seite. Kurz trafen seine Augen die des Mannes.

Welke nahm die Arme nach vorn und setzte sich ruckartig auf.

»Okay, Milosevic. Ich weiß, was jetzt kommt. Ich sag nichts ohne meinen Anwalt … das übliche Blabla. Aber ich habe Ihnen ja so etwas wie eine Zusammenarbeit angeboten. Wenn Sie so wollen ein Schnäppchen, an dem Sie eigentlich nicht vorbeikommen. Wie heißt es in der Werbung immer so schön? Warten Sie nicht, greifen Sie zu! Aber nur solange der Vorrat reicht.«

Welke klappte den Laptop zu und rollte mit seinem Stuhl wieder auf die andere Seite des Schreibtisches. Der Mann lächelte nicht mehr. Und das erste Mal meinte Welke so etwas wie Unsicherheit in seinen Augen zu erkennen.

»Sie erinnern sich, was ich zu Anfang gesagt habe? Das mit der Entführung? Und der Stromfolter? Nebenbei … es war ein sehr guter Kollege von mir, was mich in diesem Fall verständlicherweise besonders angetrieben hat. Sie verstehen … Aber lassen wir persönliche Befindlichkeiten mal außen vor.«

Welke schnalzte mit der Zunge.

»Wir wissen, dass es ein Auftrag war. Und nicht nur das. Wir wissen auch, wer es ist. Ich meine damit, wer der Auftraggeber ist. Woran es derzeit hapert, ist es ihm zu beweisen. Wie wird dieser Auftraggeber wohl reagieren, sollten wir ihn mit unserer Anschuldigung konfrontieren? Was meinen Sie?«

Milosevic sagte nichts. Die Überheblichkeit in seinem Gesicht hatte einem deutlich beeindruckten Ausdruck Platz gemacht.

»Sie glauben mir nicht? Dann schauen Sie mal hier!«

Welke öffnete einen weiteren Umschlag und zog einen gefalteten Bogen Papier heraus.

»Das ist ein Fingerabdruck, wie man unschwer erkennt. Die Frage ist, woher er stammt und wem er gehört. Ich sag es Ihnen. Gefunden habe ich diesen Abdruck auf einer Glasflasche. Die wiederum lag in einem Gebüsch. Derjenige, dem dieser Abdruck gehört, hat die Flasche weggeworfen, als Sie Herrn Robert Kettner entführt haben. Oder entführen ließen. So genau kommt es momentan nicht darauf an. Um es vorwegzunehmen: Wir haben einen Zeugen. So etwas passiert hin und wieder, wenn man mit Amateuren zusammenarbeitet. Tja. Pech für Sie, würde ich sagen.«

Welke faltete einen weiteren Bogen auseinander.

»Und jetzt sehen Sie mal, wem dieser Fingerabdruck gehört. Hinzufügen möchte ich noch, dass derjenige hinter diesem Fingerprint noch nichts von seinem Glück weiß. Ich könnte mir vorstellen, dass er nicht nur recht schnell einknicken, sondern auch noch mächtig einflussreiche Rückendeckung bekommen wird. Von wem, dürfte Ihnen gleich klar sein. Nach Adam Riese bedeutet das ein Bauernopfer. Sie dürfen also gern eins und eins zusammenzählen, wer dieses Opfer sein wird.« Welke drehte den Bogen, strich ihn glatt und schob ihn Milosevic hin. Dieser beugte sich langsam nach vorn, führte die gefesselten Hände zum Tisch und zog das Papier mit Daumen und Zeigefinger etwas zu sich. Seine Augen ruhten einige Augenblicke auf dem Ausdruck. Er vertiefte sich in das Dokument, sah sich jede Zeile genau an. Milosevic lehnte sich mit zusammengekniffenen Lippen zurück. Welke wusste, dass er ihm förmlich eine Schlinge um den Hals gelegt hatte.

»Sie sind erledigt, Milosevic. Ich hoffe, Ihr Grips reicht aus, um das zu erkennen. Lebenslänglich. Möglicherweise mit Einzelzimmerzuschlag, sprich Sicherungsverwahrung. Doch es gibt eine Möglichkeit, denjenigen, der dahintersteckt, an den Eiern zu packen. Vielleicht könnte sich das zu Ihren Gunsten auswirken. Daher komme ich auf das eingangs Gesagte zurück. Und ich frage Sie nur ein einziges Mal, ob Sie an einer Zusammenarbeit interessiert sind oder ob Sie diese Last ganz allein schultern wollen.« Welke zog eine Braue hoch.

Der Serbe ließ sich Zeit, betrachtete die Person auf dem Bild und hob dann den Kopf. Sein Körper schien in sich zusammenzufallen, obwohl in seinen Augen so etwas wie verzweifelter Widerstand blitzte. Nochmals zögerte er. Dann nickte er langsam.

KAPITEL 24

»Was, zum Teufel …?« Dr. Heinz Overbeck erhob sich resolut und stützte beide Fäuste auf die lederne Schreibunterlage seines Glasschreibtisches. Er sah seine Sekretärin tadelnd an. Ihre Wangen waren gerötet. Sie wandte ihre Augen ab, flüchtete sich unter dem Blick des Hauptkommissars, der so groß war, dass er den gesamten Türrahmen ausfüllte. Ohne auf eine einladende Geste zu warten, trat er weiter in das geräumige Büro. Sogleich erschienen hinter seinem mächtigen Kreuz Oberstaatsanwalt Beising, Frank Tetzlaf und Matthias Heimke, die sich im Halbkreis aufstellten und wiederum einer zunächst kaum zu überblickenden Anzahl Uniformierter Platz machten, die mit großen Papiertüten und Pappkartons in den Raum drangen.

»Ich verlange auf der Stelle eine Erklärung!«, protestierte Overbeck. Er wirkte überrascht, jedoch nicht verunsichert. Zumindest sah man ihm das nicht an.

Welke trat einen Schritt vor, bemüht, das unanständige, aber gleichzeitig angenehme Gefühl der Genugtuung zu unterdrücken. Er schlug seine Schreibmappe auf, deren brüchiges Leder einen Blick auf die darunterliegende graue Pappe freigab. Der Hauptkommissar hob den metallenen Haltebügel an. Er löste ein mehrseitiges Papier, auf deren erster Seite deutlich erkennbar das Landeswappen Nordrhein-Westfalens prangte. Er drehte das

Dokument, ging zwei weitere Schritte auf Overbeck zu und hielt ihm die Seiten hin.

»Das ist, wie Sie unschwer erkennen können, ein Haftbefehl, ausgestellt durch das Amtsgericht Essen. Sie dürfen sich somit als festgenommen, oder wie man umgangssprachlich auch sagt, als verhaftet betrachten. Die Kopie ist für Sie. Lesen Sie sich das in Ruhe durch. Es sollte zumindest den Grund unseres Erscheinens deutlich machen.«

Overbeck nahm das Papier und betrachtete Welke ungläubig. Er setzte sich hinter seinen ausladenden, hochmodernen Schreibtisch, dessen Wert Welkes Vermutungen nach dem eines Mittelklassewagens entsprach und auf dem sich neben der Unterlage nichts weiter als ein gläserner Halter mit einem Füllfederstift und ein edles kleines Schachspiel befand. Mit hektischen Kopfbewegungen überflog er die Zeilen. Es herrschte absolute Stille. Jeder räumte ihm die Zeit ein, die er brauchte.

»Das ist absurd«, stellte er schließlich fest, während er den Kopf hob. Overbeck griff zu seinem Telefon. »Ich werde mich bei Ihrem Vorgesetzten …«

»Später«, unterbrach ihn Welke, während er zeitgleich Overbeck das Telefon aus der Hand nahm. »Ich möchte Ihnen jemanden vorstellen«, sagte er und zeigte auf Beising, der einen Schritt vortrat.

»Herr Dr. Overbeck, mein Name ist Beising. Ich bin Oberstaatsanwalt der Staatsanwaltschaft in Essen und ich leite dieses Verfahren. Sie haben das Recht zu erfahren, welche Straftaten Ihnen zur Last gelegt werden. Die Anklagepunkte haben Sie dem Haftbefehl entnommen. Ist Ihnen hinsichtlich der Tatvorwürfe inhaltlich etwas unklar? Dann wiederhole ich es mündlich.«

Overbeck schüttelte kaum wahrnehmbar den Kopf.

»Gut«, fuhr Beising fort. »Es steht Ihnen frei, sich zur Sache zu äußern oder nichts auszusagen. Darüber hinaus können Sie zur Ihrer Entlastung einzelne Beweiserhebungen beantragen. Selbstverständlich können Sie jederzeit, auch vor einer Vernehmung, einen Rechtsbeistand kontaktieren und mit der Wahrnehmung Ihrer Interessen beauftragen. Ebenfalls dürfen Sie einen Angehörigen oder eine Person Ihres Vertrauens über die Festnahme informieren, sofern es dem Zweck der Maßnahmen nicht entgegensteht, was wir im Einzelfall dann prüfen werden. Ferner weise ich Sie pflichtgemäß darauf hin, dass Sie unverzüglich, spätestens aber einen Tag nach Ihrer Festnahme, einem Richter vorzuführen sind, der über Ihre Freilassung oder der Fortsetzung der Freiheitsentziehung entscheiden wird. Sollte seitens des Gerichtes der Haftbefehl aufrechterhalten bleiben, können Sie dagegen eine Beschwerde einreichen und eine Haftprüfung im Rahmen einer mündlichen Verhandlung beantragen. Sollte es Ihnen gesundheitlich nicht gut gehen, haben Sie das Recht auf die Hinzuziehung eines Arztes. Haben Sie das soweit verstanden, Herr Dr. Overbeck?«

Overbeck schielte zu seiner Sekretärin. »Andrea. Ruf Markus an. Er soll sofort herkommen.«

Tetzlaf stoppte die Sekretärin mit einer Handbewegung, während er den Mediziner ansah. »Nichts da! Wir werden den Anwalt für Sie anrufen, Herr Doktor. Solange wir hier sind, telefoniert niemand, ohne uns zu fragen.«

Overbecks Gesicht nahm eine violette Farbe an. »Was erlauben Sie sich! Ich werde mir von Ihnen in meinem Haus ...«

»Klappe!«, donnerte Welke. »Wenn Sie sich hier weiter aufplustern, lasse ich Sie zum Präsidium bringen. Sie sind hier nicht in der Position, irgendwelche Forderungen zu stellen. Und dieses Mal wird auch Ihr Freund aus dem Innenministerium nichts daran ändern. Ist das klar?« Welkes Stimme klang stahlhart. »Setzen Sie sich hin!« Er zeigte mit dem Zeigefinger auf den luxuriösen Bürostuhl unmittelbar hinter dem Mediziner. Overbeck starrte den Mann vor sich an.

Beising trat neben den Hauptkommissar. »Setzen Sie sich bitte, Dr. Overbeck. Das führt doch zu nichts.«

Overbecks Augen waren weiter auf Welke gerichtet. Im Zeitlupentempo senkte er sich und nahm Platz.

»Gut«, sagte Welke. »Frank. Gehe bitte mit der Dame in ihr Büro und rufe Herrn Overbecks Rechtsanwalt an. Wir werden so lange warten.«

Wie auch Overbeck, war Rechtsanwalt Markus Böhme ein Mann von großer Gestalt, mit scharf geschnittenen Zügen, vollem braunen Haar, das er kurz, fast militärisch geschnitten trug. Er hatte lebhafte, kristallklare blaue Augen und einen messerscharfen Blick, der vor Selbstbewusstsein nur so strotzte. Böhme schien etwas jünger als Overbeck. Welke schätzte ihn auf Ende 40. Er verkörperte optisch exakt denselben Karrieretyp. Attraktiv, erfolgreich, vermögend. Die randlose Brille auf seiner Nase war von so fein geschliffenem Glas, dass man sie nur bei genauer Betrachtung wahrnahm. Die Kleidung ließ vermuten, dass beide denselben Schneider hatten. Nur seine etwas zu hohe Stimme, eine Mischung aus Aggressivität und Wachsamkeit, passte nicht ganz zu seiner Erscheinung. Außerdem sprach er für Welkes

Geschmack etwas zu schnell, womit er seiner Auffassung nach eine gewisse Hektik vermittelte.

»Im Sommer dieses Jahres fand man im Essener Stadtwald die Leiche eines zunächst unbekannten Mannes«, begann Welke. »Der Tote befand sich bereits im fortgeschrittenen Verwesungszustand. Auch eine Obduktion erbrachte keine weiteren verwertbaren Erkenntnisse. Der Fundort ließ aber den Schluss zu, dass wir es hier mit hoher Wahrscheinlichkeit um ein Fremdverschulden zu tun haben. Sprich, man hatte den Toten entsorgt. Letztendlich fanden wir sogenannte Microdots, also individualisierte Partikel in einer speziellen Sicherheitsfarbe, an dem Leichnam, die zumindest einen Bezug zu Ihrem Institut aufzeigten, Herr Dr. Overbeck.«

»Schön und gut.« Böhme hatte die Hände in den Hosentaschen und stand regungslos neben seinem Mandanten, seinen Blick überheblich auf Welke gerichtet. »Theoretisch und spekulativ lassen sich unzählige Möglichkeiten konstruieren, wie es dazu kam. Was wollen Sie damit beweisen?«

Welke hob die Hand. »Geduld, meine Herren. Nun, diese Spur verlief zunächst in einer Sackgasse. Auch dank Ihres Engagements, Herr Doktor. Dann aber erhielten wir einen anonymen Hinweis, in dem ein bis dato unbekannter Zeuge äußerst detaillierte Angaben machte. Er lieferte uns die Personalien des Toten und als Sahnehäubchen auch gleich noch den Mörder. Ich mach es mal kurz. Der Täter ist ein Sozialarbeiter. Motiv unklar, der Fall trotzdem scheinbar geklärt. Der Täter leugnet zwar bis heute, die Indizien ließen aber keinen Zweifel.«

»Gut. Mein Mandant ist offensichtlich von jeglichem Tatverdacht befreit. Ich kann somit den Sinn Ihrer Ausführungen nicht nachvollziehen.«

Welke stand auf und lief mit gesenktem Kopf im Raum hin und her, entlang einer unsichtbaren Linie. Wie immer mit hinter dem Rücken verschränkten Händen. Er konnte so besser nachdenken. Außerdem meldeten sich seine maroden Lendenwirbel und forderten eindringlich etwas Bewegung. »Legen wir diesen Fall mal zur Seite und widmen uns einer ganz anderen Geschichte, die zunächst scheinbar keinerlei Bezug zu diesem Delikt aufzeigt.«

Böhme nahm die Hände aus der Hosentasche und gestikulierte nervös. »Herr Staatsanwalt. Ich kann beim besten Willen kein Verständnis für diese *Posse* aufbringen. Entweder Sie äußern uns gegenüber einen konkreten Tatverdacht oder wir beenden …«

»Sie beenden hier gar nichts, Herr Rechtsanwalt«, fuhr Beising ihm sachlich, aber bestimmt dazwischen. »Ich darf Sie höflichst daran erinnern, dass Sie kein Anwesenheitsrecht haben. Von daher rate ich Ihnen, sich etwas zurückzuhalten und die Ausführungen des Beamten nicht ständig zu unterbrechen. Meine Geduld ist durchaus endlich. Insbesondere nach einer so langen Nacht. Im Übrigen dürfte es in Ihrem ureigenen Interesse sein, sich die Schilderungen des Hauptkommissars anzuhören.«

Böhme sah den Staatsanwalt mit starrem Blick an. Nicht ein winziger Muskel in seinem Gesicht zuckte. Ihm war offenbar bewusst, dass man mit Gesten ebenso viel sagen konnte wie mit Worten.

Welke, der stehen geblieben war, setzte sich wieder in Bewegung und fuhr unbeeindruckt fort: »Einige Monate später entführte ein ehemaliger Kollege von uns, Robert Kettner, eine junge Frau aus einem Essener Krankenhaus. Das Einzige, was wir von ihr in Erfahrung bringen konnten, war ihr Spitzname: Vicky.« Kurz sah Welke Overbeck an. Er suchte nach einer Reaktion, fand aber nicht den geringsten Hinweis auf eine Regung.

»Wir hatten keinen blassen Schimmer, warum er das getan hatte. Es stand im Raum, dass er sie angefahren haben könnte. Darin ein Motiv zu sehen, erschien uns aber zu abwegig.« Welke verzog zur Unterstreichung seiner Bedenken die Mundwinkel. »Zumal es zweifelsfrei in dem Krankenzimmer zu einer körperlichen Auseinandersetzung mit mindestens zwei unbekannten Männern kam, die sich offenbar als Ärzte verkleideten und die sich im Anschluss in einem Wagen mit gestohlenem Kennzeichen entfernten. Als ob das noch nicht genug wäre, fand man wenige Stunden später die Frau unseres spurlos verschwundenen Kollegen mit einer Schussverletzung auf.«

Er drehte sich zu seinen Kollegen, die noch immer unverändert im Halbkreis standen.

»Jetzt wird es wirklich konfus. Völlig unabhängig des bisher geschilderten Sachverhaltes konnte kurz darauf ein Obdachloser festgenommen werden, der im Besitz der Ausweispapiere einer Claudia Wind war. Bei dieser Dame handelt es sich um die Frau unseres Kollegen.« Welke blieb stehen, wandte sich Overbeck und Böhme zu und zeigte mit dem Finger auf Overbeck. »Und nicht nur das. Er sagte in seiner Vernehmung aus, dass Unbekannte Robert Kettner, den er nur unter seinem Spitznamen Steiger kannte, entführten und dass er dabei die Ausweispapiere seiner Frau verlor. Diese wiederum sammelte der Zeuge auf. Können Sie mir bis hierhin folgen? Ich meine … ich habe selbst mehrere Anläufe gebraucht, um das alles zu kapieren.«

Welke suchte auf dem Boden erneut seine imaginäre Linie und schritt sie entlang.

»Es wird noch toller. Kurz nach all diesen Ereignissen fand man einen weiteren Toten. Dr. Martin Siebert.« Welke verharrte in der Bewegung, breitete die Arme leicht aus, präsentierte seine Handflächen und schaute die beiden Männer hinter dem Schreibtisch an. »Vielleicht kommt Ihnen der Name ja vertraut vor.« Erneut verschränkte er die Arme hinter dem Rücken, blieb aber stehen und wippte leicht auf den Zehenspitzen. »Leiter einer sozialen Einrichtung, die sich mit der Betreuung von obdachlosen Erwachsenen und insbesondere obdachlosen Jugendlichen und Heranwachsenden beschäftigt. Und jetzt wird es … ja, mir fehlen dafür eigentlich die Worte, weil es bei oberflächlicher Betrachtung wie wirres Zeug klingt.« Er strich sich über seinen Bart und setzte eine nachdenkliche Miene auf. »Siebert war der Vorgesetzte des verurteilten Mörders im Fall unseres Toten aus dem Essener Stadtwald, der wiederum, wie wir nun alle wissen, durch die Microdots in irgendeiner Verbindung mit Ihrem Unternehmen gestanden haben musste. Und nicht nur das. Aus seinem Büro hatte man offenbar eine Akte entwendet, die zu einer Victoria gehörte. Und was glauben Sie, wie man diese junge Frau nannte? Richtig«, sagte er, wobei er das Wort bei der Betonung dehnte. »Vicky. Man nannte das Mädchen Vicky.«

»Pah«, entfuhr es Böhme. »Das ist doch eine hanebüchene Geschichte, eine Verkettung völlig abstruser Gedankenspinnereien.«

Welke grinste breit und nickte dabei. Nicht überheblich. Es wirkte durchaus verständnisvoll. »Sie glauben, das ist an Wahnsinn nicht zu toppen? Dann warten Sie es mal ab. Es kommt noch besser. In unmittelbarer Tatortnähe fand man persönliche Dinge unseres Robert Kettner.«

Böhme schlug mit der flachen Hand auf die Schreibtischplatte. »Herr Beising. Das stinkt doch geradezu nach Vetternwirtschaft. Dieser Kettner taucht überall auf, hinterlässt eine Spur der Verwüstung und selbst Ihr Hauptkommissar räumt einen Tatverdacht ein. Wir wissen doch alle, dass eine Krähe der anderen kein Auge aushackt. Man versucht ganz offensichtlich auf Kosten meines Mandanten vom eigentlichen Täter abzulenken.«

Beising wollte etwas erwidern, doch Welke sah ihn an und winkte ab. »Wir wissen beide, dass er das tun muss«, sagte er zum Oberstaatsanwalt. »Schließlich kriegt er Kohle dafür. Und wahrscheinlich nicht wenig. Was würde unser Doktor hier denken, wenn sein Advokat sich nicht künstlich aufplustern würde?«

Böhme beherrschte sich nur mit Mühe. Seine Gesichtsfarbe sprach Bände.

»Warten wir ab, was Ihr Vorgesetzter zu Ihren Unverschämtheiten zu sagen haben wird«, meldete sich Overbeck zu Wort.

Welke nickte. »Ja. Mir schlottern jetzt schon die Knie. Aber zurück zum Thema.« Welke setzte wieder eine nachdenkliche Miene auf. »Wir wollten das nicht so recht glauben. Ein ehemaliger Kriminalbeamter, der so viele offensichtliche Fehler beging? Ja, der nicht einmal auf das kleine Einmaleins der Polizeiarbeit achtete?« Welke verschränkte erneut die Arme vor der Brust und sah zur Zimmerdecke, als hinge da ein Spickzettel. Abrupt suchte er Augenkontakt mit Overbeck. »Gut! Ich gebe Kritikern recht. Nicht unmöglich. Aber auch nicht sehr wahrscheinlich. Es sah für uns vielmehr so aus, als wollte man ihm ein faules Ei ins Nest legen. Sie verstehen … ans Bein pissen.«

Böhme grinste den Kriminalbeamten höhnisch an. »Diese Ausdrucksweise passt zu Ihnen.«

Welke verbeugte sich leicht und tat, als lüpfte er einen Hut. »Es gelang uns, den Aufenthaltsort von Kettner ausfindig zu machen. Eine, zugegeben billige Absteige im Essener Norden. Wir entschlossen uns dazu, sein Motelzimmer zu überwachen, auch mittels technischer Maßnahmen. Wir taten das, weil wir uns erhofften, mehr über eine mögliche Tatbeteiligung erfahren zu können oder denjenigen zu finden, der ihm etwas in die Schuhe schieben wollte. Wir gingen davon aus, dass er etwas wusste oder sogar im Besitz von etwas sehr Brisantem war. Und wir wurden nicht enttäuscht.« Welke drehte sich leicht um. »Heimchen. Wenn du so freundlich wärst ...«

Matthias Heimke trat heran und klappte einen Laptop auf.

»Sehen Sie sich das mal an.« Welke lief mit dem Computer um den Schreibtisch herum, stellte ihn ab und drehte das Gerät so, dass Overbeck und Böhme freie Sicht auf den Bildschirm hatten.

»Es handelt sich um das Motelzimmer Kettners. Was Sie jetzt sehen werden, ist zugegeben harter Stoff. Verdammt harter Stoff. Ich halte es aber für unabdingbar, dass Sie es sehen.«

Während die Wiedergabe startete, sah sich Welke Dr. Heinz Overbeck genau an. Er zeigte keine Regung, obwohl man die erwarten konnte, wenn jemand unvorbereitet Zeuge eines vermeintlichen Mordes wurde.

»Die Schlusssequenzen bestätigen unseren Verdacht zumindest ein Stück weit. Offenbar ging es um diese Dokumente. Sie waren so wichtig, dass man dafür sogar den Gebrauch einer Schusswaffe rechtfertigte.«

»Sie haben den Mörder sicher festgenommen«, stellte Böhme fest.

Welke verzog missmutig die Mundwinkel. »Aus taktischen Gründen war die Festnahme nicht unmittelbar erfolgt. Der Täter auf dem Video war für kurze Zeit … wie man so schön sagt … nicht unter dauerhafter Kontrolle. Die Festnahme erfolgte erst zeitversetzt.«

Böhme lehnte sich an die Wand und überkreuzte die Arme. »Ich gehe davon aus, Herr Welke, dass dieser Täter meinen Mandanten belastet. Ist meine Einschätzung richtig?«

»Das ist korrekt, Herr Anwalt«, bestätigte Welke.

Der Rechtsanwalt beugte sich vor und legte Overbeck eine Hand auf die Schulter. »Heinz. Bitte überlege. Kennst du diesen Mann auf dem Video? Bist du ihm zuvor schon einmal begegnet?«

Overbeck ließ sich geschätzte zehn Sekunden Zeit, seinen Blick auf Welke ruhend, bevor er antwortete. »Ich kenne diesen Mann nicht. Ich bin ein rechtschaffener Mensch und verkehre nicht mit solchem Abschaum.«

Böhme lehnte sich wieder zurück, verschränkte die Arme erneut, sagte jedoch nichts.

»Ja, ja …«, murmelte Welke nach einer Weile des Schweigens, in dem er hauptsächlich in das Gesicht Overbecks blickte. »Das mit der Rechtschaffenheit ist so eine Sache …«

Böhme stieß sich schwungvoll von der Wand ab und zeigte auf den Hauptkommissar. »Haben Sie Beweise dafür, dass dieser Mann in irgendeiner Form eine Beziehung zu meinem Mandanten aufweist? Oder erfolgt diese ganze Show hier nur aufgrund einer nicht zu verifizierenden Aussage eines Schwerverbrechers? Wo sind Ihre Belege für diese unglaublichen Anschuldigungen?«

Welke antwortete für seine Verhältnisse erstaunlich sachlich. »Also, einem detaillierten Geständnis würde ich jetzt schon eine gewisse Gewichtung unterstellen.«

»Ist das alles? Ist das wirklich alles, worauf Sie sich stützen? Lächerlich. Was ist mit den Dokumenten? Haben Sie die zumindest sicherstellen können?«, fuhr Böhme angriffslustig fort.

Welke schüttelte den Kopf. »Nein.« Er lächelte.

»Nein? Ist das Ihr Ernst?«, fragte Böhme.

»Ja.«

Böhme blickte den Beamten an, als hätte dieser nicht alle Tassen im Schrank. »Ich darf dann mal zusammenfassen: Sie legen einen Haftbefehl gegen Herrn Dr. Overbeck vor, einem rechtschaffenen und angesehenen Mediziner und Unternehmer, einem sehr guten Steuerzahler … ein Haftbefehl, der sich lediglich auf die Aussage eines Kriminellen beruft? Irgendwelche ominösen Dokumente, die angeblich zur Sachverhaltsklärung beitragen könnten, waren aufgrund einer offensichtlich stümperhaften Polizeiarbeit nicht sichergestellt worden. Und der Hauptzeuge, der Licht ins Dunkel hätte bringen können, war unter den wachsamen Augen einer unfähigen Polizei erschossen worden? Wollen Sie das tatsächlich behaupten?« Er nahm seine Brille ab und steckte sich das Ende eines Bügels in den Mund. »Wenn das alles ist, meine Herren, darf ich Ihnen gratulieren. Sie dürfen überzeugt davon sein, dass hier Köpfe rollen werden.« Er lächelte spöttisch und zeigte sein schneeweißes Gebiss.

Welke sah Böhme direkt an. Es war an der Zeit, den ersten Trumpf auszuspielen. »Das stimmt so nicht.«

»Was stimmt nicht, Herr Hauptkommissar?«, fragte dieser unbeeindruckt.

Welke zuckte mit den Schultern. »Ich habe mit keinem Wort erwähnt, dass der Hauptzeuge erschossen wurde.«

»Ich verstehe nicht …?«

»Frank, wärst du so freundlich?«

Tetzlaf nickte seinem Chef zu, drehte sich um und machte ein Handzeichen. Die Kollegen im Hintergrund traten etwas zur Seite und bildeten eine Gasse. Welke deutete mit einer Handbewegung auf den Mann, der soeben eintrat.

»Darf ich Ihnen vorstellen?«, sagte er lächelnd. »Herr Robert Kettner!«

Innerhalb von Sekunden entglitten Overbecks Gesichtszüge, als wäre das Monster aus den Träumen seiner Kindheit zum Leben erwacht. Starr vor Entsetzen hafteten seinen Augen auf dem Mann, der soeben das Büro betrat. Er wirkte, als bräuchte er Zeit, um die Flut an Gedanken zu sortieren, die ihn soeben überrannten. »Das kann nicht …«, stammelte er reflexartig, fing sich jedoch sofort wieder.

»Nicht sein?«, vollendete Welke Overbecks Äußerung.

Böhme legte Overbeck erneut eine Hand auf die Schulter, dessen bleiches Gesicht noch immer Steiger zugewandt war. Dieses Mal wehrte Overbeck sich nicht. »Heinz, lass mich sprechen.«

Steiger ging geradewegs auf den Schreibtisch zu und setzte sich auf einen der beiden Stühle davor. Seine Augen fixierten Overbeck in einer Art, dass dieser dem Blick des Mannes vor sich nur wenige Sekunden standhielt.

»19 Jahre war das Mädchen, du Dreckskerl.«

»Sie beleidigen meinen Mandanten? Haben Sie das gehört, Herr Beising! Ich verlange, dass dies protokolliert wird.«

Steiger wandte seinen Blick von Overbeck und blickte Böhme direkt an. »Schreib's mit auf die Rechnung, du geleckter Affe.«

Welke nahm neben Steiger Platz, schlug ihm kurz freundschaftlich aufs Knie und machte eine beschwichtigende Geste, bevor er wieder die beiden Männer hinter dem Schreibtisch ansah.

»Sie haben nicht allen Ernstes erwartet, dass es sich bei dem Mann auf dem Video tatsächlich um eine lebende Person handelt?«, fragte er. »Ich bitte Sie. Nein. Es war eine Puppe. Dummy nennt man die Teile wohl. Die Kollegen hatten sogar ein Tonband ins Bett gelegt, das man mittels Fernsteuerung aus- und einstellen konnte. Unser Gummikollege schnarchte tatsächlich. Zumindest bis zu dem Zeitpunkt … na ja. Sie wissen schon. Beeindruckend, nicht wahr?« Welke lehnte sich zurück und nahm eine lässige Haltung ein, bevor er die Sprachlosigkeit der beiden Männer ihm gegenüber ausnutzte und nachsetzte.

»Was hat das alles mit Ihnen zu tun? Nun, es gibt da etwas, was ich in meiner bisherigen Schilderung außen vor gelassen habe. Sie erinnern sich daran, dass ich sagte, ich hätte mir den vermeintlichen Entführungsort angesehen? Ich konnte dabei etwas auffinden. Ein Beweismittel.«

Overbeck schluckte trocken. Flüchtig sah er zu seinem Anwalt.

»Unser Zeuge beobachtete, wie ein Komplize bei der Entführung half. Es war ein junger Kerl, scheinbar recht unerfahren. Er hatte offenbar zur Beruhigung ein Bierchen genascht. Ein besonderes Bier in einer außergewöhnlichen Flasche. Und diese Flasche habe ich gefunden und sichergestellt. Mitsamt eines Fingerabdruckes. Und jetzt dürfen Sie raten, wem dieser Abdruck gehört.«

»Uns ist nicht nach Rätselraten«, erwiderte der Anwalt scharf.

Welkes freundliche Miene erstarb. Und mit einem Male war für jeden im Raum erkennbar, wie verdammt ernst er es meinte.

»Der Abdruck gehört einem jungen Mann, der sich Jan nennt. Offensichtlich ein Pseudonym. Ich verrate Ihnen, wie er wirklich heißt. Sein Name ist Maximilian. Maximilian Overbeck.«

Dr. Overbeck schmiss sich in seinem Stuhl zurück und löste hektisch seinen Krawattenknoten.

»Ich möchte Sie an dieser Stelle darauf hinweisen, dass Sie sich hinsichtlich Ihres Sohnes auf das Zeugnisverweigerungsrecht berufen dürfen«, warf der Oberstaatsanwalt ein. Ihr Sohn wurde soeben unter dringendem Tatverdacht der Beihilfe zu einer Entführung und zumindest eines versuchten Tötungsdeliktes festgenommen. Ich bin fest davon überzeugt, dass die DNA-Spuren an der Flasche mit seiner DNA übereinstimmen werden«, ergänzte Beising. »Zusätzlich hat Herr Kettner Ihren Sohn bereits in einer verantwortlichen Vernehmung im Rahmen einer Lichtbildvorlage zweifelsfrei identifiziert.«

»Wir wissen, was Sie für ein Spiel treiben, Overbeck«, ging Welke den Mediziner nun hart an. »Sie haben mir von Ihrem Patent erzählt. Diesen neuartigen Stents. Sie führen medizinische Experimente an Obdachlosen durch, die Sie mithilfe dieses Sozialarbeiters Siebert ausgewählt haben und deren Verschwinden niemandem auffällt. Offenbar hatte der Tote aus dem Stadtwald fliehen können und ist bei der Flucht mit der DNA-Farbe markiert worden. Als wir nach dem Leichenfund bei Ihnen auftauchten, mussten Sie handeln. Die Sache wurde einfach zu heiß.«

»Mir reicht es jetzt«, schrie Böhme. »Ich verlange …«

»Halt's Maul, Arschloch!«, fuhr Steiger den Anwalt an. »Sonst schmeiß ich dich persönlich raus.«

»Und wenn er es nicht tut, tu ich es«, ergänzte Beising.

Welke drehte sich um und zum ersten Mal in all den Jahren, seit er Beising kannte, war er sprachlos. Er sammelte sich, schloss seinen offen stehenden Mund und fuhr fort: »Sie hatten die Befürchtung, Herr Dr. Overbeck, dass Ihr ganzes Lügengerüst auffliegen könnte. Daher brachten Sie einen pseudo-anonymen Hinweisgeber ins Spiel. Das forderte natürlich ein Bauernopfer: Tobias Albrecht. Er kannte den Toten, und es war für Siebert ein Leichtes, die DNA Albrechts an eine Tatwaffe zu bringen. Keine Chance für den Jungen.«

»Dann passierte dir ein weiteres Missgeschick«, übernahm Steiger das Gespräch.

»Vicky, die ebenfalls fliehen konnte. Doch dieses Mal war es heikler. Weil sie eines deiner verfluchten Implantate in sich hatte. Daher hast du deinen Sohn unter dem Pseudonym Jan in die Szene eingeschleust. Cleverer Zug. Siebert hatte alle Informationen, die er brauchte, um dafür zu sorgen, dass er in die Gruppe infiltrieren konnte. Immerhin hatte er die Jugendlichen betreut. So konntet ihr recht schnell den Aufenthaltsort von Vicky erfahren.«

»Können Sie Ihre Behauptungen beweisen? Wo ist dieses angebliche Implantat?«, harkte Böhme nach.

Steiger lachte verächtlich auf. »Das wisst ihr ganz genau.«

Welke griff in seine Innentasche und holte ein Notizblock heraus. Mit krauser Stirn blätterte er darin, bis sein Zeigefinger auf einen Eintrag tippte.

»Vicky sprach von einem Ivan. Dieser Name führte zugegebenermaßen in eine Sackgasse. Ich habe recherchiert. Und was ich rausbekommen habe, war interessant. Äußerst interessant. Wissen Sie, was Ivan bedeutet?« Welke legte einen fragenden Blick auf und sah zu Overbeck. »Invasiv medizinische Venen-Aorta-Nanotechnologie. Zumindest ist diese Bezeichnung beim Patentamt für Sie hinterlegt.«

Böhme spielte den Gelassenen. »Sie wollen damit sagen, dass Sie dieses Implantat nicht haben, habe ich recht?«

»Weil er es hat.« Steiger nickte in Overbecks Richtung.

»Pech, dass sie mir während ihrer Flucht vor die Karre lief. Im Krankenhaus habt ihr meine Personalien herausbekommen. Und damit hast du, Wichser, oder die Männer, die für dich arbeiten, einen Bezug zu meiner Frau herstellen können. Ihr hattet bei dem Tausch – meine Frau gegen Vicky – zu keinem Zeitpunkt vor, uns am Leben zu lassen.«

Böhme fand wieder etwas zu seiner Souveränität zurück. »Eine beeindruckende Geschichte, die Sie sich da zusammengeschustert haben. Ich frage mich, was unterm Strich für Sie verwertbar übrig bleibt. Ein Fingerabdruck auf einer Flasche, die irgendwo im Stadtgebiet aufgefunden wurde. Einen Täter, der eine *Gummipuppe* umgelegt hat, und irgendwelche angeblichen Dokumente, die es offenbar auch nicht gibt.«

»Doch. Diese Dokumente gibt es. Und ich weiß auch, wer sie hat«, übernahm Welke wieder. »Sie haben diese Dokumente, Herr Overbeck.«

»Ich? Lächerlich.« Er wurde rot. »Und wenn Sie das komplette Gebäude auf den Kopf stellen. Hier befinden sich keine Dokumente.«

Welke grinste. Ein Grinsen jener Art, wie man es in dem Gesicht eines Mannes fand, der über seine Gegner triumphierte. Seine Augen wanderten zwischen den beiden Männern ihm gegenüber hin und her. »Ich bin nicht davon ausgegangen, sie hier zu finden. Das wäre eine herbe Enttäuschung. Wir brauchen die Dokumente auch nicht aufzufinden. Ich kann auch so beweisen, dass unser Dr. Overbeck sie hat.«

Welke griff in seine Jackentasche und stellte ein durchsichtiges Plastikröhrchen auf den Schreibtisch, in dem sich eine Made befand, die kreisrunde Bahnen auf dem Gefäßboden zog.

»Alles hat mit diesem unscheinbaren Kollegen hier angefangen«, begann er nach einer Pause. Er hob das Behältnis kurz an, schüttelte es demonstrativ und stellte es zurück. Unsere kleinen Kollegen der Gattung Calli…« Stirnrunzelnd warf er einen kurzen Blick zu Heimke.

»Calliphora vicina«, ergänzte dieser. »Auch Blaue Schmeißfliege genannt.«

»Hm«, grunzte Welke und wandte sich wieder Overbeck zu. »Sag ich doch. Also. Unser Freund Calli… dingsbums war so freundlich uns zu helfen, indem er sich Spuren, die sich auf der Leiche aus dem Stadtwald befanden, bei seinem Schmaus mit einverleibte. Sie erinnern sich?« Welke zeigte auf Overbeck. »Die Microdots, die für Ihr Labor ausgegeben worden waren und die im Verdauungstrakt einiger verpuppter Maden gefunden wurden.«

Heimke trat heran und übergab Welke eine kleine

Tasche. Langsam öffnete er den Reißverschluss, ließ die Anwesenden über den Inhalt jedoch im Unklaren.

»Herr Kettner wurde auf ihr Geheiß hin entführt und gefoltert, um herauszufinden, was er wusste und ob er sein Wissen bereits weitergegeben hatte. Daher haben Sie ihn nicht sofort eliminieren lassen. Sie besaßen darüber hinaus einen Plan B als Finte. Taten so, als würde die anschließende Rettung durch Ihren Sohn Siebert zu verdanken sein. Ziel war es, sich das Vertrauen von Herrn Kettner zu erschleichen, um die Informationen aus ihm herauszubekommen. Doch als ihm die Flucht gelang, weil Siebert sich verraten hatte, ließen Sie den Sozialarbeiter erschießen. Er war zu einem zu großen Risiko geworden, er hatte einfach zu viel gewusst. Gleichzeitig arrangierten Sie alles so, dass der Tatverdacht auf Herrn Kettner fiel.«

Wieder nahm Welke das Röhrchen mit der Insektenlarve hoch. »Unser Kumpel hier brachte mich auf eine Idee. Es gelang uns, Herrn Kettner zu kontaktieren. Er verbreitete auf unser Geheiß hin das Gerücht, dass er aus Sieberts Büro Akten mitgenommen hatte, die den ganzen Fall auffliegen lassen würden. Uns war klar, dass Jan, respektive Ihr Sohn, diese Informationen sofort weitergeben würde. Und ebenfalls war uns bewusst, dass der oder die Täter alles daran setzen würden, diese Dokumente zu erhalten. Wir stellten eine Falle, in dem wir die Spur Kettners verfolgbar machten. Das Ergebnis haben wir auf dem Video gesehen.«

Welke zog eine Lampe aus der Tasche.

»Ein Ass hab ich noch im Ärmel. Und wenn ich das mit den anderen Indizien in ein Navi eingebe, wette ich ein halbes Monatsgehalt, dass es mich zielgenau zu Ihnen führen wird, Herr Overbeck.« Schwerfällig erhob sich der Hauptkommissar. »Es gibt nur zwei Personen, welche diese Dokumente in den Händen gehalten haben. Der eine ist unser Mann aus dem Hotelzimmer. Der andere ist derjenige, dem er die Papiere brachte.« Welke schaltete die Lampe ein. Sie leuchtete kaum wahrnehmbar. »Frank, sei bitte so nett und schalte die Zimmerbeleuchtung aus.« Augenblicklich wurde der Raum nur durch die Lampe in Welkes Händen erhellt. »Die Akte wurde mit einer Spezialfarbe markiert. Eine Farbe, die mit eigens für uns entwickelten Microdots versehen wurde. Microdots, die es nur einmal auf dieser Welt gibt.« Welke trat einen Schritt heran und stellte sich vor den Schreibtisch. »Ihre Hände bitte, Herr Dr. Overbeck.«

Im fahlen Licht der Speziallampe sah Welke, wie Overbeck zu seinem Rechtsanwalt sah. Der Verteidiger stand regungslos da, die Lippen zusammengepresst und mied seinen Blick. Overbeck wandte sich von Böhme ab und sah Welke direkt in die Augen.

»Ihre Hände«, befahl dieser erneut.

Nochmals zögerte Overbeck. Zehn Sekunden später streckte er wie in Zeitlupe die Hände aus.

Welke hob die Lampe, führte sie näher heran und betrachtete die zitternden Finger des Mediziners, die fluoreszierend aufleuchteten.

Mit seinem Zeigefinger stieß er den schwarzen König des Schachspiels um.

»Schachmatt«, sagte Welke.

KAPITEL 25

Steiger stand auf dem Balkon und beobachtete, wie die Sonne langsam aufging. Er hielt sein Gesicht in den leichten Wind, der sich angenehm erfrischend anfühlte, und atmete tief ein. Von jeher mochte er diese Phase des Tages. Insbesondere wenn er nach einer langen Nachtschicht nach Hause gekommen war, hatte er sich in die Betrachtung des Himmels vertieft. Diese Zeit übte schon immer eine meditative Wirkung auf ihn aus. Diese Ruhe, die Reinheit der Luft, klar und frisch. Er hatte seinen Gedanken nachgehangen, hatte ihnen freien Lauf gelassen. Für ihn war es eine Entspannung der besonderen Art, etwas, was tiefe Gefühle in ihm hervorrief und in der er das Erlebte loslassen konnte. Manchmal hatte er tatsächlich geglaubt, dass dieses Ritual ihm dabei geholfen hatte, all die unvorstellbaren Dinge wie eine Haut abzulegen, um davon nicht in seinen Träumen verfolgt zu werden, nicht den Verstand zu verlieren.

Der Sonnenaufgang an diesem Morgen war atemberaubend. Eine Komposition warmer Farben – dominiert von leuchtendem Orange und hellem Rot –, die sich über die kräftige und bunte Herbstfärbung der stattlichen Laubbäume legte. Steiger nippte an seinem Kaffee und fragte sich, wann er diesen Anblick das letzte Mal so bewusst, so intensiv wahrgenommen hatte.

Er bewegte den Kopf in einer kreisenden Bewegung von links nach rechts und wieder zurück. Die Strapazen der vergangenen Tage hatten Spuren hinterlassen. Sein Körper schmerzte und seine Muskeln waren verspannt und müde. Ihn hatte eine wohltuende Gleichgültigkeit erfasst. Es war, als würde sich seine Psyche abkapseln, auf ihre eigene Art zur Ruhe kommen wollen. Das Verarbeiten, das Auseinandersetzen mit den zurückliegenden Erfahrungen und dem, was noch auf ihn zukommen würde, schien sich auf einer anderen Ebene abzuspielen. Er trank seinen Kaffee aus, drehte sich um und ging zurück in das Zimmer. Claudia lag auf dem Rücken. Sie schlief noch. Er stellte die Tasse ab, setzte sich vorsichtig neben sie auf die Bettkante und streichelte sanft eine ihrer Haarsträhnen, die sich über das Kopfkissen ausgebreitet hatten und die durch die ersten Sonnenstrahlen in ein besonderes Licht getaucht wurden.

Er betrachtete ihr entspanntes Gesicht, die hohen Wangenknochen, die ebenmäßigen Züge. Still lächelte er vor sich hin. Es war seltsam. Lange hatte er versucht, sich einzureden, dass ihre gemeinsamen Jahre vergeudete Zeit gewesen waren. Weil er verdrängte, dass die folgende fortwährende Phase tiefer Traurigkeit, der unerträglichen anklagenden Stille, die er nur unzureichend mit Arbeit und manchmal auch mit Alkohol verdrängt hatte, ihren Grund in der Erkenntnis hatte, dass er sie mehr liebte als irgendetwas anderes auf der Welt. Und nun stürmten all diese längst vergessenen Erinnerungen, die so weit entfernt schienen, auf ihn ein. Sein Blick wanderte hin zu der bandagierten Stelle, bei deren Anblick sich noch immer eine stählerne Faust um sein Herz schloss, es zusammenpresste und ihn am Atmen hinderte. Die Wunde würde verheilen. Doch die Narbe, die sie hinterließ, würde ihn für den Rest seines Lebens auf kaum zu ertragende Art und Weise daran erinnern, dass er sie beinahe für immer verloren hätte. Mit Mühe löste er sich aus seinen Gedanken, da das Gefühl in seinem Hals mehr und mehr die Kontrolle über ihn und seine Emotionen gewann.

Steiger ließ ihr Haar los, beugte sich nach vorn und küsste sie sanft auf die Stirn. Seine Lippen verharrten auf ihrer Haut. Mit geschlossenen Lidern nahm er ihren Geruch auf. Langsam atmete er ein, so tief, bis seine Lungen gefüllt waren.

Claudia öffnete ihre Augen. Sie sah ihn an und lächelte. Aufrichtig und voller Zuneigung. Obwohl ihr der Arzt im Krankenhaus von einer Entlassung abgeraten hatte, wollte sie bei ihm sein – und er bei ihr. Dieser unsagbar kostbare Moment, in dem sie sich anblickten, in dem es außer ihnen beiden nichts anderes auf der Welt gab, tröstete.

Steiger fühlte etwas in ihm aufsteigen. Etwas, was er immer bekämpft hatte. Doch das erste Mal wollte er sich nicht auflehnen. Nicht Widerstand leisten.

Steiger fuhr sich über sein Gesicht. Er starrte an ihr vorbei, irgendwo ins Nichts. »Ich bin müde. All die Jahre ohne dich habe ich nichts und niemanden an mich rangelassen, hab tagein, tagaus eine seelische Schutzweste getragen. Ich bin es satt, ich will das nicht mehr. Verstehst du, was ich meine?« Seine Augen fanden ihre.

Claudias Lächeln blieb bestehen. Sie streichelte seine Wange. »Du musst sie nicht mehr tragen. Mag sein, dass sie ihren Zweck erfüllt hat. Aber nun lass sie ab.«

Er sah zu Boden. Nicht verschämt. Nach Worten suchend. »Was auch immer war. Ich bin bereit, mich zu ändern. Ich werde mich ändern, ich ...«

Sie fasste sein Kinn, sah in sein Gesicht und legte ihm einen Zeigefinger auf die Lippen, während sie den Kopf schüttelte. »Nein. Das sollst du nicht«, flüsterte sie, während sie seine Wange hielt. »Die Wahrheit ist, dass ich das die ganze Zeit über vermisst habe.«

Er ergriff ihre Hand, küsste ihre Finger. »Aber warum ist es alles so … schwierig? Warum so verletzend?«

Sie berührte erneut seine Lippen. »Vielleicht ist es … dass Liebe leiden, dass sie Schmerz ertragen muss, damit wir die wenigen Augenblicke als solche erkennen, die sie ausmacht.«

Steiger nahm den Kopf zur Seite und blickte hinaus. »War ich so … blind?«

Kaum merklich schüttelte sie den Kopf. »Wir, Robert.«

Steiger wandte sich ihr wieder zu. »Ich hätte dich fast verloren.«

»Nein. Es war es wert. Vorher war alles ohne Sinn, die Zeit verrann ohne Ziel.«

»Weißt du, welcher Gedanke mich am meisten quält?«, fragte er nachdenklich. »Dass ich es dir nie gesagt habe. Dass ich zu stolz und zu feige gewesen war. Dass mir das erst ins Bewusstsein schoss, als es beinahe zu spät war.«

Claudia nickte. »Wir sollten, wenn wir zurückblicken, uns darauf konzentrieren, welche Träume wir geteilt haben. Lass uns für die Zukunft lernen, die Welt für uns so zu beschreiben, wie wir sie sehen möchten.«

Steiger legte sich neben Claudia und nahm sie in den Arm. »Es ist so sonderbar, aber es fühlt sich gut an. Irgendwie …«

»Was meinst du genau, Robert?«

Er antwortete nicht sofort, zog sie näher zu sich. »Eine Zukunft zu haben.«

*

Erster Kriminalhauptkommissar Welke schritt über den lang gezogenen Flur des Polizeipräsidiums. Ungeachtet der Tatsache, dass es eigentlich unerfreuliche Gründe waren, die ihn hierher führten, war er ausgesprochen guter Laune. Man konnte behaupten, dass es ihm sogar ein dringendes Bedürfnis war, hierherzukommen. Über eine Woche hatte er das alte Gebäude, in dem so viele seiner Erinnerung hafteten, in dem er so viele Stunden spannender Arbeit oder stupider Tätigkeiten nachgegangen war, nicht mehr betreten. Es war ein seltsames Gefühl. Anders als er es empfunden hatte, wenn er nach einem mehrwöchigen Urlaub zurückgekehrt war. Ihm war, als wäre etwas von ihm nicht mehr Teil dieses Hauses, seit man ihn zwangsversetzt hatte. In der Tat kam er sich ein Stück weit fremd vor. Äußerlich schien alles gleich. Alles ging seinen gewohnten Lauf. Helmut saß nach wie vor in seinem Glaskasten am Eingang der Präsidiumswache. In den Innenhöfen standen dieselben Raucher, verbrachten dort gefühlt mehr Zeit, als hinter ihren Schreibtischen, und man grüßte ihn wie gewohnt, als hätte es die zurückliegenden Tage nie gegeben. Trotzdem hatte er das Gefühl, dass etwas verloren gegangen war, und er wusste in diesem Moment nicht, da ihm dieses Empfinden bewusst wurde, ob er diesen Verlust jemals würde kompensieren können. Mit einem Mal wurde ihm klar, dass seine Ära bei der Polizei endlich war. Nicht nur das. Sie war fast vorbei. Neue Generationen drängten hinein. Veränderten. Schon wenige Monate nach seiner Pensionierung würde sein Name verblassen. Niemand hinterließ hier Spuren. Vielleicht war das auch gut so. Alles hatte seine Zeit. Und wie der größte Teil aller Polizeibeamten, die auf mehrere Jahre Dienst zurückblicken konnten, empfand er das Arbeiten und die Art und Weise, wie man mit ihnen umging, als zunehmend belastender. Etwas, was nichts mit dem eigentlichen Beruf zu tun hatte. Es war einfach unerträglich für alle geworden. Doch diese Erkenntnis drückte seine Stimmung zumindest in diesem Moment nicht, wo er den kahlen Flur entlangging.

Das Präsidium war von innen größer, als es seine ohnehin schon beeindruckenden Außenmaße erahnen ließen. So imposant, wie das von 1914 bis 1918 erbaute Gebäude von außen auch war – es gehörte zweifelsohne zu den schönsten Dienststellen Deutschlands –, so nichtssagend war es von innen. Welke musste ein ganzes Stück gehen, bis er endlich vor dem Büro stand, das sein Ziel war.

Einige Augenblicke blieb er vor der Tür stehen und atmete tief durch. Nicht aus Anspannung. Sämtliche Aufzüge im Haus waren mal wieder außer Betrieb und mit seiner Kondition stand es nicht zum Besten. Streng genommen hatte es das noch nie getan. Zu keiner Zeit hatte er den Drang verspürt, Klimmzüge an Türrahmen zu machen, weil er vor lauter Energie nicht wusste, wohin damit. Der Hauptkommissar wollte durch eine erkennbare Schnappatmung bei dem folgenden Gespräch schlichtweg nicht den Eindruck erwecken, nervös zu sein. Er würde keinen Zweifel an seiner Souveränität aufkommen lassen. Welke hob die Hand, zögerte einen weiteren, kurzen Moment, atmete zur Sicherheit noch einmal tief durch, dann klopfte er mit seinem Mittelfinger gegen das Türblatt. Er drückte die Klinke nach unten und trat ein.

Reuter saß hinter seinem Schreibtisch und sah aus, als wäre er mit Wichtigem beschäftigt. Natürlich.

»Ah, Herr Welke! Kommen Sie herein.« Er tat, als hätte ihn das Erscheinen des Hauptkommissars überrascht.

Eine gespielte Geschäftigkeit. Wenig glaubhaft. Sie hatten einen Termin und Welke war auf die Minute pünktlich. Der Kriminaloberrat trat um seinen Schreibtisch und lief mit ausgestreckter Hand auf seinen Gast zu. »Schön, dass Sie es einrichten konnten.«

Welke ergriff widerwillig die Hand seines Vorgesetzten, der es vermied, ihn direkt anzusehen. Er kämpfte geradezu gegen den Drang, Reuter die erste rhetorische Salve vor den Bug zu knallen.

»Kommen Sie! Setzen Sie sich.« Reuter zeigte auf eine Sitzecke, zog einen Stuhl vom Tisch und nahm gegenüber Platz.

»Kaffee?«

Welke antwortete nicht.

»Tja, Herr Welke. Wer hätte das gedacht?« Reuter lehnte sich zurück, überschlug die Beine und versuchte sich an einem Lächeln.

Noch immer sagte Welke nichts. Er hatte das Talent, mit einer Person über Stunden in einem Raum sitzen und nicht ein einziges Wort sagen zu können, ohne dass es ihn belastete. Etwas, womit die wenigsten Menschen klarkamen.

»Ich denke, das haben wir gut hinbekommen«, fuhr Reuter fort. Er empfand Welkes Schweigen sicher als unangenehm. »Der Polizeipräsident hat sich bereits bei mir gemeldet und uns gratuliert. Der Leitende Oberstaatsanwalt persönlich hatte ihn kontaktiert und war voll des Lobes. Overbeck hat ein umfangreiches Geständnis abgelegt?«

Welkes Kopfnicken erfolgte zeitversetzt. Er hasste es, Fragen gestellt zu bekommen, deren Antworten bereits bekannt waren. Natürlich war Reuter auf dem aktuellsten Stand. Er kannte jedes Detail. Mit Sicherheit. Er antwortete trotzdem.

»Er wollte Schaden von seinem Sohn abwenden. Maximilian stand Zeit seines Lebens unter der dominanten Herrschaft seines Vaters. Wird's nicht leicht gehabt haben, der Junge. Als Harald Bernskötter, der Tote aus dem Stadtwald, aus Overbecks Klinik getürmt war, hat er sich offenbar auf der Flucht den Hals gebrochen. Kerben an den Halswirbeln wurden mit der gefundenen Tatwaffe postmortal zugefügt. Overbeck hat von seinem Jungen tatsächlich verlangt, dass er die Leiche verschwinden lässt. Das muss man sich mal vorstellen. Er hat's verbockt, der Knabe, wie wir ja alle wissen. Jedenfalls hat er ausgepackt. Ein befreiendes Gebet. Er hat uns alles gesagt, was er über die Machenschaften seines Vaters wusste.«

»Tobias Albrecht ist wieder auf freiem Fuß, wie ich hörte. Was ist mit der Leiche dieser Victoria?«

»Sie wird morgen obduziert.«

»Gut. Sehr gut. Übrigens ist morgen Früh für 10 Uhr eine Pressekonferenz anberaumt, in der ich zu unserem Erfolg Stellung nehmen werde.«

Welke spürte, wie sich die Missachtung, die er empfand, in Form einer aufsteigenden Säurefontäne seine Speiseröhre hocharbeiten wollte. Öffentlichkeitswirksame Selbstbeweihräucherung passte zu diesem Widerling.

»Aber kommen wir erst einmal zum Wichtigsten.« Reuter beugte sich vor, zog den Stuhl näher heran und legte beide Unterarme auf den Tisch. »Es ist ja noch eine immense Aufarbeitung des Falls zu leisten. Selbstverständlich unter Ihrer erfahrenen Leitung. Was Ihre Abordnung betrifft … es war unter den gegebenen Umständen sicher verfrüht … na ja, als Vorgesetzter muss man Entscheidungen nach sorgfältiger Abwägung … um es kurz zu machen, selbstverständlich sind Sie …«

»Ach!« Welke winkte ab. »Schwamm drüber.«

Reuter wirkte verblüfft, sah den Mann vor sich an, mit dessen Reaktion er nicht gerechnet hatte. Welkes breites Grinsen schien ihm einen Teil seiner Unsicherheit zu nehmen. Ein Anflug von Erleichterung zeichnete sich in dessen Gesicht ab.

»Schön. Sehr schön. Ich meine, wir ziehen ja alle am selben Strang, haben dasselbe Ziel. Ich mag Männer mit professioneller Denke.«

Welke verschränkte die Arme vor der Brust und nickte. »Ich bin da ganz Ihrer Meinung.« Seine Ruhe, die Gelassenheit, die er ausstrahlte, übertrug sich auf seinen Vorgesetzten, der sich wieder zurücklehnte und deutlich entspannter wirkte.

»Es führt ja auch zu nichts und Sie werden sicher Ihre Gründe gehabt haben, Herr Reuter.«

Reuters Miene hellte sich auf. Dieses Mal wirkte die Freundlichkeit in seinen Zügen aufrichtig.

»Das freut mich, Herr Welke, dass Sie so denken.«

Welke faltete seine Hände unter seinem Bauch. Sein Lächeln blieb bestehen, als er weitersprach. »Ich bin einfach der Meinung, dass wir beide so kurz vor Ihrem Fortgang nicht mit Groll zurückblicken sollten.«

Reuters Augen verengten sich zu Schlitzen und er legte fragend den Kopf schief. »Ich kann Ihnen nicht folgen.«

Welkes Mundwinkel sprangen einmal nach unten und wieder herauf. »Ich habe mich erkundigt. Es sind einige Stellen im Land ausgeschrieben. Gut. Nicht jede wird Sie zeitnah nach vorn bringen, was anderseits Ihre Bewerbungschancen erhöhen dürfte. Aber wie sagt man so schön in Ihren Kreisen immer? Verwendungsbreite … Und Sie sind ja noch jung.«

Schlagartig fand Reuters Mimik zur gewöhnten Schärfe zurück. »Okay, Welke. Was wollen Sie?«

Der Hauptkommissar lächelte weiter, doch es lag etwas Herausforderndes darin. »Ich persönlich will nichts. Ich möchte lediglich zum Ausdruck bringen, dass ich es außerordentlich zu schätzen weiß, dass Sie über mein anfängliches … Fehlverhalten so großzügig hinwegsehen. Im Gegenteil. Aus einem Gefühl …« Welke machte eine ausschweifende Handbewegung, »der … ja … nennen wir es ruhig Dankbarkeit werde ich die kleinen strafrechtlich relevanten Tatsachen, dass Sie die Beweiserhebung unterdrücken wollten, in dem Sie mir drohten, gegen einen Tatverdächtigen weiter zu ermitteln, einem Verdächtigen, den wir letztendlich überführen konnten … Dass Sie mich zu diesem Zweck gegen meinen Willen … Sie wissen schon. Wir machen alle mal Fehler. Und jetzt, wo Sie ja die feste Absicht haben, sich zeitnah beruflich zu verändern … noch mal: Schwamm drüber.«

Reuters Augen funkelten gefährlich. »Soll ich Ihnen etwas sagen? Sie haben nichts in der Hand. Ich werde Sie demontieren, Welke. In einer Art, wie Sie es sich nicht einmal ausmalen können. Sie sind erledigt.«

Welkes Miene verfinsterte sich. Weit lehnte er sich über den Tisch. »Du kleiner Hosenscheißer willst mir drohen?« Er griff in seine Außentasche und holte ein altmodisches Diktafon heraus. Ohne sein Augenmerk von Reuter abzuwenden, fanden seine Finger den Abspielknopf. Regungslos verfolgte der Kriminaloberrat die Aufnahme, die das Gespräch zwischen ihm und Welke vor einer Woche wiedergab.

Als das Band endete, nahm Welke das Gerät, stellte es aus und ließ es wieder in seiner Jacke verschwinden. Einige Sekunden starrte er in das leichenblasse Gesicht seines Vorgesetzten.

»Strafvereitelung. Nötigung. Mobbing ... ob so eine Vita karrierefördernd ist?« Welke zog eine Braue hoch und ließ sie in dieser Position. »Morgen, bei der Pressekonferenz, erwarte ich zu hören, dass Kriminalhauptkommissar Frank Tetzlaf und Kriminaloberkommissar Matthias Heimke diesen Fall mithilfe des Kommissariats und vielen Unterstützungskräften aufgeklärt haben. Und selbstverständlich gehe ich davon aus, dass dieser Erfolg in der Zwischenbeurteilung der beiden, die Sie vor Ihrem Behördenwechsel vornehmen werden, gebührende Berücksichtigung findet.«

Welke erhob sich und sah auf Reuter herab.

»Die nächste freie Stelle. Je eher Sie Ihren Krempel packen, desto besser. Sie sollten mich nicht zu lange warten lassen. Bis dahin meiden Sie meine Dienststelle. Sie wissen ja ... Sensibilität. Fingerspitzengefühl. Diplomatie. Das sind Begrifflichkeiten, die mir nur vom Namen her bekannt sind. Denken Sie daran. Ich bin ein Dinosaurier. Und die Biester sollte man nicht provozieren.«

»Das können Sie nicht von mir verlangen.« Reuters Stimme war mehr ein Flüstern.

Welke schritt zur Tür. Als er die Klinke in der Hand hielt, drehte er sich nochmals um und zwinkerte dem Oberrat zu. »Zur Erinnerung. Eins habe ich in all den Jahren gelernt, Herr Reuter. Man sieht sich immer zwei Mal im Leben. Immer.«

Ende

Weitere Krimis finden Sie auf den folgenden Seiten und im Internet:

WWW.GMEINER-SPANNUNG.DE

MIKE STEINHAUSEN
Rachebrüder

978-3-8392-1759-7 (Paperback)
978-3-8392-4781-5 (pdf)
978-3-8392-4780-8 (epub)

OFFENE RECHNUNG Annabelle Cüppers bittet den Ex-Polizisten Robert Kettner, von allen nur Steiger genannt, um Hilfe. Sie vermisst ihren Vater, der seit einer Woche spurlos verschwunden ist. Zunächst lehnt Steiger den Auftrag ab, doch als Manfred Cüppers tot aufgefunden wird und seine Tochter nicht an einen Suizid glaubt, schaltet sich Steiger ein. Dabei übertreffen die Ausmaße des Verbrechens sogar Steigers Vorstellungskraft.